KB093900

인생이 빛나는
마법

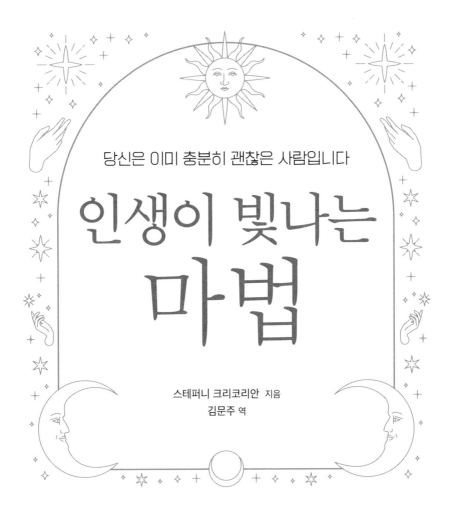

당신은 이미 충분히 괜찮은 사람입니다

인생이 빛나는 마법

스테퍼니 크리코리안 지음

김문주 역

일러두기

◆작은 파란색 글씨로 부연 설명한 것은 옮긴이 주입니다.

◆본문에 자주 등장하는 「선망진창」이란 자기계발에 너무 집중하여 지내서 생활이 엉망
  진창이 된 상태를 말합니다.

줄리아와 도널드 크리코리안에게,
모든 것에 감사합니다.
내가 살고 있는 이 멋진 인생과 모든 기쁨은
100퍼센트 두 분 덕이에요.

돌아가신 삼촌 빌리 하비에게,
내 인생에 가장 중요한 존재를
소개시켜준 것에 대해 감사합니다.
삼촌이 없었다면 나는 빅 애플Big Apple, 뉴욕의 애칭의
밝은 불빛을 만나 사랑에 빠지지 못했을 거예요.

독자들에게

2018년 여름 『뉴욕New York』의 커버스토리는 「2008」이라는 제목만 단 채 금융공황 이후 미국에 무슨 일이 벌어지고 있는지를 다뤘다. 이 기사에는 금융 위기의 결과로 생겨난 용어집도 포함되어 있었다. 1퍼센트One Percent, 전 세계의 소득과 부가 집중되어 있는 상위 1퍼센트, 공유경제 Sharing Economy, 물품을 소유의 개념이 아닌 대여하고 차용해 쓰는 개념으로 인식하는 경제 방식, 긱 경제Gig Economy, 산업 현장에서 필요에 따라 사람을 구해 정규직이 아닌 임시직으로 계약을 맺는 경제 방식, 밀레니얼 세대Millennial, 1980년대 초반부터 2000년대 초반 사이에 태어난 세대로 IT에 능하다, 오큐파이Occupy, 2011년 전 세계의 부를 독점한 상위 1퍼센트에 분노한 99퍼센트가 자본주의의 핵심인 월 스트리트를 점령하겠다는 의미에서 '오큐파이 월스트리트'가 시작됐다, 생존주의Survivalism, 어떤 개인이나 집단이 자연재해, 사회·정치적 혼란 등 미래의 긴급 상황에 적극적·능동적으로 대비하는 행위 등과 함께 웰니스Wellness, 웰빙Well-being과 피트니스Fitness를 결합한 말로 행복하고 건강한 삶을 의미한다라는 용어가 대세가 됐다.

세계보건기구WHO는 웰니스를 '신체적·정신적·사회적으로 완벽한 웰빙의 상태'라고 정의했다. 글로벌 웰니스 연구소Global Wellness Institute, GWI 웹사이트와 이들이 진행한 다양한 연구들에 따르면 세계적인 웰니스 산업은 2010년 약 2,000조 원에서 2018년 약 4,500

조 원으로 성장했다. 나는 10년간 선^善망진창으로 지내면서 이 분야에 지대한 기여를 했다.

들어가면서

어린 시절을 되돌아보면 깊은 행복감과 감사함이 떠오른다. 부모님의 즐겁고 따스한 교육 아래서 자란 덕분이다.

우리 엄마 줄리아는 뼛속부터 엄마고, 우리 아빠 돈은 말수가 적은 남자다. 두 분은 내게 전해줄 교훈을 품고 있는 강한 부모님으로 언제나 나를 엄청나게 응원해주신다.

내가 어린 나이에 아빠에게 배우가 되고 싶다고 말했을 때, 보통의 부모님이라면 못마땅해 할 법한 이야기였음에도 아빠는 그저 "우선은 웨이트리스로 일하는 법을 배워야겠구나"라고 말하셨을 뿐이다.

우리 집에서 아빠는 수적으로 열세였다. 대부분의 시간을 끊임없이 떠들어대는 독단적이고 고집도 센 딸 셋, 즉 첫째인 재키 언니와 막내인 제니퍼, 그리고 중간에 낀 나를 인내심을 갖고 참아내야만 했다. 아빠는 여자뿐인 우리 집을 조심스레 이끌어나갔다. 잠깐 덧붙이자면 우리 집에는 남자가 하나 더 살고 있었는데, 바로 내가 키우는 수컷 타이거피시 오토였다(나는 왠지 모르게 그 물고기가 수

컷이라고 확신하고 있었다). 오토는 내가 키웠던 유일한 반려동물이다.

엄마나 아빠는 우리 자매가 말다툼을 벌일 때 좀처럼 참견하지 않으셨다. 우리가 제풀에 지쳐 논쟁을 그만둘 때까지 내버려두셨다. 아마도 훗날을 대비해 다른 사람과 어우러지는 방법을 배우게 하려는 노력의 일환이었던 것 같다. 우리 셋은 그다지 많이 싸우지는 않았지만, 울퉁불퉁한 석고 천장 아래 청록색 카펫이 깔리고 갈색 나무 벽을 두른 가족실에서 TV를 두고 벌였던 것은, 총력을 기울인 전쟁이었다. TV를 두고 벌이는 싸움에 익숙한 우리는 나무 상자에 든 TV에서 채널 손잡이를 쑥 잡아 **빼놓곤 했다**(TV 리모컨이 생기기 오래전의 일이다). 그래야만 채널 선택권을 지킬 수 있었기 때문이다.

재키는 〈초원의 집〉 재방송을 좋아했다. 나는 재키가 TV에서 60센티미터쯤 떨어져 앉아 로라 잉걸스 와일더^{〈초원의 집〉 주인공}와 가족들의 이야기에 훌쩍이고 있을 때 방으로 걸어 들어갔던 기억이 생생하게 떠오른다. 제니퍼는 〈사랑의 유람선〉과 막장 연속극인 〈산타 바버라〉를 좋아했다. 〈산타 바버라〉에 푹 빠져서 드라마에 나오는 캐프웰과 로크리지, 카스티요 가문을 자기 가족처럼 여기고 있었다. 나는 〈원더우먼〉과 〈바이오닉 우먼〉을 마음껏 볼 수 없었다.

우리는 결국 채널 손잡이를 잃어버리고 말았다. 아마도 까끌까끌한 초록과 파랑 줄무늬 소파 구석으로 굴러 들어간 모양이다. 아빠는 채널 손잡이를 대신할 펜치 세트를 TV 위에 올려놨지만, 그걸 사용하려면 망가진 채널 변경 메커니즘 속에 묻혀 있는 뾰족한 내장 고리에 펜치를 걸 수 있는 진짜 정교한 손재주가 필요했다. 아빠는 절대로 펜치를 잃어버리지 말라고 강조했고 우리는 그 말대로 했다. TV는 우리 삶에 너무 중요했기 때문이었다. 그러나 그 펜치들은 유사시에 방 이쪽저쪽을 날아다니는 무기로도 쓰였다. 그래도 그 누구도 눈알을 잃거나 하지는 않았다.

여름휴가면 우리는 거창한 캠핑을 떠났다. 내게 언제나 이 휴가는, 실제로는 그렇지 않다 하더라도 고급스럽게 느껴졌다. 캠핑을 가서도 교훈 전달과 역량 개발은 계속됐다. 특히나 자신감 부분과 벌목 부문에서 그랬다. 아빠는 캐나다 서부로 떠난 여름 여행 중에 여덟 살이던 내게 도끼를 건네주고는 커다란 통나무를 반으로 가르면 몇 달러를 주겠다고 해서 엄마를 겁에 질리게 했다. 그리고 나는 결국 해냈다.

나중에 나는 파랗고 빨간 에나멜 지갑에 지폐를 쑤셔 넣고 밴프 Banff에 있는 기념품 가게에 들렀다가 티셔츠들을 접기 시작했다. 왜 그랬는지는 묻지 마시라. 그냥 한 거니까. 나는 내 충동적인 정리 정돈에 만족하며 가게를 나섰다. 지갑을 두고서 말이다. 우리 가족은 급하게 되돌아가야만 했다. 내 지갑은 그 자리에 그대로 있었지만 돈은 모두 사라져버렸다. 이후로 나는 빨래 개기를 결코 좋아할 수 없게 되었다.

우리 가족은 저마다 유머 코드가 달랐다. 그래서 유머가 다른 사람에게 전혀 통하지 않을 때도 있었다. 우리 자매는 아빠가 우리에게 했던 어처구니없는 일들을 회상할 때면 언제나 큰 웃음을 터트린다. 그 당시에도 아빠가 유머를 할 때마다 웃긴 했지만 말이다. 우리가 어렸을 때, 저녁을 먹고 나서 "디저트는 뭐예요?"라고 물으면 아빠는 이렇게 말했다. "눈을 감아보렴."

우리는 그대로 했다.

"뭐가 보이니?" 아빠가 물었다.

"아무것도요." 우리는 눈을 감은 채 대답했다.

"그게 바로 디저트란다."

마침내 우리는 우리 집만의 유머에 익숙해졌다.

아빠는 아빠 특유의 과하게 직접적인 방식으로 내가 '머리를 써서' 고민해보도록 가르쳤다. 나는 가끔 말도 안 되게 바보 같은 일을 저지르곤 했는데, 그러면 아빠는 혀를 끌끌 차면서 이렇게 말했다. "똑똑한 애가 정말 멍청하게 구는구나."(우리 집에서는 웃기지만 다른 사람은 '어머, 아동 학대 아냐?'라고 생각할 법한 전형적인 사례다.)

내게 돈의 가치를 가르쳐준 아빠만의 방식도 있었다. 한번은 내가 랄프 로렌에서 버튼다운 데님 셔츠를 사느라 5만 원을 썼을 때(그래도 반값 세일에 샀다고. 됐지?), 아빠는 내가 '아이큐보다 통장 잔고가 높은 애'라고 했다. 이러한 감상이 옳았음은 여러 차례 증명됐다.

우리 집의 교육 방식이 평범한 중산층(아빠는 고등학교 교사였고 엄마는 비서였다)의 것이었음에도 나는 장난감이든, 옷이든, 경험이든 부족함을 느낀 적이 없었다. 나는 부모님께 여동생 이름을 로널드 맥도널드로 해달라고 졸랐지만 우스꽝스럽다며 거절당했다. 그러나 라이트 브라이트Lite-Brite, 퍼즐 판에 블록을 꽂고 불을 켜면 조명이 되는 장난감가 가장 핫한 크리스마스 선물일 때엔 라이트 브라이트가, 양배추 인형이 대세일 때(그래서 사람들이 장난감 가게에서 그걸 구하느라 난리일 때)엔 아이비 마를린이라는 이름의 양배추 인형이 크리스마스트리 아래 놓여 있었다. 엄마는 모든 선물을 꼼꼼하고 완벽하게 포장했다. 나는 오늘날까지도 그토록 전문적인 포장 기술자를 보지 못했다.

순수한 즐거움에 관해 가장 생생하게 살아 있는 기억 가운데 하나는 내가 네 살인가 다섯 살 때, 퇴근한 아빠가 크림색 폭스바겐 캠핑카 뒤편에서 녹슨 빨간색 중고 자전거를 꺼내온 순간이다. 나는 아빠가 자전거를 끌고 내게 오는 모습을 지켜봤다. 내 자전거였다. 아빠가 나를 위해 가져온 것이다. 내 심장은 자랑스러움으로 고동쳤다. 생일이나 크리스마스도 아닌데 아빠가 오직 나만을 위해 뭔가를 사줬기 때문이다. 게다가 언니한테 물려받은 것도 아니지 않은가.

내가 커가면서 배웠던 모든 것 가운데 가장 생생하게 남은 교훈은 아마도 감사함에 관한 조기교육일 것이다. 물론 당시에는 그렇게 생각하지 않았지만. 한번은 레몬 트위스트Lemon Twist라는 장난감을 간절히 원했다. 검은색 플라스틱 줄을 한쪽 다리에 묶고, 줄의 다른 쪽 끝에 달린 레몬이 원을 그리도록 휙휙 돌리면, 다른 쪽 다리로 그 휙휙 돌아가는 줄을 뛰어넘는 장난감이다. 나는 그 장난감을 사달라고 졸라댔고 결국 얻어냈지만, 내 부탁에 대한 아빠의 첫 반응이 여전히 기억난다.

"두 팔과 두 다리가 있다는 것만으로 행복할 수는 없겠니?"

좋은 질문이었다.

CONTENTS

PART 2 거래

PART 3 치유

PART 1. 현기증

chapter 1

나의 입문용 마약 – 비전 보드

우르르쾅쾅

내가 미친 듯이 열심히 일하다가 비전 보드 덕분에 깨달음을 얻고 언론계의 안정적이고 보수 좋은 직업을 때려치웠다고는 말하지 않으련다. 하지만 내가 그랬다고 말할 수 없는 것도 아니야.

농담이야. 난 그러지 않았거든.

뭐, 꼭 그랬다는 것만은 아니다. 하지만 나는 상식이라는 영역과 우주(그리고 우주가 품은 모든 마법)가 교차하는 지점에서 내 행보에 대해 고민하느라 꽤 긴 시간 동안 오도 가도 못하고 있었다. 내 커리어는 끝나버렸고, 그다음에 아주 잠깐 되살아나긴 했지만 그저 실낱같은 목숨을 부지하고 있음을 알고 있었다. 따라서 어떻게 해야 할지 알아내야만 했다.

우주가 나를 유혹해왔다. 비전 보드는 우주가 내게 보낸 시라노였다.시라노Cyrano는 프랑스 소설가 에드몽 로스탕Edmond Rostand의 소설 『시라노Cyrano de Bergerac』의 주인공이자 17세기 실존 인물로, 아름다운 사촌 누이 록산을 사랑하지만 자신의 추한 외모 때문에 마음을 고백하지 못하고 젊은 귀족 크리스티앙을 대신해 그녀에게 열정적인 연애편지를 쓰면서 둘 사이를 이어준다.

비전 보드는 『시크릿』이 한창 열풍을 일으키던 즈음에 내 시야에 들어왔다. 나는 이 책을 읽기 전에 먼저, 당시 내게 종교와도 같았던 〈오프라 윈프리 쇼〉에서 관련 토론을 봤다. 오프라와 초대 손님들이 이 책에 대해 이야기를 나누는 것을 보며 나는 그 자리에서 얼어붙어버렸다. 그때까지 나는 취미 삼아 요가를 깔짝거렸지만, 이 책은 그동안의 나만큼이나 뉴에이지스러웠다.

『시크릿』은 어딘지 달랐다. 현실과는 동떨어졌지만 그렇다고 너무 터무니없지도 않았다. 적어도 그 가능성을 고려해보는 것이 이해가 갈 만큼만 동떨어졌다.

『시크릿』을 통해 유명해진 기법 중 하나는 비전 보드를 기반에 둔, 시각화라는 개념이었다. 페라리 자동차 사진을 뚫어지게 쳐다보렴. 그러면 머지않아 그 꿈이 실현된단다. 그 개념, 긍정적인 사고로 뭔가 이뤄지게 할 수 있다는 이야기가 흥미로웠다. 처음에 내 마음을 사로잡은 것은 이 책이 제시하는 원칙이었다. 햄버거와 감자튀김이 우리를 뚱뚱하게 만들 거라는 걱정을 하지 않으면, 그런 일은 벌어지지 않는다나? 하지만 과학적이고 철저히 개인적인 연구 결과, 그 반대임이 증명됐다.

그러나 이 거창한 아이디어, 마음을 비우고 보이지 않는 힘이 이끄는 대로 휩쓸려가자는 개념은 내가 실질적으로 따를 수 있는 대상으로 느껴졌다. 뛰어내리렴. 안전망이 생겨날 테니.

사람들은 자신의 삶에서 소용돌이치는 것이 무엇이든 간에 그것을 지배하기 위해 그 지배를 포기할 수 있기를 갈망했다. 흥미로운 모순이었지만 『시크릿』은 어른들의 마술봉 같았다. 『시크릿』과 그 뒤를 따른 온갖 셀프헬프Self-help, 자조自助며 영적인 책들은 우리에게 계속 뭔가 해야 한다고 알려주었다.

나는 『시크릿』이 제안하는 모든 것을 곰곰이 생각해본 유일한 사람이 아니었다. 『시크릿』은 팝 컬처 현상Pop Culture Phenomenon이 됐고 대중에게 셀프헬프와 영성의 개념을 제안했다. 아마도 오프라 덕이었을 거고 어쩌면 뭔가를 믿고 싶은 우리의 욕구 때문이었을 것이다.

몇 년 후 구프Goop, 귀네스 팰트로Gwyneth Paltrow의 자연주의 라이프 스타일 브랜드가 오프라와 우주의 얼리 어답터, 그리고 대안적인 해결책이 포기한 자리를 차지하면서 웰니스 시장의 뚜껑을 활짝 열어버렸고 사람의 질 속에 옥玉 달걀을 넣는 것을 근본적으로 극히 평범한 행위로 만들어버렸다 ^{팩트로는 질 속에 옥 달걀을 넣어두면 질 근육 강화와 여성호르몬 균형 등에 도움을 준} 다고 주장하며 구프 웹 사이트에서 이를 판매했다.

『시크릿』은 한 시대를 풍미했고, 내가 간교한 말장난이라 부르 던 것을 주류로 끌어올린 결정적 한 방을 날렸다. 내가 그 책에서 배운 모든 것이 처음엔 나의 뇌 한구석에 구겨져 들어갔다. 겉보기 에 쓰잘머리 없어 보이지만 전혀 생각지도 못한 순간에 가끔 쓸모 를 발휘하는 정보들로 가득 찬 부위였다. 나는 흥겹고도 전혀 영적 이지 않은 삶을 계속 영위해나갔고 오프라가 말하는 것이면 무엇 이든 흡수해나갔다.

셀프헬프라는 궁여지책

나는 순수했다. 상황이 꽤나 험난해지던 무렵이었다. 이런 상황 은 우리가 셀프헬프를 모색하는 시점이자 이유가 된다. 셀프헬프 가 어떤 면에서는 우리 영혼을 달래주기 때문이다. 그 무엇도 나를 도와주지 않을 듯이 보이는 순간 구명구가 되어주기도 한다. 돌이 켜보면, 그래서 내가 끌린 것이리라.

2008년 10월 31일 오전 10시 30분에 내 커리어는 금융 위기 ^{대침체,} _{Great Recession}의 희생양이 되어버렸다. 나는 뉴스 PD이자 기자였고 거 의 18년 동안 그렇게 일해왔다. 대학을 졸업한 후 작은 신문사에서 글을 썼고, 1년 동안 휴직하고 대학원 공부를 마친 후에 바로 TV 뉴스로 뛰어들었다. 내가 담당했던 프로그램이 갑작스레 폐지되어 버린 그 운명의 날까지 말이다. 일자리를 잃은 지 1년 뒤 나는 재취업했지만 이미 타격을 입은 후였다. '너덜너덜해졌다'는 표현이 아마도 당시 내 상태를 가장 잘 묘사해주는 말일 것이다. 처음에는, 위안이 흥미로운 형태로 다가왔다. 2년 전『시크릿』으로 인기를 얻은 그 비전 보드를 통해서 말이다.

내가 있어야 할 곳이 어디든 그곳으로 돌아갈 방법을 필사적으로 찾던 나는 할렘에 있는 내 아파트의 굳게 닫힌 철문 뒤에서 아주 즉흥적으로, 딱히 완벽하다고는 하기 어려운 솜씨로 첫 비전 보드를 만들어냈다. 솔직히 얘기하면 그다지 많은 노력을 쏟지는 않았다. 그저 다시 볕 들 날을 기다리며 사진 몇 장을 갖다 붙였을 뿐이다.

나는 자석으로 비전 보드 위에 잡지에서 잘라낸 사진을 붙여놓았다. 사진 속에는 분홍색 쿠션이 놓인 야외용 안락의자 2개가 너른 물가를 향해 놓여 있었다(이것이 바로 미래의 내 바닷가 별장이다. 빌리는 것으로는 시원치 않기 때문에 그냥 사버릴 거거든). 내 머릿속과 비전 보드에 따르면 얼마 전에 내가 뉴욕 업타운 지역에 구입한, 대리석 부엌과 고급 콜러 수전을 갖춘 방 2개짜리 집에서 다운타운 쪽으로 100블록쯤 떨어진 곳에 세련된 코업 아파트도 갖게 될 것이다. 뜯어낸 종이 위의 잘생긴 남자가 눈을 동그랗게 뜨고 문 뒤편에서 나를 바라보고 있다. 그는 미래의 내 남편이다. 내가 사진에 있는 것처럼 열심히 운동하는 늘씬하고 건강한 여자가 될 리야 없겠지만, 소녀는 얼마든지 망상에 젖을 수 있는 법이니까. 또 빼빼 마른 사람을 들여다보는 것 역시 나를 그렇게 만들어주는 가장 분명한 방법이 아니었던가. 맞지? 당연히 돈다발 사진도 있었다. 위에 언급한 모든 것을 실현하려면 돈이 필요하다는 사실을 생각해냈으니까.

내 비전. 잡지에서 오려낸 사진들로 표현한 내 완벽한 삶.

이것이 내 비전 보드의 출발이었다(훗날 더 많은 비전 보드를 만들 예정이다). 당시에는 몰랐지만, 나는 내 안에서 더 적극적인 비전 보드 놀이를 벌이고 있었다. 이 비전 보드는 그저 수박 겉핥기일 뿐이었다.

나는 매일 아파트를 나설 때마다 이 사진들을 바라보면, 이 모든 것이 현실로 이루어질 것이며 내 인생은 극적으로 좋아질 것이라 믿었다. 믿는 것은 쉬웠다.

물론 보이지 않는 힘을 믿는다는 것은 언제나 나를 잘 보필해주던 머릿속의 논리적이고 성가신 목소리를 무시한다는 의미였다. 하지만 삶이 고달픈 시기였다. 인생의 잘못된 결정을 두고 우주 탓을 할 수 있다면 나를 비난할 필요가 없어진다. 그건 무엇보다 확실했다.

성·다·거·기 (성장을 위한 또 다른 거지 같은 기회)

커리어 말고도 자아가 너덜너덜해진 데는 또 다른 이유가 있었다. 같은 해에 나는 마흔이 됐고, 여전히 싱글이었다. 내 복부는 예전보다 약간 더 두툼해졌다. 8월의 햄프턴스에서 로제 와인을 들이키듯, 자괴감이 내 머릿속으로 끊임없이 콸콸 쏟아부어져 들어왔다.

커리어가 갑자기 중단되고 덜컥 마흔이 되어버리자 마치 허리께까지 빠지는 진흙 속을 천천히 헤매며 어디에도 닿지 못하는 것처럼 느껴졌다. 갇혀버린 것이다. 발붙일 곳을 찾아 사방으로 애쓰면서 왜 모든 것이 거의 이뤄질 듯하다가 결국에는 아무것도 이뤄지지 않는 것인지 궁금해졌다. 내 인생을 다른 사람과 비교하지 않으려고 부단히 애를 썼지만, 내가 완행열차를 타고 가는 동안 다른 사람들은 고속 열차를 타고 가는 것처럼 느껴졌다.

나는 인생의 여정을 알려주는, 어딘가로 향하는 지도를 간절히 찾고 있었다. 문제는 내가 그 어딘가가 어디인지도 모른다는 점이었다.

결국 내 뉴에이지와 셀프헬프를 위한 노력은 다음 차원으로 나아갔다. 내가 해야 할 일은 두 눈을 크게 뜨고, 잡지를 읽거나 토크쇼를 보는 게 전부였다. 불현듯 내가 바라보는 모든 곳에서 성장을 위한 또 다른 거지 같은 기회가 보였다. 성·다·거·기.

『시크릿』이 내 삶에 박차를 가하기 시작했다. 이러한 짓거리는 접근하기 쉬웠다. 게다가 당시 사회는 경기 침체에 접어들었고 사람들은 절망감을 느끼고 있었다. 절망감을 느낄 때 어디서 전환점을 찾을 수 있을까? 바로 셀프헬프였다. 일자리를 찾을 수 없다면 자기계발법을 찾으면 된다. 그게 내 직감이었다.

문제는 취업 시장도, 데이트 상대도, 내 몸무게도 아니었다. 내가 문제였다. 내게는 뭔가 잘못된 구석이 있었다. 그래야만 했다. 다시 말해 셀프헬프책들이 갑자기 영혼의 닭고기 수프가 되어버렸다는 의미다. 내 인생은 통제 불능인 양 느껴졌고, 나는 가만히 앉아 있기보다는 해결책을 좇았다.

라스베이거스의 네온사인처럼 비전 보드는 내 결점들을 부각시켰고, 내 눈에는 곧 '구멍'만 보였다. 우주는 바닷가 별장만 제공하는 것이 아니었다. 우주는 우리에게 더 나은 삶으로 통하는 방식을 팔아먹으려는 전문가 군단도 제공했다. 갑자기 셀프헬프가 큰소리로 내 이름을 불렀다. 그 부름이 들린다는 것은, 내가 대부분의 기준에 의하면 이미 훌륭한 인생을 살고 있음에도 여전히 내 능력을 최대한으로 펼치지 못하고 있다는 의미였다.

오프라는 만트라를 하나 제시했다. "최고의 삶을 사세요." 그건 내가 내 삶을 제대로 살고 있지 않다는 의미였다. 짐작컨대 그 누구도 그렇지 못했다. 그저 잠재적인 능력치대로 살지 못하는 인간들로 가득한 커다란 세계가 있을 뿐이었다. 내게 보이는 것은, 내가 모든 부분에 있어서 될 수 있었던 것만큼 훌륭해지지 못했다는 것뿐이었다. 그렇기 때문에 내 눈앞에 해결 방안이 – 마치 포테이토칩 한 봉지처럼 – 놓여 있다면 확실히 받아먹어야 한다고 생각했다. 그렇게 하지 않는 것은 무책임해 보였다. 적어도, 오프라에 대한 모욕 같았다. 나는 마침내 더 많은 책을 읽고 더 많은 코치를 모시고 새로운 다이어트를 시도한다면 지도뿐 아니라 목적지까지도 찾을 수 있을 것이라 판단했다.

나는 거의 10년 동안 균형과 깨달음, 성장, 개선 등을 좇았다. 그리고 '최고의 모습'이 되려고 필사적으로 내 자신을 몰아붙였다. 나는 그게 직업이라도 되는 양 힐링계를 열심히 돌아다녔다. 결국 중요하고도 혼란스러운 여러 선망진창 결과를 만들어낸 소란스러운 10년이 됐지만, 나는 한 순간도 나를 고치려는 열망을 멈추지 않았다. 내 사전에 휴전은 없었다.

그러나 마침내 나는 휴전하고야 말았다. 그러나 분명 내가 예상했던 방식으로도, 예상한 이유에서도 아니었다.

2008년 금융 위기의 이면에는 위기를 이겨내고 인생의 2막을 시작한 사람들, 백만 달러짜리 사업을 일으킨 사람들, 세상의 종말 같은 시기에 대량 해고를 극복한 사람들의 이야기가 있다. 그리고 반대 면도 있다. 회복하지 못한 사람들, 집과 생계 수단을 잃어버린 사람들, 건강을 잃은 이들이 만들어낸 애끓는 사건들이 있었다.

뉴에이지와 셀프헬프에 내가 돈을 지불했던
'나는_지치지도_않아' 목록

데이트 코치: 데이트할 때는 반드시 하이힐을 신으세요. 그리고 첫 데이트는 한 시간 내로 끝낼 것.

'왜 나는 싱글인가' 강연: 가임기임을 보여줄 수 있게 머리를 길고 윤기 나게 유지하세요. 그러면 결혼하고 싶어 할 누군가가 나타날 거예요.

라이프 코치: 비전 보드를 만드세요. 하지만 (내가 몇 번 그랬듯) 지나치게 많은 꿈과 희망을 얹으면 안 됩니다. 좀 작고 간단한 비전을 빌어보세요. 그래야만 거창한 비전도 이뤄지니까요.

또 다른 라이프 코치: 10억 원짜리 수표를 쓰고 매일 쳐다보세요. 결국 성공한 부자가 돼서 그 수표를 현금으로 바꾸게 될 테니까요(아직도 기다리는 중).

무지개 치유사: 아무리 노력해도 만족스럽지 못할 거예요. 왜냐하면 어린 시절의 트라우마 때문에 다른 사람의 애정을 갈구하게 되거든요(나는 그런 거 없는데).

침술사: 사람들을 밀어내려면 몸집이 커야 하기 때문에, 당신이 살을 빼지 않는 거예요. 말 그대로 다른 사람과 당신 사이에 더 많은 공간을 두려는 거죠(나는 뉴요커라고! 간격 두는 걸 좋아한다고!).

대체 의학 시술사: 몸이 다쳤을 때 발밑에 15만 원짜리 자석을 두고 자면 나아요. 그렇지 않으면, 뭐, 안 낫겠죠. 특히 당신처럼 발에 박힌 7센티미터나 되는 나뭇조각을 빼려고 수술을 받아야 하는 경우라면 더 그래요(실화임).

온천: 최고급 호텔에서 향을 피우고 그 위에 맨 엉덩이로 쭈그리고 앉으세요(왜 그래야 하는지 모르겠지만 비싼 만큼 나쁜 것일 리 없다고 생각했다).

에브리보디 에브리데이 별점: 역행하는 수성을 조심하라. 이 시기에는 계약서에 서명하지 말 것(그리고, 어휴, 나를 믿으라니까. 당신이 그 거래를 일주일 동안 미룬다고 당신 변호사랑 고객은 당신이 미쳤다고 생각하지는 않을 거야. 적어도 당신한테 티는 안 낼 거야).

풍수 전문가: 연애를 하고 싶으면 책상 오른편에 꽃을 놓으세요. 부자가 되고 싶으면 책상 왼편에 초록색 물건을 놓으세요. 더 많은 성취가 필요하면 책상 가운데에 성취를 상기시켜 줄 물건을 두세요(그 결과를 아직도 기다리는 중).

책: 머리카락을 빨간색으로 염색하는 건 창의적인 성과로 이어질 것이다. 줄리아 캐머런^{Julia Cameron}의 책『아티스트 웨이』에 나온 것처럼 말이다(이 책에서는 평소에 잘 하지 않는 엉뚱한 일을 하라고 했다. 그리고 내게 엉뚱함이란 빨간색 부분 염색을 의미했다).

곤도 마리에近藤麻理惠, 일본의 정리 정돈 전문가: 설렘을 주지 않는 옷은 모두 버리세요(입을 옷이 아무것도 남지 않는 사태가 벌어짐).

어느 슈퍼모델: 선인장을 집에 두세요. 그리고 선인장이 죽으면 누가 그걸 죽였는지 알아내세요. 어떤 악한 존재가 집에 머무르면서 그걸 죽인 거니까요(나는 진짜 그렇게 했다. 그리고 한 번은 선인장이 죽었기 때문에 이사를 갔다. 100퍼센트 죽은 선인장 때문은 아니지만 나는 그 선인장을 누가 죽였는지 몰랐고 어떻게 해야 집 전체를 훈연할 수 있는지 몰랐다).

점쟁이: 나쁜 기운을 집에서 몰아내려면 말린 세이지 잎을 그을려서 그 연기로 집 전체를 채워야 해요(그러고 있으면 일단 뭔가를 하고 있다는 느낌이 들기는 함).

어떤 잡지: 포스트잇 위에 부정적인 일을 쓴 뒤, 이를 깨끗하게 보내버리는 의미에서 매년 포스트잇 뭉치를 냉동실에 넣어두세요(그러다간 냉동실이 끈적거리는 쪽지로 가득 차지 않을까).

내가 당한 구조 조정은 그렇게 드라마틱하거나 엄청나게 끔찍하지 않았다. 나는 절대 노숙자가 되거나 굶주리지 않으리라고 확신할 만큼 친구와 가족이 많았다. 이들은 모두 엄청나게 관대하고 끊임없이 와인을 공급해주고, 우리 엄마는 비싼 의료보험비도 내주었다. 그래도 해고는 아픈 일이었다.

신경안정제를 한 알 먹은 후 다음 날 느끼는 희뿌연 기분과는 달리 정리 해고에서 오는 부담감과 불안감은 절대 나를 떠나지 않았다. 어느 누구도 일자리를 잃지 않았으면 좋겠다. 정리 해고가 내 능력이 아닌 경제 탓이라 할지라도 이 일은 지극히 개인적으로 다가오고, 당하면 뼛속 깊이 화가 난다. 고통스러울 정도로 수치스러웠음은 말할 것도 없다.

이 책은 분명 금융위기가_닥쳐왔고_그_후_나는_직업을_찾았지식의 이야기는 아니다. 나는 실직에 대해 곱씹고 싶지 않지만, 사람들이 영화 같은 데에서 말하듯 자극적인 사건이었다. 이 사건은 나를 오랫동안 갉아먹었지만, 나는 결국 문제는 실직이 아님을 깨닫게 됐다. 그저 이 일의 아주 작은 일부일 뿐이다.

다음은 이 일이 어떻게 흘러갔는지에 관해서다……

chapter 2

모든 것의 끝

살아남기

2008년 9월 중순 리먼 브라더스는 파산해버렸고 모든 것이 암울해보였다. 이건 순화한 표현이다. 전 세계가 경제적 심연에 빠져들고 있었다. 당시 나는 『비즈니스위크Business Week』 산하에서 〈비즈니스위크TV〉라는 TV 프로그램을 제작하고 있었다. 이 프로그램은 맥그로힐 빌딩의 49층에서 만들어지는 경제 뉴스였고, 따라서 나는 경제적인 관점에서 무슨 일이 벌어지고 있는지 예민하게 인식하고 있었다.

그 무렵 나는 친구이자 동료인 웬디와 점심을 먹으러 서둘러 길

을 나서고 있었다. 우리는 엘리베이터를 기다리는 동안 예산 담당
자인 잭과 우연히 마주쳤다. 평소처럼 잭에게 어떻게 지내는지 안
부를 물었고, 그는 예산을 처리하는 시기인 만큼 계속 야근을 하느
라 기진맥진하다고 설명했다.

평소처럼 친근하고 명랑하게 웬디가 잭에게 말했다. "TV 쪽에
있는 우리에게도 넉넉한 예산을 꼭 주셔야 해요."

아카데미 시상식에 '최악의 포커페이스 상' 부문이 있다면 아마
그 수상자는 잭이었을 것이다. 그는 바짝 얼어붙고 말았다. 미소는
사라지고 얼굴이 창백해졌다. 그리고 말 한마디도 뱉지 못한 채 문
자 그대로 엘리베이터 속으로 머리부터 들이밀고 들어가버렸다.

웬디와 나는 그가 떠난 후 서로 쳐다보다가 요란스레 웃음을 터
뜨렸다. "뭐지, 좀 이상한데?"

우리는 경비 절감을 위해 몇 가지 조치가 취해질 거라고 생각했
다. 이를테면 보비 밴스 스테이크 하우스에서 회식을 하지 못하는
것 같은. 우리는 상상력이 부족한 탓에, 아니면 지나치게 자신감
이 넘치거나 지나치게 순진한 탓에 무슨 일을 겪게 될지 전혀 모
르고 있었다.

우린 눈치가 빨랐어야 했다.

나는 엘리베이터 안에서도 잭에 대해 딱히 깊이 생각하지 않았
다. 그날 나는 5번가 구석에 있는 피자집인 오토에서 친구들과 만
나 저녁을 먹기로 했는데, 평소처럼 아주 일찍 약속 장소에 도착했

고, 약속 시간까지 시간을 좀 때워야 했다. 벤치에 앉아서 블리커 스트리트와 6번가가 교차하는 지점에 자리한 세모 모양의 작은 공원에 있는 분수를 물끄러미 쳐다보고 있었다. 나쁜 감정을 떨쳐버릴 수 없던 나는 9월의 마지막 햇볕을 온몸으로 느끼며 우리 프로그램의 앵커에게 전화를 걸었다.

"우리가 일자리를 잃게 될 거라고 생각하세요?"

그녀는 우리가 회사에 돈을 벌어주고 있기 때문에 걱정할 필요 없다고 강조했다. 그런데도 변화가 서서히 일고 있다는 느낌이 들었다. 그리고 잭과의 사건도 있었으니, 그때부터 나는 내 촉을 믿기로 했다.

의구심이 들 때는 멋진 가방을 사자

다시는 제대로 된 월급을 받지 못하리라는 예감이 든 나는 실직과 경제 위기를 두고 절대로 해서는 안 될 일을 했다. 앉아 있던 벤치에서 벌떡 일어나 다급하게 마크 바이 마크 제이콥스 상점까지 걸어가서는 50만 원을 주고 당시 가장 잘 나가는 보라색 가죽 가방을 사버린 것이다.

바깥쪽에 주머니가 많이 달린(지하철을 타고 다니는 사람들의 드림 백이지) 커다랗고 투박한 금속 장식이 달린 호보백(아래로 축 늘어진 반달 모양의 핸드백이었다. 몇 년 동안 나는 그런 가방을 사면 어떨지 생각해왔지만 옷이나 가방이나 액세서리 하나에 50만 원을 써본 적이 없었다. 정신 나간 쇼핑이었지만 앞으로는 그런 비싼 가방을 살 수 없을 거라는 느낌이 강하게 들었다. 나는 그날 저녁 친구들에게 내가 회사에서 잘리면 그 가방 안에서 살면 된다고 농담을 했다.

내 걱정이 맞았다.

일주일 뒤 나는 지각을 했다. 기억이 나지 않는 어떤 이유로 엄청나게 늦게 집을 나섰다. 10시 15분에 보스가 전화를 걸어 내가 어디에 있는지 물었고, 나는 택시를 타고 가는 길이라고 대답했다. 그는 지금까지 한 번도 내게 전화를 건 적이 없었다.

"빨리 서둘러서 오세요." 그가 말했다. "우린 모두 회의실에 모여 있어요."

"우리 모두 해고당하는 건가요?" 나는 물었다. 왜 그런지 몰라도 알 수 있었다.

"말해줄 수 없어요." 그가 말했다.

"그러니까, 맞군요." 나는 말했다.

나는 해고 당하는 날 지각한 것이다.

내가 찢어진 청바지에 검정 스웨이드 부츠를 신고 기어들어갈 때 모든 사람이 회사에서 쫓겨나길 기다리며 9시부터 회의실에 앉아 있었다. 기다리다 지친 이들은 줄줄이 회의실 밖으로 나갔다가 내가 도착하자 다시 줄지어 회의실로 들어갔다. 그리고 미리 준비

된 진술서와 전혀 인간적이지 않은 인적자원부서가 내놓은 제한된 정보로 모든 것이 끝나버렸다.

잡지는 살아남고 TV 프로그램과 내 커리어는 죽어버렸다. 나는 처참했다. 우리 팀은 모두 슬로모션으로 자기 책상으로 걸어가 전화를 걸었다. 나는 아무에게도 곧장 전화를 걸지 않았다. 그저 가만히 앉아서 치욕을 느끼며 허공을 멍하니 쳐다봤다. 이전까지 한 번도 경험해보지 못한 기분이었고, 어떻게 해야 할지 알 수 없었다.

집에 가려고 지하철에 탄 나는 업타운으로 향하는 지하철 B선 안의 모든 사람을 쳐다보며, 이들이 내가 3달 안에 월급도 받지 못하게 될 루저라는 걸 알까 궁금해 했다.

"이건 네게 일어난 일 중에 가장 좋은 일이 될 거야." 맥이 풀려버린 내가 직장에서 무슨 일이 벌어졌는지 친구들에게 이야기하자, 친구들은 좋은 뜻에서 이렇게 말했다.

나는 이 이야기를 가능한 한 요가적이고 뉴에이지스럽게 하고 싶었다. 그러나 정리 해고를 당한 후 누군가가 '네게 일어난 가장 좋은 일' 같은 말을 할 때마다, 뉴욕시의 방 2개짜리 아파트의 대출을 받은 외벌이 집주인으로서, 그리고 30대의 마지막, 가임기는 말할 것도 없고 커리어 전성기의 끝을 바라보는 입장에서 말 그대로 그 사람을 한 대 쳐버리고 싶었다.

나는 지금껏 누구도 때려본 적이 없다. 여동생 제니퍼만 빼놓고 말이다. 하지만 딱 한 번이었고, 그것도 아주 오래전이다.

해고의 시기를 견뎌낸 지금도 나는 내 경험을 '훌륭했다'거나 '최고였다'고 보지 않는다. 아주 분명히 밝히자면 해고를 당한다는 것은 그 당시에도, 지금도 내게 일어난 최고의 일이 아니다. 절대로 그렇지 않다.

내 인생에서 보자면, 자선 행사에서 받은 선물 가방에 든 공짜 베이글과 크림 치즈 쿠폰이 훨씬 더 좋고 즐거운 사건이었다. 72번가 어디선가 신용카드를 잃어버려서 새 카드를 발급 받았는데 2주 만에 새 카드가 주머니에서 빠져버린 사건, 맨해튼에 신용카드를 흩뿌리고 다녔는데도 아무도 카드를 쓰지 않은 사건이 해고를 당하는 것보다 훨씬 짜릿한 일이었다.

선의가 가득한 친구들이 내 해고에 인생 최고의 일이라는 정서를 덧씌웠을 때 내가 느낀 감정은 격한 분노였다. 오늘날까지도 나는 그 일을 내게 일어난 최고의 일이 아니라, 어쩌면 최악의 일일지도 모른다고 본다.

내가 견뎌냈던가? 그래. 이겨냈던가? 아니. 전혀 아니라니까.

훗날 당시를 되돌아봤을 때에야 나는 그러한 정서가 어디에서 나온 건지 알 수 있었다. 내 친구들도 역시 〈오프라 쇼〉를 본 것이었다. 『시크릿』은 집단의 사고방식에 스며들어 있었다. 갑자기 다들 내가 마침내 "내가 사랑하는 일을 할 수 있게 된 것"이라고 애타게 설명했다(나는 어쨌든 TV 뉴스 일을 하는 게 좋았는데).

이것이 바로 셀프헬프풍의 낙천주의가 만들어내는 첫 잡음이었다. 거의 모든 사람이 열정적으로 '최고의 사건' 운운하는 태도를 받아들인 것처럼 보였다. 내가 1990년대 노동인구의 산물임을 떠올려보자. 워라밸Work and Life Balance이라고? 그게 대체 뭔데? 당신은 일을 합니다. 여기에 마침표를 찍고 끝인 것이다. 나는 매일 자식들을 위해 일하는 부모님의 딸이자 게르디치 크리코리안Mgerdich Krikorian이라는 이민자의 손녀였다. 크리코리안은 하루에 1,000원을 벌기 위해 주조 공장에 쇳물을 붓는 일을 하러 걸어갔다. 그래야만 자식 4명을 학교에 보낼 수 있기 때문이었다. 내가 사랑했던 일을 하라고? 아마 좋아했던 일은 있을 수도 있겠지.

물론 이러한 정서는 연봉과 연봉을 받는 배우자와 퇴직연금과 의료보험이 있는 사람들, 즉 뉴에이지의 지혜를 신봉해도 정말 괜찮은 사람들에게서 나온 것이다. 하지만 나는 그중에서 자신이 설파하는 것을 실행에 옮기려고 억대 연봉을 뿌리치고 나온 사람이 몇이나 되는지 모르겠다. 그들에게 내가 직면한 현실은 실제로 마주할 리 없는 꿈같은 것이었다. 어쩌면 좋아하지 않는 직장을 떠나 꿈을 좇아야 한다고 결심할 필요가 없다고 스스로 위안하고 있었을 수도 있다. 아마도. 어쩌면 이들은 진심으로 내가 운이 좋다고 생각했을 수도 있다. 그럼에도, 내가 사랑하는 커리어가 끝나버린 게 내 생애 최고의 사건이라는 말에 대해 뉴에이지는 어떤 설명도 하지 못했다. 아니면 내가 좌절해서 지나치게 비관적이 되었나? 내게 대출해준 은행은 '내가 사랑하는 일을 하고 있기 때문에' 나를 봐줄 것인가? 아니면 돈을 내놓으라고 할까?

아직도 내 머릿속에 박혀 있는, 이상하게 느껴졌던 것이 또 있다. 많은 사람이 상황이 더 나쁠 수도 있었다고 짚어줘야 한다고 느꼈던 것이다. 우리 모두는 이미 잘 알고 있다. 상황은 더 나쁠 수도 있다. 그건 진실이다. 하지만 그렇다고 인생의 막다른 곳에 처했을 때 굳이 그런 이야기를 들어야 한다거나 듣고 싶은 것은 아니지 않은가.

"적어도 암에 걸린 건 아니잖아."

그래, 암은 아니지. 그 점에 대해서는 감사했다. 하지만 그렇다고 해서 내 삶이 조금이라도 수월해진다는 의미는 아니었다.

어떤 사람은 내가 가진 게 많은 사람이기 때문에 안됐다고 느껴지지 않는다고 말했다. 다시 한 번 말하지만 회사는 '내가 가진 게 많기 때문에' 나를 봐주지는 않을 것이다.

게다가 이 도시에는 해고당한 사람들에게도 연민의 위계라는 것이 있었다. 많은 사람이 '가장들'이 얼마나 안타까운지 이야기했다. 아이들을 먹여 살리고 사립학교에 보내야 하는, 가족이 있는 남자들 말이다. 하지만 대출이 있는 싱글이자 아이 없는 여성 – 참고로 그게 바로 난데 – 도 내 가정의 가장이었고 계속 그래야만 했다.

스누피 만화에 나오는 루시가 심리 치료 부스에 앉아 찰리에게 주는 요상한 조언들이 내게도 쏟아져 내리는 것 같았다. 그리고 나는 그런 조언을 들을 기분이 아니었고 믿지도 않았다.

나는 곧 새로운 나로 다시 태어날 예정이긴 했지만, 어쨌든 그래도 마찬가지였다.

사람들은 정리 해고를 어떤 교훈으로 여겼다. 이는 아마도 가장 반(反)셀프헬프적인 생각이었을지도 모른다. 누구도 자기 연민과 불확실성에 빠져 있을 때 다른 사람이 쉽게 내뱉는 밝은 이야기에 귀 기울이고 싶지 않을 테니까. 나도 그랬다. 나는 그저 한동안 충분히 괴로워하고 싶을 뿐이었다. 그래야만 그 괴로움을 느끼고, 내 위기가 다른 사람 눈에 얼마나 크든 작든 정리해나갈 수 있었다. 나는 상황을 개선할 행동을 취하기 전에 그 고통을 확인하고 싶었다.

아마도 친구들, 혹은 사회나 집합적으로 무엇이든 간에 우리는 그러한 상황이 주는 불편함을 다루고 싶어 하지 않는다. 그러나 되돌아봤을 때 내가 느끼는 어려움을 피하는 것은 답이 아니었다. 내게는 분명 그랬다. 그것은 어려움을 극복한 지금도 마찬가지다.

지금 내가 조언을 해줄 수 있다면? 친구가 어려운 시기를 보내고 있다면 그녀가 실컷 울도록 내버려두라고 할 것이다. 알아두도록 하자. 진짜 짜증나는 일이라는 걸. 그녀와 함께 느껴보자. 공감하는 데 인색하게 굴지 말고. 그리고 이렇게 말해주자. "열 받는 게 당연해. 며칠 쉬고 아침부터 과자 먹자. 잠옷 차림으로 〈로 앤 오더〉 재방송을 계속 보고. 아픔을 그대로 느껴도 돼. 준비가 되기 전까지는 굳이 아픔을 피하거나 밝은 면을 찾으려고 하지 않아도 돼."

위기에 처한 그 누구도 상황이 더 나쁠 수 있었다는 이야기를 들을 필요가 없다. 그 누구도 자신의 불안이 눈물 대잔치를 벌일 가치가 없다는 이야기는 들을 필요 없다.

비이성적인 공황

회사에서 정리 해고를 당한 뒤 몇 달 동안 나는 31번 취업 면접을 보았다. 힘겨운 시간이었다. 의자 뺏기 놀이처럼 느껴지기도 했다. 여러 회사가 있지만 의자를 하나씩 뺄 때마다 선택권은 줄어드는 것이다.

회사에서 잘린 사람들이 파리처럼 우수수 떨어져나갔다. 나는 내가 다시 TV 프로그램으로 돌아가는 것이 처음 생각했던 것보다 어려운 도전이 될 것임을 깨달았다.

내게 전화를 걸어 회사가 인원 감축을 할 것이고 우리 모두 해고당할 것이라는 소식을 전해줬던 페기가 자신의 인맥을 통해 사람을 소개시켜줬다. 그 덕에 나는 면접 기회를 잡았다. 긍정적인 생각이 들었다. 한 5분 정도는 말이다. 처음에는 열정에 불타올랐지만 아무 결과도 없었다. 왜냐고? 그 사람들도 모두 해고를 당했으니까! 이런 일이 한 번만 벌어진 것도 아니었다. 그 당시는 마치 도미노 같았다. 나는 도미노 앞에서 도망치려고 몸부림치고 있었다.

나는 일자리 하나를 얻으려고 대형 케이블 방송사와 4번 면접을 했다. 그 일은 10년 전의 내게 적합한 수준이었지만 어쨌든 일이었고 우리 엄마가 말했듯 찬밥 더운밥 가릴 때가 아니었다. 아침 프로그램의 임시직이었고 나는 내 앞의 숙제에 계속 임했다. 네 번째와 마지막 면접을 마칠 때쯤(이 말인즉슨, 나는 네 벌의 각기 다른 의상을 갖춰 입어야 했다는 의미고, 어쨌든 내겐 스트레스였다) 나는 그 프로그램을 시청하고 방송 분량을 기록하느라 일주일을 보냈다. 날마다 경쟁 프로그램도 녹화해서 똑같은 일을 반복했고, 그 후 모든 것을 비교하고 각 방송사가 어떤 선택을 했는지, 그리고 내가 그 프로그램을 연출한다면 어떻게 차별화할 것인지 메모해두었다.

나는 최종 면접에 임할 각오가 됐다고 느꼈다. 열심히 준비했고, 그 주에 나온 뉴스들과 그 프로그램의 앵커 등등을 완전히 숙지했기 때문이다.

면접이 반쯤 진행됐을 때 앵커 가운데 한 명이 내게 그날 아침 방송을 봤는지, 내가 연출을 맡는다면 어떻게 색다르게 만들 것인지 물었다. 나는 기분이 좋아졌다. 그날 아침에도 그 프로그램을 시청했고 그에 대한 여러 의견이 있었기 때문이다. 하지만 나는 공황에 빠졌다. 어느 것 하나도 기억나지 않았다. 기록을 적은 메모지를 가져오는 것을 깜빡한 것이다.

머릿속이 갑자기 텅 비어버렸다.

공부를 하고, 새로 입을 옷을 찾고, 내가 그럴듯하게 말하는지 확인하느라 신경이 극도로 곤두서 있던 나는 그만 머리가 텅 비어버리고 말았다.

완.전.히. 텅 비었다.

그리고 갑자기 정신줄을 확 놓아버리는 바람에 회복은 100퍼센트 불가능해졌다.

"제가 보긴 봤거든요." 나는 내 이야기를 들으려고 어색하게 기다리고 있는 사람들로 가득 찬 방에서 이렇게 말했다. "그런데 지금 아무것도 기억나지 않네요."

지구상의 직업 없는 모든 PD가 지원한 자리였고, 내가 알고 있는 바에 따르면 나를 포함해 마지막 2명까지 압축된 상황이었기 때문에 더욱 비극적이었다. 나는 나머지 면접이 진행되는 내내 버벅댔고, 그 자리를 뜬 이후 건물 밖으로 나서기도 전에 울음을 터뜨리고 말았다.

나는 구직의 압박 속에서 찌그러져갔다.

우주는 분명 나를 위한 계획을 세워뒀을 텐데, 내게 뭐라는 걸까? 그게 정말 불명확했다.

일단 일자리가 빠른 시일 내에 구해지지 않으리라는 점이 고통스러우리만큼 확실해지고, 퇴직금과 실직과 엄마의 보조금이 조합된 결과가 어떻게 보일 것이며 구직 시장은 얼마나 우울할 것인지를 깨닫게 되자, 나는 긴축재정 프로그램을 실행에 옮겼다.

몰튼 브라운 핸드 워시는 슬프지만 가장 먼저 사라져야 할 즐거움이었다. 아이보리 비누도 나쁘지 않을 것이다. 잡지와 신문 구독도 모두 끝났다. 대신 우리 건물 아래층에 있는 네일숍이 사실상 도서관 역할을 해주었다. 나는 그곳에서 어떤 연예인이 우리와 얼마나 비슷한지 알아내기 위해 잡지를 보며 앉아 있을 수 있었다. 나는 이웃집에서 버린 신문을 슬쩍 가져오고, 주요 신문의 온라인 버전과 유료 TV 채널을 보려고 친구들에게 로그인 정보를 빌려서 목록으로 만들었다. 자존심 따윈 대문 밖으로 달아나버렸다.

나는 샴푸와 컨디셔너, 세안제며 로션까지 펌프질을 딱 한 번만 하는 원칙을 세웠다. 아무 생각 없이 한 손 가득 펌프질하는 것은 금지였다. 나는 돈이 없었으니까. 때때로 우울하거나 무시당하는 기분이 들 때면 큰 마음 먹고 머뭇거리는 손길로 펌프를 두 번 눌렀다. 나는 택시 타는 일을 그만 뒀다. 수업을 듣는 일도 그만 뒀다.

나는 침실에 설치해뒀던 폴댄스용 폴대를 포함해 몇 가지 물건을 팔았다. 나는 당시 유행에 따라 유명한 폴댄스 수업을 들었다 (그렇게 하면 주도적인 삶을 산다는 느낌을 받을 수 있다는 이야기를 들었다). 수업은 진짜로 재미있었고 육체적으로는 고단했다. 그러나 대부분의 수강생이 폴대 끝까지 올라갈 수 있었던 반면 나는 아래로 미끄러지곤 했다. 꼭대기에서 몸을 뒤로 젖히는 플립 자세나 천장까지 몸을 끌어 올려 만들어내는 모든 멋진 자세를 취할 수 없었다.

나는 전혀 자신감을 느끼지 못했고 짜증이 났다. 그래서 집에서도 연습을 할 수 있게 폴대를 사서 아파트에 설치한 것이다. 경쟁

심이 꽤 강하다고?(나는 꼭대기까지 오르는 데 성공하지 못했다. 단 한 번도)

아무튼 나는 호사스러운 비누와 마찬가지로 폴대와 그와 관련된 비싼 수업들에도 작별을 고했다.

쇼핑 역시 반드시 필요한 경우가 아니라면 더는 취미 삼아 하지 못했다. 피트니스 센터 회원권도 취소했고 개인 트레이너도 마찬가지였다. 살면서 처음으로 화장실 휴지며 종이 타월 같은 물건도 가격을 따졌고 거의 매일 돈을 계산했다. 최악의 사태가 벌어져서 내가 일자리를 찾지 못할 경우 얼마나 버틸 수 있는지 계산해보기 위해서였다.

지나고 나서 보니, 나는 불필요하게 과장된 최악의 상황을 가정했던 것 같다. 그리고 오늘날까지도 나는, 꼬박꼬박 들어오는 돈이 없다는 걱정을 하며 최악의 상황을 가정하고 있다.

내 퇴직금은 2009년 3월 27일 바닥나버렸고, 그날은 해고 날보다도 잔인한 날이 되어버렸다. 이때 희망은 죽어버리고 공포가 자리 잡았다.

실업 상태가 계속되자 나는 뉴욕주 정책에 따라 주에서 주최하는 이력서 수업에 참석하러 다운타운으로 가야만 했다. 거짓말은 안 할게. 나는 진지한 태도로 그곳으로 향했다. 나는 내가 이력서를 작성하는 법을 배우는 굴욕을 견뎌야만 한다는 것을 믿을 수 없었다. 하아, 나는 이력서 수업이 필요 없다고. 나는 일자리를 찾으며 시간을 보내고 싶었다.

그러나 놀랍게도 내 짜증은 다른 참석자들에 비하면 아무것도 아니었다. 수업은 월스트리트 출신으로 꽉 차 있었고 이들은 보디 랭귀지(팔짱을 끼고 손에는 펜을 들고 있지 않으며 의자에 구부정하니 앉아 있었다)로 자기들이 나보다 훨씬 짜증이 나 있음을 분명히 말하고 있었다. 이들은 엄청난 고가의 시계를 차고 아름답게 재단된 줄무늬 셔츠를 빳빳하게 다림질해서 입었으며 머리 위에는 비싼 선글라스를 얹고 있었다. 이 사람들은 행복하지 않았다. 나는 내가 직장을 잃은 것도 끔찍한 일이지만 이들은 금전적인 측면에서 나보다 더 몰락하게 될 것임을 깨달았다. 나는 이들의 긴축 살림이 어떤 모습일지 궁금했다. 나는 비싼 비누를 포기했다. 이들은 두 번째와 세 번째 집을 포기했다. 그럼에도 내가 감정적으로 진이 빠지고 완전히 의기소침해졌다는 것은 변하지 않았다.

직업적 트라우마가 나를 세게 후려쳤다. 직업은 몇 년 동안 내 인생을 이끌어가는 원동력이었다. 그러나 원인을 제공한 주변 상황을 따져보는 대신 나는 내 안을 굽어봤다. 이게 네가 잘못한 거야. 그래서 네가 지금 이렇게 된 거야.

구직 과정에서 31번 면접을 볼 수 있었다는 것 자체가 인상적인 위업임을 깨닫는 데에 10년이 걸렸다. 그러나 당시 나는 그걸 몰랐다. 전혀 인상적이지 않았다. 절망적일 뿐이었다.

chapter 3

저녁으로 뭘 먹을 수도,
마실 수도 있지만
둘 다 한꺼번에 해서는 안 되는 법

커리어

단 한 번의 핫한 순간을 위해 약간 통통해지는 데 성공했다. 이는 제2의 커리어를 얻기 위한 추동력이 됐다.

몸무게와의 싸움은 20대 중반에 시작됐다. 일단 하루 종일 일하고, 뉴욕이 제공하는 음식을 탐닉하고, 출장을 다니며 법인 카드로 외식하는 어른의 세계에 들어서자 체중계와의 끝없는 전쟁이 시작됐다. 나는 빼빼 마른 어린이였지만 어른이 되자 내 몸무게는 끊임없이 오르내렸다. 내가 이 투쟁을 위해 꾸역꾸역 애쓰는 한 언제까지나 그럴 것이다.

나는 극단적인 다이어트도 해봤지만 2006년인가 2007년쯤에는 매주 전문 영양사를 만나기로 했다. 영양사는 매주 식사 일지를 쓰고 섭취 칼로리를 기록하게 했다. 아주 놀랍고도 고통스러울 정도로 노골적인 작업이었다.

무지방 우유로 바꾼 스타벅스 라테 벤티 사이즈가 약 130칼로리인 걸 아는 사람?

아보카도 4분의 1쪽은 100칼로리라고.

매주 영양사를 만날 때마다 나는 내가 무엇을 먹었는지 보여줘야 했다. 영양사는 웃긴 말을 많이 했는데, 예를 들어 멕시코 음식 한 그릇과 마가리타'들'을 먹었다고 기록한 것을 보고는 "저녁으로 뭔가를 먹을 수도 있고 마실 수도 있지만, 둘 다 한꺼번에는 안 돼요"라고 말했다.

해석: 키가 158센티미터에 못 미칠 때 몸무게를 빼고 싶다면 한 끼가 아니라 하루에 총 1,350칼로리를 섭취해야 해요. 그러니 음료에 500칼……아니 700칼로리를 쓴다는 건 문제가 됩니다.

이 말을 듣고 나는 영양사에게 당신은 책을 꼭 써야 한다고 했다. 영양사는 자기는 책을 쓸 줄 모른다고 했다. 나는 종종걸음으로 서점에 달려가 그녀에게서 책을 짜내게 도와줄 작법서 한 권을 샀다. 우리는 팀을 이뤄서 출판 에이전트를 찾았고(지금도 내 에이전트인 마우라다) 실제로 『어반 스키니Urban Skinny』의 제안서를 팔았다!

당시 나는 비즈니스위크에서 일하던 중이었기 때문에 책을 쓰

기 위한 협동 작업은 요즘 애들 말마따나 '사이드 허슬^{Side hustle, 부업}'
이었다.

자유롭지만 자유롭지 않은 탈주

31번 면접을 보고 해고된 지 7개월 째 접어들면서, 나는 몇 가지
도전을 맞이했다. 박봉이자 월스트리트저널에서 라이브 디지털 프
로그램을 개발하고 출시하는 프리랜서 업무였다. 내가 비즈니스위
크를 그만둘 무렵 받았던 연봉의 반도 안 되는 월급이었지만, 진짜
로 신나는 경험이었다. 나와 함께 일하는 사람들은 전에 경험하지
못한 방향으로 똑똑하고 젊었으며 모험적이었다.

우리는 훌륭한 팀이기도 했다. 로런 구드^{Lauren Goode}와 켈리 에번
스^{Kelly Evans}, 그리고 우리의 정신을 혼미하게 하는 새벽 교대조로 구
성된 팀이었다. 가히 범죄급으로 이른 시간에 전화 통화를 할 때도
우리는 진심으로 즐거워했다. 켈리는, 내가 엑셀에 관한 아주 기초
적인 상식도 없다는 것(아직도 나는 아무것도 모른다)을 알고는 웃음을
터트렸고, 이따금 나와 로런이 캐나다에서만 살 수 있는 글리소메
드 핸드 로션에 집착할 때도 그랬다.

그로부터 5개월 후, 해고를 당한 지 꼭 1년을 채운 나는 마침내
뉴스 분야에서 두 종류의 일자리를 제안받았다. 복리 후생을 보장

받는 정규직이자 어느 정도 흥미 있는 일들이었다. 하나는 월스트리트저널에서 내 일을 계속하는 것이었고, 다른 하나는 로이터통신에서 비슷한 업무를 하는 자리였다.

둘 다 TV와는 상관없는 디지털 프로그램 일이었다. 두 일 가운데에 나는 로이터통신을 선택했다. 가장 재미없어 보였지만 돈을 가장 많이 주는 곳이었다. 중요한 것은 선택이 아니라 경제적 필요성이었다.

반 시크릿적인 거 아니냐고? 맞아.

무일푼이 되는 것을 예방하는 거냐고? 그것도 맞아.

감사한 일이었고 마침내 고용안정성이라는 착각을 누리는 어마어마한 안도감이 있었지만, 변변치 않은 능력으로 트라우마를 입은 상태에서 새로운 업무를 시작하자 나는 그 일이 쉽지 않을 것임을 알게 되었다. 단순한 사실은 내가 아주 겁이 많다는 것이었다. 그리고 내 자존감은 무너져버렸다. 내 엉터리 비전 보드는 아무런 도움이 되지 않았다. 나는 인생에서 별 쓸모없는 것들을 상상하면서 어디서 일을 하든 성공하지 못할 거라고 걱정하고 있었다.

새로운 일을 시작하는 것은 언제나 어렵다. 복사기가 어디 있는지, 누가 친절하고 누가 불친절한지, 예전 직장과는 다른 문화에 맞추기 위해 일하는 방식을 어떻게 바꿀 것인지 알려면 몇 달이 걸린다. 어느 직업이든 재취직 후 자포자기에서 벗어나는 건 둘째 치고, 본궤도에 오르는 것도 쉽지 않다.

이 일을 찾기 위해 면접을 31번 봐야 했지만 허둥지둥 찾은 이 일은 나와 어울리지 않았다. 내가 선택했을 법한 일이 아니었을 뿐더러 수백만 가지 이유에서 생산적이거나 긍정적으로 느껴지지 않았다. 날로 불안감만 더해졌다.

닷새쯤 지나자 나와는 맞지 않는 일임을 깨달았다. 일단 텔레비전 관련 일이 아니었다. 동료들은 의심의 여지없이 헌신적이고 재미있는 저널리스트들로, 그들과 일하는 것은 큰 기쁨이었지만 일자체가 내게 맞지 않았다.

그리하여 나는 비전 보드로 돌아갔다.

1년도 채우기 전에 새로운 일을 미워하는 고통에 깊이 빠져버린 나는, 나와 비슷한 생각을 하는 창의적인 여성들 무리에 끼게 됐다. 선택이든 금융 위기 때문이든 새로운 경제가 만들어낸 혼탁한 물속에서 자신의 길을 찾으려 애쓰는 여성들이었다. 일부는 부업을 본업으로 바꾸었고, 일부는 해고를 당한 뒤 자기 사업을 꾸려나가고 있었다.

많은 사업이 이런 식으로 이뤄졌다. 회사들은 여전히 인력이 필요했지만, 아무리 금융 위기에서 벗어났다고 해도 여전히 대규모 인력 감축이 필요했다. 예전이라면 사내에서 수행했을 컨설팅 업무가 관건이 됐다. 이것이 긱 경제 부흥의 시작이었는지는 잘 모르겠다. 하지만 직원 채용과 경리 업무는 온라인 서비스로 해결할 수 있고, 명함 제작 웹사이트 덕에 어느 곳에서든, 비싼 돈을 주고 사무실을 빌릴 필요 없이 소규모 자영업을 매우 쉽게 시작하고 운영할 수 있는 사실과 함께 그들에게 도움이 됐을 거라고 추측한다.

어느 쪽이든 8명 남짓한 우리는 함께 모여서 계란과 커피를 나눠 먹으며 서로를 격려했다. 우리는 우리 모임을 '브레이크 프리 클럽 Break Free Club'이라고 불렀다.

나는 정확히 말하면 자유로이 떠나온 것이 아니었다. 내게는 여전히 본업이 있었지만 내 부업이 차츰 힘을 발하고 있었다. 나는 방송국에서 일할 때 그 일을 진심으로 사랑했고, 잘한다고 생각했다. 게다가 오랫동안 그 일만 해왔기 때문에 다른 일을 잘할 수 있을지 몰랐다. 그러다 회사에서 해고를 당하면서 내가 일을 못 한다고 확신했다. 내 자신감은 지금껏 경험하지 못한 속도로 빠르게 사그라졌다. 내게는 PD로서 실질적인 기술이 하나도 없다는 결론을 내리는 와중에 『어반 스키니』로 거둔 승리를 떠올리기 시작했다.

PD로서 나는 매일 아침 신문을 읽었다. 모든 스태프가 촬영에 들어갈 수 있는지 확인했다. 불완전한 문장으로 프롬프터에 띄울 카피를 쓰면서…방송 중에 잠시 말을 멈추는 용으로 '…'도 많이 썼으며…언제나 대본을 90초 안에 짜 맞췄다. 나는 시계에 죽고 시계에 살았다. 진실을 말했고 사실을 바로잡았다. 기나긴 질문을 던질 줄 알았고 그러면서 더 많은 질문을 찾아낼 수 있었다. 나는 동료들과 술도 마셨다. 이러한 것들은 모두 실질적인 전문 기술처럼 보이지 않았다.

일터 밖에서의 나는 크기가 3제곱킬로미터도 안 되는 뉴저지 호보컨에서 7년간 살았던 덕에 평행 주차의 달인이었다. 호보컨에서 주차하려면 약간 범퍼를 박는 일은 감수해야 하지만 아주 좁은 공간에 차를 구겨 넣는 법을 배웠다. 나는 엄청난 속도와 정확성을 가지고 와인을 딸 수 있었다. 대학 시절 여름마다 캐나다 온타리오주 나이아가라 온 더 레이크Niagara-on-the-Lake시의, 하얀 식탁보가 깔리고 비싼 요리를 파는 화려한 레스토랑에서 일했기 때문이었다.

이 중에서 그 어느 것도 '미국 경제계'에서 인정받을 만한 일로 변환 가능해 보이지 않았다. 하지만 책을 쓰기 위한 협업이라면 할 수 있을 것 같았다. 사실 그 첫 번째 책은 두 번째 책의 대필로 이어졌고, 두 번째는 세 번째로 이어졌다. 나는 놀 틈 없이 하루 종일 일했고, 본업으로 셀프헬프책을 대필할 수 있다는 가능성은 현실이 됐다.

브레이크 프리 클럽은 프리랜서로서 우리의 새로운 역할에 대해 이야기 나누는 자리였다. 꿈과 현실의 균형을 맞추기 위해 우리는 한 달에 한 번 만남을 가졌다. 체계적으로 돌아가며 이야기를 나눴고 성과와 도전, 새로운 한 달 동안 지킬 스스로와의 약속 등을 보고했다. 나는 이 과정을 좋아했고, 내가 전업 작가에 도전할 수 있겠다는 생각이 들만큼 영감을 얻었다.

그럼에도 철학적으로 보았을 때 야바위 같은 일이 벌어지기도 했다. 어느 야심찬 라이프 코치가 우리 팀을 이끌면서 생긴 일이었다. 그 코치는 우주가 우리의 해방에 기여할 것이라고 말했다. 나는 그 코치의 이야기가 마음에 들었다. 게다가 우리는 모두 자유로워지고, 스스로 의사 결정을 내릴 수 있게 되기를, 그리고 그를 바탕으로 성공하기를 간절히 바라고 있었다. 라이프 코치는 우리에게 10억 원짜리 자기앞 수표를 쓰게 했다. 또 한 번은 주말 모임 오후 내내 비전 보드를 만들어야 했다.

이 비전 보드는 진짜 비전 보드였다. 훨씬 수준이 높아지고 구체적이었다. 그리고 학창 시절 협박 편지마냥 잡지에서 잘라낸 글자들로 채웠다. 내 꿈은 알록달록한 도화지 위에 테이프로 붙여졌다. 아마도 할렘에 있는 그 오래된 자석 보드보다 실현 가능성이 높을 거라고, 나는 믿기 시작했다.

지금 와서 생각해보니, 세상에서 가장 성공한 사람들을 조사해서 그들에게 비전 보드가 있는지 알아보고 싶다.

이봐요, 버락 오바마 씨. 비전 보드 있어요?

레이디 가가 씨는 어떠십니까?

세레나 윌리엄스 씨, 당신은 은색 윔블던 우승 접시를 잘라서 벽에 붙여놨어요? 아니면 밖에 나가 운동 연습을 하면서 챔피언이 되는 데 필요한 것들을 열심히 갈고 닦았나요?

나는 낮에는 뉴스 분야에서 일하고 밤에는 책을 쓰면서 열심히 노력할 수도 있었다. 하지만 사진을 오려 도화지 위에 붙이고, 이를 뚫어져라 쳐다봤다. 어떤 이유에선지 그 당시에는 학교로 돌아가거나 인맥을 쌓는 일, 아니면 글을 더 많이 쓰는 것보다 그게 더 타당하게 느껴졌다.

게다가 어디를 가든 끊임없이 "회사로 돌아가지 마… 네 사업을 시작할 수 있는 능력을 갉아먹게 될 거야"라는 말이 배경음악처럼 들려왔다. 가장 지배적인 설은 어떻게 해서든 내가 글이나 디자인, 영화 촬영을 직업으로 삼을 수 있도록 시간을 아껴둬야 한다는 것이었다. 나는 어느 정도 이 개념을 이해했다. 이 말들은 내 '실용적인 뇌'에 분란을 일으켰지만 그치지 않고 계속 울려댔다. 나는 스스로를 과소평가하고 미처 발휘하지 못한 그놈의 잠재력을 놓치고 싶지 않았지만, 마찬가지로 어떻게 해서든 고지서들을 해결하고 싶었다.

우리 모임에는 미묘한 기류가 흐르고 있었다. 자유롭게 내가 진짜 하고 싶은 일을 해야 한다고 하면서도 그와 딱 맞아떨어지지 않는 일을 해서 돈을 벌어야 한다는 이야기를 나눌 때면, 왜 그 일을 해야 하는지 변명하거나 적어도 합리화해야 했다. 모든 일은 우리 영혼을 풍요롭게 해준다는 말도 나왔지만, 어떤 일은 그저 대출을 갚는 역할을 할 뿐이었다.

이러한 마음속 잡음은 결국 나를 직업적인 갈림길에 서게 했다. 그때까지 나는 한 번도 내게 기업가다운 구석이 있다고 생각해보지 않았지만, 나는 뉴스 산업의 현주소, 아니면 적어도 내가 처한 환경에 환멸을 느끼고 있었다. 나는 내가 일하고 싶은 현장 가까이에서 일하지 못했고, 여전히 정리 해고의 트라우마에 시달리고 있었다. 내 가능성을 보려고 해도, 내 자신이 전혀 유망하게 느껴지지 않았다. 그러나 나는 직장을 찾으려고 미친 듯이 열심히 일하고 있었고, 새로운 사업을 시작하려고 일을 그만둔다는 생각은 완벽하게 바보같이 느껴졌다. 그럼에도 셀프헬프책을 대필하는 일이 하나둘씩 들어오면서 이쪽 일에 더 많은 시간을 투자하고 싶다는 생각이 점점 강해졌다.

그라파의 현신

해고당한 후 2년이 지난 어느 날, 나는 이웃에 사는 더그와 매주 만나던 한 레스토랑의 바에 앉아 있었다. 이곳은 내 할렘 아파트에서 딱 100블록 떨어진 곳에 있었다. 우리는 농담 삼아 이곳을 동네 아지트라고 불렀다. 우리 둘 다 당시 살던 곳에서 좀 더 다운타운 쪽으로 옮겨가 살 수 있기를 꿈꿨기 때문이다. 물론 더그는 어딘가에 비전 보드를 만들기보다는 머릿속에 간직하고 있었겠지만.

나는 언제나 똑같은 메뉴를 주문했다. 엔디브 샐러드와 볼로네제 파스타였다(내가 좋으면 좋은 거다). 그리고 바텐더 토미에게 반해 있기도 했다(내가 좋으면 좋은 거다). 마찬가지로 토미는 가끔 내가 샀을 법한 수준보다 비싼 와인을 사주면서 내게 확신을 주곤 했다.

하루는 더그를 기다리면서 (그리고 토미를 넘보며 군침을 흘리면서) 내 본업이 되어버린 로이터통신의 끔찍한 프로그램에 대해, 그리고 어떻게 나만의 일을 시작하고 내 운명을 개척해나갈 것인지에 대해 고민하고 있었다. 언젠가 어느 사무실에서 숫자를 만지작거리다가 결국 나를 또 해고해버릴 누군가를 기다리기보다는 말이다. 게다가 나는 컨설팅 회사에 관한 드라마인 〈하우스 오브 라이즈 House of Lies〉를 열심히 시청했다. 따라서 사업을 운영하려고 애쓸 때 기댈 수 있는 MBA 학위도 없고 그 드라마에서 나오는만큼 무자비하거나 아슬아슬한 방법은 아니지만 대금 청구 부분에 대해 많이 배웠다고 느꼈다.

내 미숙함이라든지 자유로이 탈주할 수 있는 능력과는 상관없이, 내 일이 나와 맞지 않다는 사실은 공식적으로 뻔할 뻔 자였고, 내게 어떤 잠재력이 있다 하더라도 절대로 그곳에서는 내 능력을 인식하거나 실현할 수 없을 것이었다. 그리고 그날 밤, 내 워너비 동네에서 나는 벽을 따라 줄 맞춰놓여 있는 그라파 Grappa, 포도로 만든 이탈리아 증류주의 일종 병들을 물끄러미 쳐다보고 있는 내 자신을 깨달았다. 나는 그라파를 좋아하지 않았지만 그 병들은 시선을 사로잡았다.

엄청나게 많은… 한 20병 정도 되는 그라파가 진열되어 있었다. 아름답고 제각기 다른, 오묘한 형태의 유리병에 담긴 투명한 술이 빚어낸 예술이었다. 나는 너무나 아름다운 그라파 병들에 마음을 빼앗겼고, 얼마나 다양한 그라파가 있으며 모두 똑같이 진한 맛을 내는지 궁금해졌다. 그라파에 대해 골똘히 생각하다가 문득 자신감이 파도처럼 밀려들어오는 이상하고도 낯선 감정을 느꼈다.

생각에 잠겨 있던 나는 비유적으로 말하자면 병에 쓰인 어느 메시지에 걸려들었다. 글쎄, 그라파로 이뤄진 벽이라는 형태를 한 메시지였다.

여기에는 이렇게 쓰여 있었다. 너한테 걸게.

너한테 걸게.

온 우주가 내게 말하고 있었다. 아니면 내가 오래전에 잃어버렸던 자신감이 말하는 걸까?

어느 쪽이든 이상할 정도로 큰 목소리였고, 내 머릿속에서 금세 명확해졌다. 나는 장래가 없는 듯한 곳에서 계속 일해야만 할까? 언제 또 다른 인사과 직원의 손에 들린 망치가 내 운명 위로 떨어질지 궁금해하며 준*전시 상태로 살아가는 불안함이 그만큼 가치 있을까? 우리는 아직 금융 위기에서 완전히 벗어나지 못했다. 일과 프로젝트는 모두 저 멀리 떨어져 있었다. 무엇도 안전하게 느껴지지 않았다.

내 자신에게 내기를 건다는 것은 내 운명을 내 손으로 개척해나간다는 의미였다. 도약하라. 그러면 내 새 비전 보드 위의 모든 것이 이뤄지리라.

그럴 거야, 그치?

다른 사람의 책을 써주는 직업은 잠재성이 있지만 불확실했다. 내 일자리도 마찬가지였다. 내 머릿속 어딘가에는 먹여 살려야 할 입이 하나밖에 없는 싱글 여성이 그 일을 하지 않는다면 그 누가 할 수 있겠느냐는 논리가 세워졌다. 이상하게도 자존감이 바닥을 치고 그 자리에 분노만 차 있던 시기에 일을 그만두고 내 사업을 시작해야겠다는 확신이 든 것이다. 그것은 내 마음속 어딘가에 묻혀 있던 것이었다.

다른 누군가의 곁에서 그 사람이 이끄는 대로 끌려가는 것은 내 스타일이 아니었다. 내가 일을 찾아야 할 필요가 있을 때면 켜지는 내 안의 엔진을 살펴보면서 나는 내가 생존자임을 깨달았다. 나는 절대 배와 함께 가라앉지 않을 것이었다. 내가 나 자신에 대해 알게 된 한 가지가 있다면 바로 그 사실이었다.

슬프게도 그러한 생각에 푹 빠져 있을 때 실직은 내 약점, 일자리를 찾지 못하는 무능력함은 내 결점의 표식처럼 보였다. 나중에 가서야 이 모든 것이 그저 내 머릿속 생각임을 깨달을 수 있었다. 그리고 다른 누군가가 직장을 찾으려 애쓰는 모습을 볼 때 그런 생각은 들지 않을 것이 분명했다.

이봐요, 다른 사람에게 보이는 정도의 존엄성과 존중을 스스로에게 보이는 사람은 그다지 많지 않다고요(나는 이 이야기를 나중에 어느 셀프헬프책에서 읽었다).

친구들은 나중에 내가 취직하기 위해, 자기들은 결코 할 수 없을 것 같은 방식으로 고군분투하던 모습이 얼마나 인상적이었는지 이야기해줬다. 그런 의견들을 검토해봤을 때, 그 순간 모든 광기와 동기에서 나는 내게 퇴직연금을 포기하면서 홀로서기를 위해 조직에서 떠날 능력이 있다고 판단한 것이다.

아마도 어느 정도는 자아가 관여했을 것이다. 어쩌면 내 방식대로 떠나고 싶었는지도 모른다. 아마도 나는 반갑지 않은 현실을 마주하기 싫었을지도 모른다. 결국 선택은 선택이다. 아마도 나는 내 이야기가 두 번째로 해고를 당하는, 당연히 벌어질 수 있는 그 사건을 향해 흘러가지 않기를 바랐는지도 모른다. 따라서 나는 내 이야기를 다시 쓰기로 했다.

이게 바로 나였다. 취직하려고 엄청난 노력을 기울인 지 2년 만에 나는 일을 그만두려 하고 있었다. 대담하다고? 맞아. 용감한 걸까, 어리석은 걸까? 그건 답하기 어려워. 아마도 양쪽 다겠지. 일단 결심이 서자, 그리고 우리 부모님도 어쩔 수 없이 동의하게 되자(적어도 부모님은 그렇다고 하셨지만, 버트 삼촌이 작가로 생계를 꾸려나가는 건 거의 불가능하다고 했다는 이야기를 전해주신 뒤였다), 나는 그렇게 했다.

지난 2년간의 고뇌, 그리고 내가 아는 일자리를 잃고 제대로 된 직장을 얻지 못한 사람들을 떠올려보면, 이는 당혹스럽고도 대담한 행동이었다. 내가 구직의 압박 속에서 바스러져가는 모습을 지켜본 이들이 보기에는 완전히 멍청한 짓거리였을 것이다. 그러나 나는 갑자기 이 결정이 옳다고, 아니 최선이라고 느껴졌다. 나는 묘하게도 이전까지 느껴보지 못한 방식으로 침착해졌다.

적어도 내 운명은 내 손안에 있었다. 그 어떤 보스도, 회사도 내 커리어를 좌지우지하지 못할 것이다. '스테퍼니 주식회사'가 지휘하게 될 것이다. 그리고 그것만으로도 나는 살아남으리라는 자신감이 생겼다. 나도 그 정도는 알고 있었다. 나는 내 직업적 운명을 손안에 쥐게 됐다. 이상한 일이지만 나는 직감적으로 옳은 일을 했다는 것을 알았다.

게다가 내게는 벽에 붙여놓은 10억 원짜리 수표가 있으니까, 그러니까 나는 아마도 잘 될 거야.

셀프헬프: 직업병인가 성격장애인가

내가 무작정 유명 전문가들을 위해 셀프헬프책을 쓰는 일에 뛰어든 것은, 내가 마음과 몸, 영혼에 분명 존재하고 있을 모든 허점을 찾아 해결하려는 일에 빠지게 된 것은, 비단 비전 보드 때문만은 아니었다. 물론, 개인적 성장과 셀프헬프에 집착하는 것은 갑자기 내 본업이 되어버렸다.

다른 누군가를 위해 책을 쓰는 일의 실제는 그들과 함께 책을 쓰는 것이다. 이 일을 시작하는 데만도 20시간 이상의 대화가 필요했다. 그들의 인생 또는 일에 대해 인터뷰하고 이야기를 나누는 데 그만큼의 시간이 필요했다. 어떤 면에서는 친밀한 일이기도 하다. 그들은 마음을 열고 내게 자신들의 인생, 업적, 불안감, 그리고 나누고 싶은지 확신조차 할 수 없는 이야기들을 믿고 맡겨야만 하기 때문이다.

그렇게 점점 친밀해진다.

인터뷰를 업으로 삼는 사람으로서, 나는 질문하는 것을 좋아한다. 상대방이 미처 중요하다고 생각하지 못했을 법한 이야기들을 끌어내는 내 자신이 자랑스럽다. 가끔은 쓸데없어 보이는 것들에 대해 설렁설렁 수다를 떨거나 나에 대한 이야기를 늘어놓기도 한다. 책의 세세한 부분과는 상관없는 대화를 촉발시키기 위해서다. 그때 그 사람이 말하는 방식과 목소리를 들을 수 있다. 눈앞에 닥친 주제에 집중할 때보다 그 사람에 대해 많은 것을 알게 되는 때이기도 하다. 가끔은 그러한 경우에 가장 좋은 것, 미처 중요하다고 생각지 못했던 것들이 나온다. 책에서 조언하려는 프로토콜을 설명해주는 최선의 방법을 알아내고 대중이 쉽게 이해하도록 책에 담는 것이 어려울 때도 있다. 다양한 이야기를 나누는 것은 이때도 도움이 된다.

책을 쓰려고 나와 만나는 사람들은 보통 과거의 베스트셀러를 예로 들며 책의 콘셉트를 이야기한다. 우리가 사랑하는 곤도 마리에라든지, 커리어 코치라면 수지 오먼Suze Orman이라는 식이다. 또는 어찌구계의 『#걸보스』#GirlBoss, 평범한 소녀가 패션 브랜드의 CEO가 되기까지 성공기를 담은 베스트셀러, 저쩌구계의 필 나이트^{Phil Knight}라는 식이다. 공평하게 말하자면, 과거의 영광에 의지하는 것이 더 유리한 때도 있다. 영화도 항상 그렇지 않던가.

내게는 누군가의 다이어트책이나 커리어책을 쓰려면 그전에 아주 많은 독서와 조사를 해야 한다는 의미다. 함께 일할 전문가가 다이어트 계획을 제안한다면, 나는 이를 실천해본다. 음식을 계량하고 특정 시간에 식사를 하며 그렇게 하면 어떻게 느껴지는지 분석한다. 나는 실제로 어떤 느낌이 드는지, 그가 제시하는 방식이 헷갈리거나 단순한지 이해하려고 노력한다. 그래야만 독자에게 잘 설명할 수 있다.

내가 작업했던 한 책에서는 식습관을 고치는 한편 몸에 축적된 중금속 독성 평가를 위해 머리카락 샘플을 보낼 것을 요청했다. 나는 그 책의 핵심을 이해하려면 직접 시험해봐야 한다고 생각했다. 나는 머리카락을 한 움큼 잘라서 캘리포니아로 보냈다. 그랬더니 내가 머리를 제대로 자르지 않았고 양도 부족하다는 답장이 왔다. 나는 뒤통수 쪽 머리카락을 더 크게 한 뭉텅이 잘라서 보냈다. 이번에는 결과가 나왔다. 일부 수치는 높고 일부 수치는 낮았다. 솔직히, 이게 무슨 뜻인지 또 어떻게 해석해야 하는지 전혀 이해할 수 없었다. 나는 더는 아무 행동도 취하지 않았다.

나중에 미용실에서 머리 손질을 받는데, 스타일리스트가 헤어드라이어를 내려놓더니 심각하게 말했다. "저한테 다 털어놓을 필요는 없어요. 하지만 저는 당신이 괜찮다면 안전한 공간에 있다는 걸 얘기해주고 싶어요. 뒤통수 쪽 머리카락이 엄청나게 크게 잘려 나갔네요. 배우자한테 학대받고 있나요? 자기 힘을 과시하려고 머리를 잘라버린 건 아닌가요?"

나는 걱정해줘서 고맙다고 한 후, 그저 일상적인 작업을 하던 중 자초한 일이라고 설명했다.

책을 쓴다는 것은 깨우친다는 것이고, 나는 늘 새로운 무언가를 배우고 있다. 나는 이 두 번째 커리어를 통해 20권 혹은 그 이상의 책을 만들어냈다. 한번은 섹스 테이프와 마약 파티(내가 아니라, 고객들 얘기다)에 대해 토론한 후 치료제로서 섹스를 연구하는 어느 과학자를 위해 글을 써야 했다. 평범한 사무실 같은 연구실에서 처음 그 과학자를 만났을 때, 나는 노트북을 놓을 자리를 마련하느라 책상 위에 놓여 있던 몇 가지 물건을 옮겨야 했다. 그중에는 전선과 집게가 달린 도구들도 있었다. 나는 아무 생각 없이 물건들을 치우다가 깜짝 놀라 얼어붙었다.

"음, 내가 방금 만진 이것들이 뭐죠?" 나는 물었다.

"항문하고 질 탐침기요." 그녀가 아무렇지도 않게 대답했다.

"깨끗한 거 맞죠?" 나는 가능한 한 무심한 척 물었다.

"소독된 거예요."

나는 그전까지 실용적인 문제를 다루는 과학자들과 함께 일해본 적이 없었다. 이번 작업은 이상했지만 그래서 더 매력적인 경험 가운데 하나가 되어가고 있었다.

우리는 그날 그녀의 연구를 어떻게 적용할지를 두고 티격태격하느라 많은 시간을 보냈다. 더 나은 표현을 찾지 못해서 이렇게 말하지만, 대부분의 '프로토콜'은 혼자서 해낼 수 있다고 치자. 그러나 올바르게 행하려면 상대방이 외음부를 자극해줘야 한다는 특정 개념이 있었다.

그전까지 다양한 제안서를 써봤기 때문에 나는 출판사들이 의문을 제기할 것임을 알고 있었다. 그날 아침만 해도 내가 근무시간에 다음과 같은 토론을 하게 될 것이라고 예상하지 못했다.

나: 그러면 싱글들은 어쩌죠? 우리는 싱글들을 위해 이걸 설명해줘야 해요. 누가 그 사람들의 외음부를 찔러줘요?

과학자: 꼭 애인한테 해달라고 할 필요는 없어요. 친구한테 해달라고 하면 돼요.

나: 음, 솔직히 그건 좋은 방법이 아닌 거 같은데요. 혼자 처리할 수 있는 방법이 있을 거예요.

과학자: 없어요. 그냥 친구한테 부탁해서 프로토콜대로 해달라고 하면 돼요.

나: 저는 우리 집에 와서 외음부 좀 찔러달라고 부를 사람이 아무도 없는데요.

과학자: 저는 적어도 2명은 떠오르는데요.

나: 저는 저처럼 뉴욕에 살면서 자기의 은밀한 부위에 작업을 해달라고 부를 친구가 한 명도 없는 싱글이 수십 명쯤 떠오르는데요.

그녀는 결국 글로 옮길 수 있을 만큼 훌륭하고 실행 가능한 해결책을 설명해냈다. 그리고 거부감 느끼지 않는 방식으로 문제를 해결하도록 도와줄 합법적인 조직이 존재한다는 점도 짚어냈다.

나는 셀프헬프나 건강, 또는 웰니스에 관한 책을 쓸 때 저자의 다이어트법이나 자기계발 훈련법을 실천해본다. 책에서 운동이나 일지 작성을 권한다면, 그에 관한 내 경험은 독자가 겪을 수 있는 자잘한 문제들을 설명하는 데 도움이 된다. 하지만 앞서 언급한 섹스책에 대해서는 이 접근법을 취하지 않았다. 그 제안서를 쓰기 위해 내 신체에 그 어떤 도구도 삽입하지 않았다. 대신 내가 아는 싱글들에게 외음부 자극을 위해 누구를 부를 수 있는지 물어봤다. 아무도 없었다. 애인이 있는 친구조차 확고했다. "나는 내 남자 친구한테 과학 실험을 위해 외음부를 찔러달라고 부탁 못 할 거 같은데."

섹스책은 이례적이었다. 나머지 책들은 내가 그대로 살아봤다. 간단히 말해, 나는 더 많은 책을 쓸수록 더 많은 책을 완전히 경험했다. 나는 그 책들대로 살아봤다. 아주 심각한 직업병이다. 예를 들면, 해결책에 대한 책을 더 많이 쓸수록 내 안에 있는 고쳐야 할 결점을 더 많이 발견할 테니까.

새로운 커리어를 시작하면서 나는 점점 더 '날 고쳐줘' 군단에 취약해지기 시작했다. 인생 전반이, 그리고 홀로 일하는 데서 오는 각양각색의 불안감 세트가 나를 취약하게 만들었다. 자영업을 하는 내 친구들과 나는 이런 스트레스를 '프리랜서 신드롬'이라고 불렀다. 누구도 다시는 나와 계약하지 않고 나는 거리 구석에 놓인 택배 상자 안에서 노숙하다가 굶어 죽고 말 것이라는 잘못된 확신을 바탕으로 한 과장된 불안감이 지속되는 상태였다. 그럼에도 자영업을 하면서 스스로에게 내기를 거는 것은, 그렇게 길거리에서 노숙하는 일을 피하도록 힘을 주었다. 2008년에 정리 해고를 당했던 사람들은 그러한 경제의 결과로 다시 해고되고 또 해고됐다.

훗날 나는 이 책을 쓰면서 함께 일했던 저자이자 내가 가장 좋아하는 사람 가운데 하나인 라마니 더바술라Ramani Durvasula 박사에게 왜 우리가 그런 해결책을 찾으려드는지 물었다. 그녀는 다양한 이유가 있다고 말했다. 우리는 불확실성을 싫어하고, 그래서 답을 줄 수 있는 심리학에 기댄다는 것이다. 그리고 힘든 일을 겪을 때면 혼자가 아니라고 느끼고 싶어 한다. 내게 어떤 해결책을 제시하는 셀프헬프책이 있다면, 이는 나처럼 느끼는 사람이 10만 명은 더 있다는 의미가 된다. 그러한 책들은 나만이 아니라 다들 그것을 갈망한다는 집단적인 소속감을 제공한다.

그 점이 내게 공감을 불러일으켰다. 나는 책을 쓰고 읽어가면서, 나를 괴롭히거나 내게 닥쳐오는 일들이 다른 이들에게도 벌어진다는 사실을 알게 되는 게 좋았다. 논의하거나 궁리해보는 일마저도 모두 괜찮았다.

셀프헬프에 따라 사는 것이 갑자기 내 직업이 됐다. 개선 방법과 강의, 코치, 책, 소득공제되는 연구까지! 모든 걸 배우고 모든 걸 고쳐볼래! 중간 속도라든지 적당한 속도 따위는 내 변속기어에 없었다. 나는 돈을 벌면서, 엄청나게 많은 조언을 무료로 받고 있었다.

그러나 나는 더 강력한 도취감을 원했고, 내 욕구는 비전 보드에 붙은 사진이나 고객들의 이야기를 넘어서 부풀어 올랐다. 동시에 어떤 해결책에도 만족할 줄 모르는 갈망이 시작됐다. 이를테면 다이어트 수련회, 온갖 종류의 코치들, 집을 곤도 마리에식으로 정리하느라 몇 주를 보내는 것, 각종 기록, 심리학, 워크숍, 그리고 다양한 책에 빠져들었다.

세계는 내게 영적인 강연과 전문가들, 그리고 인생을 변화시킬 책들을 강제로 주입시키고 있었고 나는, 음, 그러니까 내가 가능한 모든 방식으로 더 나은 사람이 되기를 바라며 모든 것을 거머쥐었다. 그 과정은 쉽지 않았다. 그리고 제시되는 모든 해결책은 엄청나게 극단적이기도 했다. 소소한 단계들이 아니었다. 그리고 몇 주간 노력을 쏟고 나면 엄중한 점검이 기다리고 있었다. 내게 이게 필요 없거나 효과가 없다면 그 사람들이 이렇게 강요하지도 않을 거야. 그렇지? 나는 스스로에게 이렇게 말하곤 했다.

짜잔, 셀프헬프에 기반을 둔 커리어가 탄생했다.

그리고 내 새로운 습관도 태어났다.

PART 2. 거래

chapter 4

뚱뚱한 여성은
프렌치 키스를 못 받는 걸

데이트

40대에 접어들자 데이트가 마치 마샬이나 TJ 맥스 할인 매장에서 하는 쇼핑 같아졌다. 쓸 만한 것은 다른 사람들이 이미 다 집어간 상태였다. 재고는 적고, 남아 있는 것은 다 그럴 이유가 있었다. 즉 파손되거나, 결함이 있거나, 잘 맞지 않았다. 대부분 아무도 그것을 원치 않았기 때문에 남아 있는 것이었다. 첫눈에는 정확히 무슨 문제가 있는지 말하기 어려웠지만, 항상 뭔가가 있었다(그리고 결국에는 그 문제를 알게 되기 마련이었다). 여전히 나는 할인 매장을 돌아다니며 희망을 품고 물건을 찾아본다. 가끔은 그냥 뭔가를 사기 위해 사버리는 경우까지 있다. 내가 찾던 물건도 아니면서, 그냥 그곳에 있으니까 살 수 있을 때 사버리는 것이다.

할인 매장 쇼핑처럼 40대의 데이트란, 빈손으로 돌아갈 수 없기 때문에 내가 찾을 수 있는 가장 무난한 사람을 붙드는 것을 의미했다. 그러나 집에 도착하고 나면 내가 정말로 원하지도 않는 것을 찾기 위해 할인 매대를 뒤지고 마음에 드는 척하느라 지칠 대로 지쳐서는 후회만 남는다. 물론, 한두 번 사용하긴 한다. 결국엔 내게 맞던지 생각보다 괜찮을 거라고 기대하면서 말이다. 그러나 매번 달라지는 건 없다는 걸 깨닫게 됐다. 그저 모자란 물건인 경우가 빈번했고, 나는 다시 한 번 실망하며 그것을 버리거나 기부해버렸다.

나는 20대일 때 누군가에게 정착하지 않았지만 파트너를 찾으려는 일은 쉽게 느껴졌다. 20대의 데이트는 버그도프나 삭스 같은 고급 백화점의 진열장 사이를 돌아다니는 것과 같다. 구입 가능한 것들은 대부분 고급스럽고, 스타일이며 사이즈, 색상 등이 다양하게 존재했다. 시간을 들여 천천히 진열장을 들여다보고, 재미로 웃긴 옷을 걸쳐보거나 멋지게 어울릴 게 분명한 옷들을 입어본다. 그리고 확신이 서지 않는 독특한 옷들에 대해서는 고민해볼 것이다. 그리고 사치를 부리면서 말도 안 되는 옷을 사버린다. 고고 춤에 어울릴 법한 깃털 장식이 달린 볼레로에 돈을 다 써버려서 10년은 족히 입을 수 있는 실용적인 검은색 바지를 사지 못하는 것이다. 그런 사태의 장기적인 파급효과에 대해서는 전혀 걱정하지도 않는다.

젊었을 때는, 선뜻 살 수는 없지만 시선을 사로잡아버린 옷을 사서 한 번 입고는 가격표가 그대로 달린 채로 반품할 정도로 용감했을 수도 있다. 파산했을 때조차 윈도쇼핑을 즐겼을 수 있다. 아무것도 사지 않아도 그 자체로 즐거웠으니까.

나는 젊었을 때 그렇게 데이트를 했다. 그러나 내가 미처 몰랐던 것은 언제까지나 우습거나 시시한 쇼핑을 하는 호사를 누릴 수 없다는 점이었다. 결국 시간은 흘러가는 법이다.

30대일 때 우리는 (어느 정도는 필사적으로) 아이의 아빠가 되어줄 사람을 찾을 가능성이 높다. 그리고 어쩌면 그에 대해 다소 절망적이 될 수도 있다. 정말로 압박감이 느껴진다. 시계는 째깍거리고 재고는 줄어든다. 판단 역시 흐릿해진다.

나로 말할 것 같으면 30대의 데이트란 시트콤 〈레번 앤 셜리^{Laverne & Shirley}〉에 나오는 식료품점 쇼핑 전쟁과 같았다. 둘에게는 시간이 정해져 있고, 시간이 다 가버리기 전에 손에 잡히는 식품이 있다면 계속 집어 들어야만 했다(나는 어렸을 적 아빠와 이 에피소드를 함께 보았고, 아빠는 만약 내가 마음대로 쇼핑할 수 있는 기회를 얻게 된다면 그냥 스테이크를 몽땅 집어야 한다고 했다. 가게에서 가장 비싼 상품이기 때문이다. #인생의교훈 #마음대로쇼핑하는그날을기다리며).

레번과 셜리는 카트가 넘치도록 짐을 실었고 바지 주머니에도 물건을 쑤셔 넣었으며 결국에는 결승선까지 걸어가기는커녕 대책 없이 집어든 것들을 아무것도 가지고 나올 수 없었다. 마지막에 힘겹게 몸을 끌고 나왔을 때 수중에 남아 있는 것이라곤 냉동 생선 튀김과 초코파이밖에 없었다.

둘은 너무 많은 것을 바랐고 지나치게 높은 곳을 겨눴다. 엄청난 기대를 품었지만 마지막에는 거의 아무것도 얻지 못했다.

데이트 재고를 다시 채운다는 것

몇 년을 대필 작가로 보내고 나니 직업적으로 가속을 얻기 시작했다. 커리어 분야에서 우주가 뭔가를 이뤄내고 있음을 알리는 신호가 오고 있었다.

일이 끊임없이 밀려들어왔고, 청구서 결제를 걱정하는 데는 절대로 느긋해지지 못했지만 계속 작업을 해야 할 정도로 충분히 많은 일을 했다. 즉, 내 시간을 100퍼센트 사업에 쏟았다는 의미다. 일자리를 잃고, 끊임없이 공포에 질리고, 우주에 의지해 극단적인 커리어를 선택하는 일은 거의 일어나지 않았다. 당시에는 내게 그럴 여유가 없었으니까.

나는 더는 멀티태스킹이 가능한 PD가 아니었다. 나는 내 인생을 별도의 독립체들로 구분 지어야만 그럭저럭 해나갈 수 있게 됐다. 이는 사업이 나쁘지 않게 굴러가고 내가 홀로 일하는 추진력을 얻기 시작했으니, 내 인생의 또 다른 면에도 관심을 기울일 때가 됐다는 의미였다.

데이트는 가장 처음 덤벼야 할 분야처럼 보였다. 어쨌든 책마다 그렇게 소개했으니까.

내가 당시 작업하던 책은 한 연예인과 그녀의 친구들이 겪은 데이트 참사를 연대순으로 기록한 것이었다. 나는 많은 여성과 데이트 재앙에 대해 인터뷰하고 있었다. 내가 가장 좋아하는 이야기 가운데 하나는 끔찍한 첫 데이트에서 도망쳐 나오려고 식당 화장실 창문으로 기어서 탈출했다는 이야기였다. 내가 인터뷰한 모든 여성은 수천수만 번의 데이트를 했고 양으로 승부하고 있었다. 확률로만 따지자면 모두 결국 누군가를 만날 것처럼 보였다. 왜냐하면 엄청난 노력을 쏟아붓고 있었으니까. 나는 그 이야기들을 글로 옮기면서 그들을 응원하는 내 자신을 발견했다. 매번 천생연분을 발견하는 데에 가까워지고 있다고 생각했기 때문이었다.

거기서 나는 영감을 얻었다. 그리고 무슨 책을 쓰든 그 내용을 실천에 옮기는 버릇이 있던 나는, 적어도 데이트의 세계로 돌아갈 노력이라도 해야 했다.

훌륭한 셀프헬프 개종자답게 나는 내 인생의 결점들을 재어보고 그 결점을 고치는 데 도움이 될, 접근 가능하고 적절한 전문가가 누군지 판단했다.

쇼핑의 비유는 둘째 치고, 내가 처음 전략을 세워가며 고려한 점은 내 연애 생활을 솔직하게 들여다보는 것이었다. 나는 다음과 같은 말로 내 연애 생활을 요약할 수 있었다. 여태껏 그 누구도 그다지 흥미롭지 않았다. 어쨌든 길게 봐서 말이다.

이것으로 끝.

그러나 이렇게 썼다가는 지루하고 짤막한 장*이 되어버리고, 또 자기반성을 할 자리가 부족할 수도 있다.

또한 나는 주로 집에서 일했기 때문에, '직장에서' 사람을 만나기가 불가능했을 뿐 아니라 전반적으로 사람들과 상호작용할 기회가 상당히 적었다(집에서 일하는 사람 아무나 붙잡고 물어보길. 혼자 있는 시간이 아주 많다). 내게는 재고가 필요했다.

그리고 내 풀을 넓혀야만 했다. 끌어당김의 원칙이라든지 갖가지 것을 차치하고서라도 연애는 숫자 게임이기도 했다. 그리고 공정하게 말하자면 통계상 숫자는 딱히 내 편이 아니었다. 내가 발견한 통계 중 하나는 싱글 여성 100명당 싱글 남성은 86명 존재한다고 했다. 또 다른 통계치에서 싱글 여성 50명당 만나볼 수 있는 싱글 남성은 33명이었다.

이러한 숫자들은 특히 뉴욕에서는 진실이었다. 내가 읽은 것에 따르면 포틀랜드나 시애틀 같은 도시에서는 가능성이 더 높아보였지만, 내가 이상형을 찾아 미 대륙을 가로질러 이사하기 전에 이 숫자를 이겨낼 더 간단한 방법을 찾을 수 있을 것이라고 생각했다.

나이를 변수에 넣는다면 이 통계치는 아마 더 나빠질 것이다. 내가 더 젊었을 때 재고는 분명 더 훌륭했다. 그러나 싱글남, 아무 싱글남이나 찾으려는 내 방법론은 점점 더 어려워질 것이었다. 나는 옛날에 소개링(나는 소개팅을 그렇게 불렀다)을 계속했다. 20대를 되돌아보면 내 친구들은 나에게 소개시켜줄 사람을 많이 알고 있었다. 그리고 내가 더 배려했었어야 할 좋은 데이트 상대도 꽤 있었다. 당시 나는 가끔 출장을 다녀야 했고 그 좋은 남자 중 다수를 떨쳐버리곤 했다.

결국 친구들의 밑천이 다 떨어져버렸다. 아니, 희망이 바닥난 것일까. 어느 쪽인지 잘 모르겠네. 어느 쪽이든 나는 더 이상 내 데이트 상대 재고와 가능성을 높이기 위해 예전의 방식에 기댈 수가 없었다.

내 불안감을 떨쳐버리기 위해서, 나는 스피드 데이트를 끊겠다고 맹세했다. 물론 효율적인 방식이기는 했다. 그러나 나는 또 다른 기회를 얻기 위해 너무 자주 수치심을 견뎌야만 했다. 아직 스피드 데이트를 해보지 않았다면, 다음을 한 번 상상해보자. 여성들은 식당에 마련된 자리에 앉아 있다. 서로 떨어진 테이블이 여러 개 놓여 있다든지, 경우에 따라 U자 모양의 탁자와 천을 씌운 긴 의자가 벽에 붙어 있기도 했다. 우리는 남자들이 돌아다니는 동안 가만히 앉아 있어야 했다. 설정에 따라 나는 매번 3분에서 5분 정도 되는 데이트를 10번에서 30번까지 경험했다. 사람 진을 빼놓고, 고통스러웠으며, 어쩌면 미인 대회 같았다.

날 차라리 죽여줘.

내 계획을 완성하려면 내 능력에 대해 솔직해져야 했다. 내 데이트 작전에 착수하는 데 필요한 마지막 고려 사항이었다. 신속한 자기평가를 통해 나는 기술이 그다지 없다고 생각하기 시작했고, 따라서 데이트 쇼핑은 더 고될 수밖에 없었다. 나는 히트작인 『그 남자 그 여자의 연애기술』을 출간 당시 읽었지만 그 책에서 제시한 기술들을 완전히 무시하기도 했다. 예를 들어 남자가 내게 금요일에 데이트하자고 목요일에 (아니면 지금 당장) 전화를 걸어온다면, 나는 '수요일을 넘기지 마라'라는 원칙을 깨고 '예스'를 외쳤다.

해석: 절망적이었다. 왜냐고? 왜냐하면 내가 저널리스트였을 때 썼던 것과 똑같이 집요한 기술들을 사용해 데이트를 했으니까.

끈질기게 군다.

일을 저지른다.

명확히 밝힌다.

추격전을 벌인다.

무슨 수를 써서라도 인터뷰를 해낸다.

취재원이 동의할 때까지 전화를 건다.

메러디스 그레이^{미국 인기 의학 드라마 〈그레이 아나토미〉의 주인공} 말마따나 나는 "나를 뽑아줘, 나를 선택해줘, 나를 사랑해줘" 타입이었던 것이다. 굳세기도 하지.

그래서 남자들을 질리게 만들었나보다.

예를 들어 나는 CNBC에서 잠깐 근무하는 동안 런던에 살았다.

뉴욕에서 돌아오는 어느 여행에서 나는 당시의 콘티넨털 항공 비행기에서 이코노미석 한가운데에 앉아 있었다. 비행기가 막 이륙해서 순항 고도에 접어들자, 나는 의자를 뒤로 젖혔다. 잠시 후 내 뒤에 앉은 한 여성(약간 닳고 닳아 보이는 영국 여자였다)이 내 의자를 계속 툭툭 치면서 나를 "미친×"라고 불러댔다. 어찌나 거칠게 의자를 찼던지 나는 마치 슬로 버전으로 패들볼Paddle Ball, 코트의 벽면에 대고 공을 라켓으로 쳐서 하는 경기이라도 하듯 앞뒤로 계속 덜컹거렸다.

그녀는 승무원이 와서 무슨 일이 벌어지는지 알아볼 정도로 동요를 자아냈다. 솔직히 나는 어찌할 바를 몰랐다. 나는 갈등을 가라앉히려고 의자를 똑바로 세웠지만 전혀 도움이 되지 않았다. 그녀는 계속 발로 차고 밀어댔으며 큰 소리로 욕설을 퍼부었다. 비행기에 타기 전에 술을 마셨으며 내가 의자를 젖힌 것 말고도 모든 것에 화가 나 있음이 분명했다.

지금껏 수만 마일을 비행했지만 이런 일은 처음이었다. 그 이후로도 한 번도 벌어지지 않은 일이다. 어쨌든, 그 해는 2000년이었고, 내 추측이지만 9.11 테러가 아직 터지기 전이었기 때문에 비행기 안에서의 난동이 용인됐던 것 같다. 지금 같으면 이 미친 기운이 뻗쳐나오는 닳고 닳은 숙녀 분의 행동이 회항의 근거가 될 수 있을지는 모르지만, 아마도 플라스틱 족쇄에 팔목이 묶이던지 아니면 적어도 기내 보안 요원에게 주의를 들으리라.

다행히 승무원이 내 자리를 옮겨주었다. 이코노미석은 만석이었지만 비행기 앞쪽에는 빈 좌석이 하나 남아 있었다. 이 역시 단골 승객 업그레이드나 모든 것이 컴퓨터로 이뤄지는 오늘날에는 생기기 어려운 일이다. 어쨌든 혁신 이전의 시대이니 7L 좌석은 내 것이 됐다.

이날 운이 좋았던 것은 좌석뿐만이 아니었다. 내 옆에는 헝클어진 밝은 갈색 머리에 꾀죄죄하고 쭈글쭈글하지만 완전 귀여운 젊은 남자가 타고 있었는데, 런던에서 금융업에 종사한다고 했다. 와, 이게 바로 우주구나. 우주가 이유가 있어서 나를 딱 필요한 곳으로 보냈구나. 나는 대화(아니면 저널리스트다운 질문 공세)를 통해 갑자기 옆에 앉게 된 이 흥미로운 남자가 라스베이거스에서 열린 콘퍼런스에 참석하고 돌아오는 길임을 알게 됐다.

나는 대화… 아니 심문을 해가며 그에게 콘퍼런스 이름, 그가 머물렀던 호텔 이름, 그가 일하는 은행 이름 등을 캐낼 수 있었지만 성姓만은 알 수 없었다. 우리는 즐겁게 이야기를 나눴고 둘 중 한 명을 위해 런던 공항에 차가 대기하고 있었기 때문에 도심까지 함께 차를 타고 올 수 있었다. 나는 어느 회사가 그 차에 대한 비용을 지불했는지 까먹었지만, 내가 먼저 첼시에 있는 아파트 앞에 내렸다는 것은 기억난다.

다음 날 회사에서 나는 한 명인가 두 명의 동료와 비행기에서의 내 모험과 귀여운 금융권 남자에 대해 세세한 이야기를 나눴다. 내 대서양 횡단 비행과 관련해 우리의 수준 높은 잡담 뒤에는 내가 그의 뒤를 추적해봐야 한다는 의견 일치가 따랐다.

순화해서 말하자면, 내가 값진 도전을 좋아한다고 치자.

나는 곧장 작업에 착수했다. 내가 인터뷰 주제를 마련하느라 애쓰는 방식과 꽤 비슷했다. 한정된 정보와 개인 비서인 척 흉내 낼 수 있는 능력으로 무장한 나는 라스베이거스에 있는 호텔에 전화해 (믿기 어렵겠지만) 성공적으로 그의 성을 알아냈다. 그리고 나서 은행의 대표번호로 전화해 그 은행의 표준 이메일 주소 형식(이름.성@은행이름.com이었다)을 알아냈다. 빙고! 나는 이 남자의 이메일 주소를 알아낸 것이다. 오늘날에도 그게 가능할지는 잘 모르겠다(안 될 가능성이 높다). 하지만 나는 당시 내 ~~스토킹~~ 예리한 수사 기술에 감명받았고 솔직히 아직까지도 그렇게 생각한다.

나는 그에게 간단한 메모를 보냈다.

제목: 한잔 할래요?

이메일 내용: 7L 좌석의 스테퍼니

그의 답장은 이랬다.

당연하죠.

미쳤나봐! 제대로 먹힌 것이다.

그 당시에는 정말로 내 행동이 무례할 정도로 적극적이라는 생각이 들지 않았다. 우리가 마침내 만났을 때, 내가 그를 겁에 질리게 만들었고 그는 그저 내가 자신을 어떻게 추적했는지 알아내고 싶어서 나왔을 뿐이라는 사실이 분명해졌다. 불행히도 모든 대화가 그 주제에 맞춰져 있었다. 분명히 우리 둘 가운데 하나는 더 훌륭한 탐정이었다.

나는 그에게 아무것도 이야기하지 않았고, 마치 머리 나쁜 소녀처럼 매번 웃기만 했다(제기랄, 그냥 내 뛰어난 전략을 공유했더라면 좋았을 텐데). 하지만 그의 가설은 내가 '미국 마피아'의 일원이라는 것이었고(그는 진짜로 그렇게 믿기라도 하듯 희한한 표정으로 그 말을 했다), 그게 아니면 탐정을 고용하는 수고스러움을 감수했을 거라고 했다(와, 내가 남자에 좀 궁하기는 했지만 절박하지는 않았다고. 그렇게까지는 아니야).

다시 생각해보니 그런 식의 독단적인 행동은 보도 기사를 좇을 때는 특출할지 몰라도, 남자 뒤를 좇을 때는 눈살을 찌푸리게 만들고 주제넘으며 약간 〈위험한 정사〉마이클 더글러스와 글렌 클로즈 주연의 에로틱 스릴러로 변호사 댄은 알렉스라는 여성과 충동적으로 격렬한 정사를 나누게 되는데 그 이후 알렉스는 댄에게 집착한다. "난 무시당하지 않을 거예요, 댄"이라는 대사로 유명하다풍의 '미친_난_무시당하지_않을_거예요_댄'식으로 느껴질 수도 있겠다.

그러니까 그게 그렇다는 거였다. 그는 그 이후 절대 전화하지 않았다. 마치 동네 바바리 맨을 맞닥뜨리기라도 하듯 내가 무서웠는지, 아니면 그냥 관심이 없었는지는 앞으로도 알 수 없을 것이다.

공정하게 이야기하자면, 우주는 나를 채비시켰고 파트너를 찾을 수 있는 잠재력을 주었다. 그렇긴 하지만 우주의 선행을 덮어버린 어떤 운영상 실수가 있었다고 할까.

빛나는 머릿결, 빛나는 난소

이 런던 에피소드는 메도 소프라노Meadow Soprano, 드라마 〈소프라노스〉의 주인공이자 마피아인 토니 소프라노의 장녀로 똑똑하고 자기주장이 강하다식의 내 데이트 기술에 대한 표준 척도이자 완벽한 표현이라 할 만하다. 나는 결국 내가 데이트 상대를 찾을 다각도의 접근법을 개발하려면 전문가의 도움을 받아야 함을 깨달았다. 그래야 우주가 다시 한 번 기회를 줬을 때 망치지 않을 테니까. 나는 더 준비가 되어 있어야 했다.

내 첫 단계는 내가 왜 데이트에 서투른지 적당히 가르침을 주는 강연인 '왜 나는 싱글인가'에 등록하는 것이었다. 팸플릿에는 뭔가를 보장해준다고 쓰여 있었는데, 그게 무엇이었는지는 기억이 나지 않는다. 분명히 한 사람의 인생에서 싱글로 지내는 부분을 고쳐주겠다는 것이 주요 정보였을 것이다.

나는 친구 세라와 함께 참석했다. 우리는 자신에 대해 더 잘 알고 우리의 난자가 고갈되어버리기 전에 남편을 찾을 기술을 배우게 될 것이라는 희망에 차 있었다. 그러나 뉴욕에 있는 어느 호텔

연회장에 들어서자, 희망에 차 있지만 동시에 살짝 부끄러워하는 여성들을 보면서 점차 회의감이 차올랐다.

그곳에는 아직 짝을 만나지 못했다는 결점을 고치길 간절히 원하는 수백 명의 여성이 있었다. 요령 없는 싱글들의 바다였다. '분명 세라와 나는 이보단 나을 텐데.' 이것이 처음으로 떠오른 생각이었다. 두 번째 생각은 이랬다. '시간 낭비겠어.'

강연을 이끌어가는 여성은 다음과 같은 말로 시작했다. "내가 더 잘 알고 이 강연은 엉터리지만 친구 때문에 어쩔 수 없이 왔어"라는 태도를 계속 드러내는 이상, 아무것도 배우지 못할 것이라고.

흠, 좋아. 그러니까 저 분은 독심술사인가 보네.

나는 '최선을 다해 듣고 있어요'라는 표정을 지으면서 동공지진을 일으키지 않으려고 노력했다.

처음 두 가지 이야기가 약간 흥미롭게 다가왔다. 첫째, 그녀는 남자들이 가끔 우리에게 선물을 주면서 관심을 얻으려고 할 때가 있다고 설명했다. 선물은 남자들이 우리를 주목하고 있음을 알려준다. 또한 우리가 자기에게 관심을 갖는지, 또는 작은 제스처로 주목하라고 살며시 꼬드길 수 있는지 보려고 주변에서 알짱거리게 하는 역할도 한다. 선생님은, 예를 들어 직장에서 어떤 남자가 비품 보관함에 다녀오면서 펜 하나를 책상에 갖다 놓는다면 기꺼이 받으라고 말했다. 그건 선물이니까. "전 펜이 필요 없는데요"라고 말하지 말라는 것이었다.

아마도 내가 할 법한, 아니면 이미 여러 번 저지른 짓이겠지.

그다음으로는 열린 마음을 가지라고 했다. 아마도 펜을 준 사람은 당신의 레이더망 안에 없었을 수도 있지만 있었을 수도 있다는 것이다.

두 가지 모두 내게는 유용한 조언처럼 보였다. 후에 첫 번째 조언은 데이트 문제를 초월했다. 나는 누구든 작지만 친절한 행동을 하면 상냥하게 대하고, 어떤 이유에서든 상대방이 제공하는 것을 받아들이려고 노력하기 시작했다. 시간이 흐르면서 나는 사람들이 만들어내는 소소한 제스처에 좀 더 주목하고 그만큼 감사하며 받아들이기 시작했다. 어쩌면 다른 이를 위해 작은 행동을 한다는 것이 그 사람들을 기분 좋게 만들었고, 또 고맙다고 말하고 그 제스처를 받아들이는 것이 마땅히 해야 할 일일 수도 있다.

강연장에 앉아 있는 동안 내 태도는 서서히 변해갔다. 완전히는 아니지만 조금은.

그러나 그다음 그녀는 나를 밀쳐냈다.

그녀가 내놓은 그다음 조언은 이랬다. "여러분의 머리칼을 빛나게 유지하세요. 왜? 여러분의 머릿결이 반짝일 때 남자들은 확실히 당신이 가임기라고 생각하고 은연중에 여러분을 아내감으로 생각할 테니까요."

자, 생각해보자.

남편을 만날 유일한 방법이 내 난소가 특 A급 난자를 뽑아내고

있음을 입증하는 것이고, 입증할 수 있는 유일한 방법은 길고 빛
나는 머릿결이었다.

뉴스 특보입니다. 제 머릿결은 반짝입니다. 내 머릿결은 언제나
반짝여왔습니다.

그곳에 앉아 강연을 들으면서 나는 갑자기 공포에 휩싸였다. 페
미니스트로서, 인간으로서, 그리고 내게 든든한 인생의 반려자가
될 잠재력이 있음을 입증할 더 좋은 방법이 있을 거라 기대했던 한
인간으로서.

반짝이는 머릿결을 가진 어떤 사람으로서.

강연을 안달내며 기다리던 우리는 도망가고 싶어 견딜 수가 없
었다. 휴식 시간이 되자 나는 강연장에서 벗어났다. 하지만 슬프게
도 그 내용에서는 결코 벗어날 수 없었다.

그 조언은 어처구니없었다. 하지만 순식간에 몇 년이 흘러가고
데이트가 점점 어려워지면서 가끔씩 내 머릿속에 떠오르는 생각
은… 아아… '그 남자는 내가 데이트를 할 수 있을 만큼 생식력이
있다고 생각하나?'였다. 그 조언은 내 머릿속 내면의 목소리에 슬
며시 접근해 다른 자괴감 덩어리들과 함께 빙빙 돌아가고 있었다.

그리고 나는 그걸 내버려둘 수밖에 없었다.

하이힐 신고 탐사하기

강연은 처참하게 실패했고, 나는 『유일한 사랑을 찾아서Calling in the One』이란 책으로 넘어갔다. 제시하는 단계를 정확히 따라가기만 하면 7주 안에 사랑을 찾을 수 있다고 보장하는 책이었다. 나는 그 책을 읽은 뒤 사랑에 빠져버린 누군가를 안다는 사람들과 이야기를 나누기도 했다. 그 책을 완독하고 나서 빠른 시일 내에 기대하지 않았던 인생의 동반자를 찾아 결혼한 사람도 알고 있었다!

효과가 있어! 반론의 여지가 없는 과학적 증거가 코앞에 있었다.

처음에 나는 하드 코어하게 이 책과 씨름하면서 거기서 제안하는 연습 문제들을 한 번에 한 장씩 실행에 옮겼다. 그리고 굉장히 열린 마음으로 핵심 개념들을 받아들였는데, 훌륭한 조언이기도 했다. 즉, 내 타입이라고 마음속에 담아두고 있는 사람만 찾지 말라는 것이다. 눈을 크게 뜨고 다른 가능성을 고려해봐야 한다.

우리 모두는 어떤 사람이 남편감이고 어떤 사람이 남편감이 아닌지에 대한 선입견이 있다(물론 남자들은 여자들처럼 빛나는 머릿결, 아니 머리카락 자체를 가질 필요도 없지만). 그러한 생각은 훌륭한 결혼 상대가 될 수 있는 흙 속의 진주를 찾지 못하게 우리의 눈을 가려버린다. 책에서 하라는 대로 나는 인생의 동반자를 위한 공간도 남겨뒀다. 예를 들어 침대 양 옆에 각각 독서 등을 두어서 상상 속의 그가 사용할 수 있도록 하는 식이었다.

이 책은 7주 형을 선고했지만 나는 5주 안에 끝내버렸다.

나는 이 연습에 질려버렸지만, 그것 말고 다른 장애물도 있었다. 내게는 결승선을 통과하는 데 필요한 재고가 부족했던 것이다. 나는 내 머릿결을 반짝이게 관리할 수도 있고 마음을 열 수도 있었지만, 무엇보다도 우선은, 대충 만나보기라도 할 것인지를 고려라도 해볼 남자가 필요했다.

나는 내 친구이자 에디터인 라라에게 내 경험을 늘어놓으며 한탄했다. 나는 당시 라라와 함께 다른 누군가의 책을 작업하고 있었다. 라라가 내게 제안을 하나 했다. 라라는 다른 저자들과도 일하고 있었는데, 그중 한 명은 데이트 코치로, 데이트에 관해 여러 권의 책을 쓴 사람이라고 했다. 라라는 내게 새로운 방법을 찾아야 한다고 했고, 그 조언은 극도로 유용했다.

나는 책만 사들이는 대신 나름의 게임을 해보기로 결심했고, 그 데이트 코치를 고용해 개인 과외를 받기로 했다. 전화 통화로 첫 컨설팅을 받은 후 나는 완전히 빠져들어서 6시간짜리 강의를 구입했다. 거기에는 온라인 데이트 프로필 만들기 세션, 전화 세션, 이메일 세션이 포함되어 있었다. 과외비는 비쌌지만 충분히 가치 있게 느껴졌다. 나를 바깥세상과 온라인세상으로 데려가줌으로써 내 재고 문제를 해결하는 데 도움을 줄 것이기 때문이다.

데이트 코치는 무조건 계약을 체결시켜야 한다고 믿는 유형이었다. 아마도 영업 사원으로 일한 경험이 그녀의 남편을 찾는 데 활용됐기 때문일 것이다. 그녀는 데이트 코치 사업에 영업 사원의 기술을 접목시켰다. "저는 사업 계약을 성사시키듯 데이트를 성사시켜요."(그래, 영업 기술은 데이트에 적용할 수 있겠지만, 언론계 기술은 아니라고.)

빛나는 머릿결도 의무가 아니었다.

우선, 나는 온라인용 프로필을 만들어 올렸다. 나는 몇십 년 전에 매치닷컴Match.com을 이용하기도 했다. 전화선을 통해 인터넷에 연결하는 AOL 다이얼 업이 핫하던 시절이었다. 하지만 딱히 결실을 거두지 못했기에 혼탁한 온라인 데이트의 풀에 다시 들어가지 않았다.

온라인 데이트에 대한 그녀의 원칙은 상당히 단순했고, 설득력 있었다. 유료 데이트 플랫폼만 사용하라는 것이었다(당시는 온라인 데이트가 완전히 어플 위주로 돌아가기 전이었다). 소위 그냥 가볍게 즐기는 것이 아닌 사랑을 찾는 데 투자하며 데이트하고 있다는 의미이기 때문이었다.

프로필을 작성할 때는 머리와 어깨까지만 나온 사진이 아니라 머리부터 발끝까지 다 나온 전신사진을 사용하라는 조언을 들었다. 숨이 턱 막히는 것 같았다.

오싹하지만 타당한 조언이었다. 내가 보유하고 있는 재고가 무엇인지 분명하게 밝혀야 하는 법이니까.

처음에는 어쩔 줄 몰랐지만 나는 그녀가 하라는 대로 했다. 좀 날씬하게 보이고 이중 턱도 가리려고 사진작가는 사다리 위에 올라가 위에서 내려다보며 사진을 찍었다. 밝은 색 립스틱을 바르고 프레임 안에 다양한 색깔을 입혔다. 페미니스트와는 거리가 멀었지만 언제나 사진 속에서는 (그리고 데이트 나갈 때도… 우웩) 드레스에 하이힐을 신었다.

나는 지시받은 대로 사진을 찍었고 놀랍게도 의심의 여지없이 최고의 사진들이 나왔다. 최근에 찍은 사진 중 유일하게 드레스에 하이힐을 신고 내 몸의 곡선을 모두 드러낸 사진이기도 했다. 데이트 코치와 나는 함께 프로필을 가공해냈고 새로 찍은 사진들을 올렸다. 그리고 나는 온라인 데이트에 뛰어들었다.

이를 위해 그녀는 몇 가지 기본 원칙을 알려줬다.

우선 남자를 만나는 주요 통로로 데이트 웹사이트를 이용할 때 요청이 들어온 모든 데이트를 승낙해야 한다. 아무것도 거절해서는 안 된다. 인생을 살면서 그즈음 나는 덜 까탈스러워지고 있었고, 그 개념이 반가웠다. 누군가 남자의 어떤 면을 보냐고 질문하면 이렇게 대답했다. "빠진 이가 없고 자주 샤워하는 남자요."(나는 생각보다 더 까다로웠고, 이 거절 금지 조항을 완벽히 지키지는 못했지만, 코칭을 받기 전보다는 개방적인 마음을 유지하려고 노력했다.)

코칭 세션에서 데이트는 데이트가 아니라는 조언을 들었다. 처음에는 데이트가 아닌 만남이라는 것이다. 이 조언은 압박감을 내려놓는 데에 도움이 됐다. 게다가 온라인 만남이라는 인위적인 세계에서는 그런 태도가 타당해보였다. 문장 몇 개와 전문적으로 찍은 사진 한 장에서 무엇을 얻어낼 수 있겠는가?

그 외에 추가적인 원칙은 다음과 같았다.

커뮤니케이션할 때는 마치 영업 사원처럼 보내는 사람의 어조에 따라서 이메일과 문자를 다루라. 데이트남이 딱 두 문장만 써 보냈다면 당신도 딱 두 문장으로 답하라. 또한 답장할 때 속도도 조절해야 하며(내 추측에 남자를 궁금하게 만들고, 당신이 그의 전화를 기다리느라 하루 종일 전화기 옆에 죽치고 있지 않음을 분명히 보여주기 위해서인 듯하다. 나는 그렇게 했다. 이 코칭을 스포츠처럼 여기고 제안하는 것을 달성하기 위해 노력했기 때문이다) 주말 동안에는 절대 답장하지 마라.

일단 흥미가 유발되면, 플랫폼에서 벗어나 직접 커뮤니케이션하기 시작해라. 초기 한두 번의 문자는 괜찮다. 하지만 전화 통화를 이끌어내기 위해서 문자 보내기를 중단해야 한다. 그 사람에 대해 더 나은 판단을 하기 위해서다.

시간을 충분히 갖고 지금 커뮤니케이션하는 그 남자가 좋은 사람인지 가장 잘 판단할 수 있는 연애 과정을 펼쳐나가라.

첫 전화 통화는 길어도 30분을 넘기지 마라(그 남자가 더 원해야 하니까).

첫 만남에서는 술은 한 잔 이상 하지 마라. 그래야 그의 성격을 판단하고 좋은 선택을 할 수 있다. 그리고 만남은 1시간 이내로 끝내라(그 남자가 더 원하도록 해야 하니까). 나는 이 1시간 문제를 세련되게 처리하지 못했다. 어떤 데이트에서 나는 대화에 깊이 빠져서 문득 정신이 들었을 때 1시간이 몇 분 남지 않았음을 깨달았다. 나는 그의 말을 가로막고 공황 상태에 빠져서 "저 가야겠어요"라고 말하고는 벌떡 일어나서 12시 종이 친 신데렐라처럼 떠나버렸다.

데이트 코치의 결과는 다음과 같았다. 한 남자는 실제로 나와 결혼하기를 원했다. 한쪽 무릎을 꿇고 프러포즈를 한 것은 아니더라도, 그는 몇 차례 우리 둘이 결혼하면 어떨지 보고 싶다는 말을 했고, 몇 번의 데이트도 하지 않고 이러한 결론에 다다랐다. 솔직히 말해 그가 나를 진짜로 잘 알지 못한다는 점을 고려하면 조금 오싹했다. 하지만 그보다 내가 이론상 좋게 보이나 보다 생각했다.

나는 그에게 조금도 관심이 없었다.

그러나 나는 데이트 코치의 조언에 따라 행동했다. 관계가 잘 되지 않으리라는 촉이 초기에 온 경우에도 그랬다. 그러니까, 그런 건 만나자마자 5분 내에 알 수 있는 거지만.

코치는 긴 안목으로 봤을 때 좋은 남자가 기다리고 있을지 보기 위해 이 데이트를 계속해보라면서, 피상적인 이유로 결정을 내리지 말라고 상기시켜줬다. 그러나 내 생각에 나는 피상적으로 그러는 것이 아니었다.

나를 평가하지 말아줘. 그리고 그런 생각도 그만. 내가 너무 눈이 높아서 가질 수 없는 남자만 탐낸다거나 아무튼 계속 싱글인 사람에 대해 하는 그런 모든 말 말이야. 결국 불발에 그친 이 관계는 우리의 가치와 정치적 관점이 아주 멀리 동떨어져 있다는 말로 설명할 수 있었고, 우리 사이가 잘 풀리지 않으리라는 것이 확실해졌다. 예를 들어 그는 학교에 총을 소지하고 다니는 교사들을 강력하게 지지했고 뉴욕에서 가장 좋은 식당은 직원들이 코스튬을 입고 일하는 타임스 스퀘어의 어느 테마 레스토랑이라고 생각했다.

또 다른 경고등도 있었다. 그는 엄밀히 따지면 뉴욕시에서 컸는데도 웨스트 빌리지West Village에 대해 들어본 적이 없었다. 나는 속물이 아니다. 나는 럭셔리한 여자가 아니고, 흔히들 그렇듯 소박한 집안 출신이다. 그러나 이 세상에서 가장 멋진 도시이자 세계적인 수준의 요리를 1만 원부터 50만 원 사이에서 맛볼 수 있는 식당으로 가득한 뉴욕에서 살고 있다. 또 싱글이라면, 한 번쯤은 궁금해서든 배가 고파서든 무슨 식당이 있는지 웨스트 빌리지에는 가봐야지.

아니면 적어도 코스튬을 입지 않은 직원들이 있는 식당에도 가보라고.

그런데도 나는 데이트 코치가 하라는 대로 이 경험을 끝까지 밀고 나갔다. 인간적으로 봤을 때 더는 열린 마음을 유지할 수 없다고 느끼기 전까지 말이다.

그리고 나서야 나는 말을 쏘아 죽이고 내 갈 길을 갔다.

내가 배운 원칙과 지시들은 아무런 설렘이 느껴지지 않을 때 훨씬 따르기 쉬웠다. 테마 레스토랑남은 끊어내기가 쉬웠던 반면에, 나중에 나는 아플 정도로 심각하게 내 흥미를 끄는 남자와 데이트를 했는데 A) 나는 술을 엄청나게 마셨고 B) 첫 번째 데이트가 너무 재미있어서 그날 저녁 4시간 내내 질질 끌었으며 C) 잠깐 거울 좀 보고 오겠다는 핑계도 대지 않았고 D) 기타 등등을 저질러버렸다.

그 결과는 좋지 못했다.

데이트 코치의 조언은 온라인 데이트에만 국한된 것이 아니었다. 남자를 만나는 또 다른 시스템이 있었는데, 이는 '탐사'라고 불렸다. 몇 주 동안 일요일마다 나는 아침에 깨서 머리에 드라이를 받으러 드라이바Drybar에 갔고, 빌어먹을 하이힐 부츠를 신고 매주 다른 동네의 커피숍에 갔다. 내게 주어진 임무는 책을 읽거나 핸드폰을 들여다보는 것이 아니었다. 그 공간을 돌아다니는 것이었다. 싱글처럼 보이는 남자가 우유나 설탕을 가지러 컨디션 바에 갈 때마다 나, 스테퍼니도 컨디션 바에 가야 했다.

우유 때문에가 아니라.

설탕 때문에가 아니라.

대화를 트러 가야지.

나는 궁서체로 이 활동을 싫어했다. 내가 이 활동을 싫어한다고 말하는 것은 캐나다 사람들이 가끔 "죄송합니다"라고 말하는 것과 비슷했다(내게는 '미안'병이 있었다. 나는 미안하다는 말을 하루에도 백 번씩 한다. 심지어 다른 사람이 내게 와서 부딪힐 때도 그렇다).

그럼에도 그 일을 했다. 커피숍 탐사는 아침 9시부터 밤 9시까지 계속되는 모험으로, 나는 그다음에는 간이식당 탐사를 했고, 또 그

다음에는 남성복 가게 탐사를 했다. 드라이를 받았으면 본전을 뽑아야 하는 거 아냐?

탐사에서 산출된 데이트 수: 없음.

하.지.만! 나는 그렇게 함으로써 쪼그라든 자신감을 세울 수 있었다. 낯선 사람들에게 말을 걸기 시작하면서(비록 탐사일이라 운동화에 머리를 질끈 묶고도) 나는 흥미로운 점을 발견했다. 설사 뉴욕이라 할지라도 인간은 반응을 해준다는 것이다. 그리고 가끔 사람들은 내 가슴골도 확인했다. 아마도 이건 새로이 벌어지는 일은 아니었겠지만, 나는 여기에 주목하기 시작했다.

탐사에 관해 읽기만 해도 지친다고? 이건 지치는 일 이상이었다고 단언한다. 『유일한 사랑을 찾아서』는 노력에 불평하지 말라고 했다. 관계에도 품이 들기 때문이다. 좀 더 진실한 말은 거의 입에서 흘러나오지 않았다. 이 모든 것이 노력이었다.

나는 중도에 포기하는 타입이 아니라서 계속 온라인 데이트를 이어갔다. 하지만 e하모니eHarmony라는 사이트에서 시간을 보내던 어느 날, 그만 한계점에 다다르고 말았다. 이 사이트는 사람들의 설문을 모아 특정하고 구체적인 정보를 제공한다. 컴퓨터는 인연을 만들기 위해 알고리즘을 사용하기 때문이다. 나는 몇 달 후 이 사이트의 데이트 매칭이 완벽하지 못하다는 것을 알아챘고, 매칭 기회를 넓히려고 내가 요구 사항을 확연히 낮췄음을 깨달았다.

어느 날 나는 좀 이상한 인연에 대해 고민했다.

나와 연결된 상대는 지하철 운전사였다. 그가 프로필에 올린 사진은 제복을 입고 가슴팍에 지하철 지도를 꽂고 지하철 차량 안에서 운전하는 사진이었다.

기억하자. 데이트 코치는 돈을 지불해야 하는 사이트에만 가라고 했다. 이는 남자들이 노력하고 있다는 의미고, 또 이는 하룻밤 불장난보다는 인연을 원한다는 뜻이라고 했다. 하지만 그가 프로필 사진을 위해 제복도 바꿔 입지 않았다는 것은 노력처럼 느껴지지 않았다.

그래도 나는 드라이를 하고 하이힐을 신어야만 했다.

나는 내가 자주 지하철을 탄다는 사실 외에 우리의 프로필이 어떻게 연결됐는지 보려고 애썼지만 실패했다. 언뜻 보기에도, 그리고 포렌식 조사를 거친 후에도 우리 사이에는 아무런 공통점이 없음이 분명했다.

이런 이야기를 하면 내가 싸가지 없는 여자처럼 보일 것이다. 충분히 이해한다. 나는 모든 데이트를 받아들여야 한다는 조언을 들었기 때문에 이번에도 충실하려고 애썼다. 나는 그 사진을 들여다보며 이건 데이트가 아니라 '만남'이라고 되뇌었다. 나는 이런 웹사이트가 아니면 마주칠 일도 없을 사람들로 이뤄진 명단을 자세히 살폈고, 가능한 많은 사람에게 나를 노출시켰다. 내가 TV를 보는 동안 내 거실을 돌아다니는 희한한 일을 저지르지 않을 법한 그런 사람들이었다.

첫 만남 이후 설렘이나 다시 만나겠다는 결정이 뒤따르지 않으면 데이트가 아니라는 것은 이치에 맞는 이야기였다. 누군가를 사진으로 평가한다는 것은 진정한 사랑을 찾는 방법이 아니다. 나는 이를 알고 있었고 지금까지 내가 좀 더 열린 마음으로 남자들을 만나려고 노력해왔다는 것도 알고 있었다. 잘 되지 않을 것이라는 촉이 올 때도 그랬다. 그러나 이 지하철 운전사는 계속 뭔가가 거슬렸다. 그의 직업 때문에 그를 거절하는 것은(설사 지금까지 내가 그래왔다 하더라도), 사회 계급을 두고 사람을 차별하지 않으려는 내 계급 감수성을 건드리는 일이었다. 나는 비열한 사람이 되고 싶지 않았다. 그리고 물론, "누가 아니, 진짜 괜찮은 사람일 수도 있어"라며 우쭐대는 커플들의 의견도 있었다.

나는 실망했지만 진심으로 노력했다. 마침내 나는 내가 애써 노력하던 모든 것, 그리고 데이트 코치와 (어쨌든 나와 내 싱글 친구들이 참아내야 했던 '만남'의 반도 해보지 않았을) 결혼한 커플들이 한 모든 조언이 무작정 따라 하기에는 상당히 어리석다는 것을 깨달았다.

그 결과 나는 결혼하거나 커플인 사람들에게 내가 무엇을 하고 있는지 설명하는 것조차 그만뒀다. 나는 싱글들에게 초점을 맞췄다. 나랑 똑같은 짓을 하면서 저 멀리 참호에 숨어 있는 이들이다.

나는 내 친구이자 '특정_나이의_싱글녀' 동료인 앨리슨에게 조언을 구했다. 그녀는 심리학 박사이자 아주 바람직한 방향으로 온라인 데이트 세계에서 핫했다. 정확하고 교과서처럼 딱딱한 여자지만 언제든 여러 건의 데이트가 기다리고 있었다. 그녀 역시 그 과정이 고행임을 알고 있었다. 가끔은 그러한 만남이 지적으로 아무런 자극이 되지 않는다는 생각도 했다. 그녀와 나는 이 점에 대해 길고 긴 토의를 했다. 그녀만큼 교육받은 누군가와 데이트하길 원해도 괜찮은 걸까? 나는 석사 학위가 있었지만 앨리슨만큼 교육받지는 않았다. 그녀는 박사였으니까. 그럼에도 까다롭게 군다는 것에 대한 죄책감이 우리를 감싸고 있었다. 그러니까, 지하철 운전사를 무시하는 게 타당한 일일까?

그녀의 연구는 "그래, 우리는 까탈스러울 수 있어"라는 점을 밝혔다. 우리는 까탈스러울 자격이 있었다.

앨리슨도 전문가에게 상담을 받았다. 상담가는 고등교육기관의 학위는 그녀의 기준선이 될 것이라고 말했다. 또한 그녀 자신을 위해 전문직 배우자를 찾아도 괜찮다고 말했다.

그래서 그녀는 그렇게 했다.

그리고 어떻게 됐게? 훗날 알게 됐지만, 그녀의 남편 역시 기준이 높았다. 하지만 앨리슨이나 나와는 달리 그는 온라인 데이트 플랫폼에서 '4년제 대학 졸업자 이상'이라는 칸을 선택하는 데에 조금도 거리낌이 없었다(온라인 데이트의 끔찍함을 경험해보지 않은 독자에게 설명하자면, 실제로 이런 질문이 나온다. 여기에는 원하는 키, 수입, 종교, 그리고 정치관도 곁들여진다. 마치 횟집 메뉴처럼 말이다. 남편을 결정하는 일이 광어를 먹기로 결정하는 것만큼 쉽다면야).

그의 그 결정은 그가 앨리슨을 찾도록 이끌었다. 그의 유일한 걱정은 자신이 풀을 좁히고 있다는 것이었다. 그러나 그가 그렇게 한 것은 과거의 데이트 경험에서 나온 반응이었다. 그 여성들과는 직장 행사에 함께 참석했을 때 대화를 이끌어가기 힘겨울 수 있겠다고 느꼈기 때문이다. 앨리슨과 내가 동등한 수준의 남성을 추구하는 것이 속물적인 것은 아닐까 의문을 품는 동안 그녀의 남편은 전혀 거리낌이 없었다.

그 외에도 우리가 결심한 바가 있다. 데이트할 때 더 젊은 여성들은 대부분 난자가 노화하고 난소가 불안정해져 간다는 것을 걱정하지만, 40대 이상은 상당히 다르다. 짐작건대 우리는 그 시점에 이르기까지 살아남기 위해 열심히 일해왔을 것이다. 나는 그랬으니까. 내게는 가장으로서 지불해야 할 청구서들이 있었고, 또 40대 중반이 되면서 곧 은퇴가 다가오고 있다는 깨달음에 타격을 입었다. 내 상황에는 경제적 스트레스가 한 꺼풀 더 입혀졌다.

물론 나는 돈이 들어가는 자녀가 없었다. 하지만 내게는 심리 치료며 레이키榮氣. 일본식 기치료, 코치들이 있었다. 그리고 대출도. 아, 의료보험도.

통계에 따르면 싱글 여성의 약 4분의 1이 은퇴 후 최저생계비에 못 미치는 수준으로 살고 있다. 대조적으로 결혼한 여성은 겨우 6퍼센트만이 그렇다는 점에서 내가 감수해야 하는 위험은 더욱 커졌다. 청구서를 감당할 수 없는 배우자를 떠맡게 되는 것은 내가 덤빌 수 없는 도전이었다.

고르지 못한 자영업 수입에 기반을 둔 경제적 불확실성은 내가 45세가 되던 해 데이트 방정식을 바꿔놓았다. 물론 『유일한 사랑을 찾아서』에서는 타당한 견해를 내놓았다. 우리가 다다르지 못한 그 장소를 바라보라는 것이었다. 나는 그렇게 했다. 하지만 경제적 현실은 가끔 "사랑은 길을 찾아낼 것이다"라는 말을 압도한다. 그리고 그 점에 대해서 나는 변명하지 않을 것이다.

이쯤에서 누군가가 이렇게 말하면서 논쟁을 일으킬 수 있다. 즉 여자들은 항상 돈 때문에 남자랑 결혼하고, 보살핌을 기대한다는 것이다. 그렇게 할 수만 있다면 아주 잘한 일이다. 하지만 내게 해당되는 일은 아니었다. 나와 관련된 여성의 99퍼센트에도 해당되지 않았다. 다른 한편으로 나는 반려자가 있으면서 가장으로 일하는 많은 여성을 알고 있고, 그들에게 감동을 받는다.

결국 가장 중요한 사실은 내가 특정 나이기 때문에 기준을 낮추는 것은 잘못된 선택이라는 점이었다. 앨리슨과 내가 지적인 동등함을 원해도 되는지 고민할 때, 누군가는 내게 소개팅에서 "말수를 줄이라"며 아파트와 임대용 부동산을 가지고 있다고 언급하지 말라고 했던 것도 기억난다. 상대방을 겁먹게 만들 수도 있기 때문이었다.

우리는 남자가 질문하고, 대화의 어조를 정하고, 관계의 속도를 조절하도록 하는 반페미니즘적인 게임을 할 수도 있다. 하지만 나는 이러한 게임이 연인 간의 관계에도 작용하지 않을까 생각한다. 나는 당당하게 아집이 세고, 당당하게 똑똑하다. 정착은 내가 가야 할 길이 아니다. 내게 필요해서가 아니라 내가 원해서 엄청난 가치가 있는 남자를 기다리는 거면 괜찮다.

그때의 나는 질문지를 채우고 빈칸에 표시를 하고 있었다. 내 프로필을 보는 (내게 딱히 흥미가 있을 거 같지 않은) 남자들과, 내게 까다롭게 굴지 말라면서 정착해야 한다고 강조하는 친구들에게 가차 없는 평가를 받았었지만, 이제 내 기준은 완전히 달라졌다. 그저 아무나 만나서 먼저 좋아하게 되고 그다음에야 구체적인 문제들을 걱정하는 것보다는, 당당하고 까다롭게 구는 것이 질문지에 의해 처음부터 만들어진 방정식의 일부인 것처럼 보였다. 매칭 서비스는 비정상적인 자체적 평가와 강제적인 선택, 체크리스트 등이 특색이니까.

그 지하철 운전사는 사실 핵과학자였고 어떤 실험을 진행 중이었는데, 누가 자신을 얄팍하게 판단하지 않는지 보고 싶었는지도 모른다. 그러나 나는 이를 알아낼 준비가 되어 있지 않았다.

그리고 이 매칭을 마지막으로, 나는 프로필을 지우고 온라인 데이트를 잠시 쉬기로 했다.

현시대의 노처녀

나는 어떤 상황에서도 교훈을 얻는 것을 좋아한다. 내 실수, 성과, 그리고 곤란한 만남까지, 또 데이트며 내가 듣는 모든 수업, 전문가, 여러 모험도 포함해서. 오랫동안 나는 내가 싱글이라는 데에 스트레스를 받아왔다. 내가 그토록 열심히 노력한 것도 이 상태를 바꾸고 싶었기 때문이다. 나는 내가 싱글이라는 자체가 나에 대한 좋지 않은 증거라고 생각했다. 내 성격에 심각한 문제가 있다는 것 말이다. 하지만 공정하게 이야기하자면, 평생의 반려자와 함께하는 것은 멋진 일이기 때문에 노력한 것이기도 했다.

나는 내가 들이는 노력에 대해 생각했다. 또한 싱글에 대한 이 사회의 의견이 내게 어떤 압박을 주고 내 판단을 어떻게 흐리는지, 그래서 내 머릿결이 얼마나 반짝이는지 걱정하게 하는지에 대해서도 고민했다.

싱글 남자는 미혼 남자지만 싱글 여성은 노처녀였다. 세상은 노처녀를 좋게 보지 않았다.

노처녀의 정의는 결혼하기에 너무 늙었다고 판단되는 싱글 여성이다. 반면에 미혼 남자는 씩씩하고 젊은 인간으로 본다. 아마도 빛나는 머릿결에 대해서도 마찬가지일 것이다. 여기에 상응하는, 미혼 남자가 꼭 갖춰야 할 덕목 따위는 없다.

그렇게 해서 수많은 내 친구들과 내게는 '결혼하지 못한'이라는 딱지가 붙었다. 노처녀. 즉 전성기를 지나쳐버린, 자녀가 없는 독신녀 동료들이었다.

이러한 개념은 사회에 의해 강화되어왔다. 나는 대학원을 졸업하고 처음 호보컨으로 이사 간 후 고향으로 돌아갔던 때가 기억난다. 고향에서 나는 여름방학마다 함께 일했던 사람들이나 고등학교 동창을 마주쳤다. 그러면 대화는 이런 식으로 흘러가곤 했다.

무작위로 만난 비판적인 아무개: 스테퍼니, 요새 어떻게 지내요?

나: 안녕하세요, 저는 시러큐스에서 석사 학위를 땄어요(그리고 장학금도 받았다고요!). 그러고 나서 뉴욕에서 TV 방송국 일을 하게 됐어요!

무작위로 만난 비판적인 아무개: 만나는 사람은 없어요?

나: 아직이요. 하지만 저는 아파트도 샀고요(서른 살이 되기 전에요), 그리고 (호주에 가서) 올림픽 보도도 하고 연예인 인터뷰도 엄청 했어요. 심지어 피델 카스트로Fidel Castro까지 인터뷰했어요. 또 방송국에서 (국장 역할을 맡아서) 일하는 동안 런던에서 1년 동안 살았어요. 그리고 세계 각국을 여행 다녔고요(기타 등등, 기타 등등, 기타 등등, 기타 등등, 기타 등등, 기타 등등, 기타 등등, 기타 등등, 기타 등등).

무작위로 만난 비판적인 아무개: 하지만 아직도 싱글이에요? 좀 그렇네요.

다시 도돌이표. 이것이 바로 고향으로 돌아와서 이뤄지는 표준 대화였고, 얼마 후에는 시들해졌다. 그러나 여전히 이런 대화가 오고 가고, 또 여전히 진부하다. 그게 아니면 사람들은 레즈비언이지만 커밍 아웃할 용기가 없다고 믿기도 한다. 이는 나와 같은 나이의 싱글 친구들도 대부분 겪은 바다.

어느 날, 나는 누군가의 책을 위해 조사하면서 40세 이상의 싱글 여성의 구매력에 대해 알아보게 됐다. 검색창에 '싱글ㅇ…'까지만 써도 싱글 여성들이 공통으로 갖고 있는 질환을 극복하도록 만들어진 수많은 이야기들을 볼 수 있었다. 그 병의 이름은 바로 '비혼'이었다.

마흔을 넘긴 싱글녀가 짜릿한 데이트를 해야 하는 10가지 이유
마흔을 넘긴 싱글 여성은 언젠가 정착할 수 있을까?
40세 이상의 싱글 여성이 반려자를 찾느라 힘겨운 시간을 보내는 두 가지 주요 원인(정답: 당신은 너무 까다롭다)
40대 싱글 여성은 어떻게 살아야 할까?
40대 싱글 여성의 5가지 유형

내가 무엇을 조사하고 있었는지 알고 싶은 사람을 위해 설명하자면, 전국부동산협회에 따르면 부동산 구입에 싱글 남성보다 싱글 여성이 더 많은 비율을 차지한다는 사실에 관해서였다. 수입 감소에도 불구하고 우리의 구매력은 증대해졌다(쉬코노미She Economy, 여성이 경제적 주체로서 활발히 소비 활동을 벌이는 상황는 분명 중요하다). 이제 비혼자 수는 기혼자의 수를 넘어섰고 2014년 통계는 성인 인구의 62퍼센트가 한 번도 결혼을 하지 않았으며 이는 1960년 수치의 2배임을 보여줬다. 싱글 여성은 이제 강력한 유권자 집단이기도 하다. 인구조사국은 최근 미국 내 50대 싱글 여성의 수가 사상 최대라고 밝혔다.

많은 사람이 싱글이 마치 질병이라도 되는듯 안타깝게 생각하는 경향이 있다. 내가 상황을 바꾸려고 했던 모든 용감무쌍한 대책을 고려해보면, 나 역시 스스로를 그렇게 생각했음이 확실하다.

요점: 다른 사람이 모두 그건 아니라고 한다면, 내 생활환경 삶에서 편안함을 느끼기란 쉽지 않다.

다른 모든 사람이 인생을 측정하는 척도를 갖고 비난해올 때, 내 인생을 위해 옳은 것과 그렇다고 생각하는 것을 구분 짓기란 쉽지 않다.

나는 궁금해졌다. 나이 많은 싱글 여성은 타협과 변명 외에 다른 뭔가를 해내기 위해 그 권력을 활용해야 하는 것은 아닐까?

나는 고상한 전문용어를 좀 써볼까 한다. 사람들은 자기네들 똥을 우리한테 쏟아낸다. 하.루.온.종.일. 데이트와 관련해서만 그러는 게 아냐. 자기네 인생과 성공의 불안감도. 관계에 대한 바람이라기보다는 욕구를.

그리고 나는 이 모든 이야기를 털어놓으면서, 내가 인생의 반려자를 찾고 있었고 지금도 찾고 있지만 결국 발견하지 못했음을 완전히 인정한다. 하지만 싱글인 것과 관련해 내 인생을 평가해보자면, 어린 나이에 미치도록 신나는 직업을 가질 수 있었다는 사실은 남아 있다. 다시 생각해봐도 나는 그 어떤 것과도 내 직업을 바꾸지 않았을 것이다.

나는 뉴스거리를 찾아 온 세계를 여행했다. 나. 캐나다 온타리오주 세인트캐서린스에서 온 평범하고 어리고 순진했던 나. 미숙했던 나. 공항을 들락거리고 다른 사람의 돈으로 호사스러운 유명 호텔에 체크인하는 나. 짜릿했다. 내가 스피드 데이트에서 만났던 촌놈보다 신났다. 그 남자는 나중에 다시 한 번 만난 자리에서 술 한 잔도 사려 하지 않았고 대신 (하필이면) 삼부카Sambuca, 이탈리아에서 생산되는 리큐르의 일종 몇 병을 가져와서는 나보고 화장실에 한 병을 가지고 가서 술잔에 따라오겠냐고 물었다. 아뇨(난 이제 갈 거예요). 아니라고요.

나는 아이다호주 선밸리로 비행기를 타고 날아가 대형 사고들에 대해 주워들을 수 있는 앨런 앤 컴퍼니 미디어 컨퍼런스Allen & Company Media Conference를 보도하거나 슈퍼볼 경기, 또는 메이저리그 팀들의 스프링캠프 더그아웃에 서서 선수들을 인터뷰하고 야구 산업에 대한 시리즈를 연재하는 것이 더 좋았다.

삼부카남도 괜찮은 사람이었을지도 모르지. 하지만 제프 베이조스Jeff Bezos나 마이클 오비츠Michael Ovitz, 아니 그 누구든 인터뷰를 따는 것이 훨씬 더 신났다. 나를 오해하지 말아주시라. 눈코 뜰 새 없이 바쁜 TV PD 중 대다수가 유명인을 인터뷰하러 날아가면서도 인생의 동반자를 꾸역꾸역 만나니까. 하지만 나는 거기에 초점을 맞추지 않았다. 어쨌든 내 최우선 순위는 아니었다. 나도 언젠가 피부가 축 늘어지고 머리가 희끗해질지 몰랐던 전성기에는 그랬다. 내 우선순위는 근사한 업무를 도맡는 것이었다. 마음의 상처를 입어가며 데이트를 하는 것은 후순위였다.

나는 1969년생이다. 내 나이면서 현재 반려자가 없거나 한 번도 결혼하지 않은 친구가 아주 많다. 어떤 친구들은 40대 중반에 짝을 만났지만 이혼하기도 했다. 직업적으로 이 싱글이거나 '오랫동안 싱글이었던' 내 친구들은 아주 훌륭하게 업무를 해냈다. 변호사, 임원, 사장, 미술 중개인… 모두 실세였다.

내게 연애를 하냐고 계속 묻는 저 비판적인 아무나들은 분명 『여성성의 신화』를 안 읽었거나 읽어도 이해하지 못했음이 분명했다. 이 책은 어머니나 주부로서 머무는 집이 여성의 유일한 공간이라는 것이 잘못된 개념이라고 강조한다. 그래서는 안 됐고, 그래도 안 된다.

우리는 페미니스트로서 실패를 경험해왔는지도 모른다. 저지르거나 헌신하는 대신 윈도쇼핑을 하고 고민하는 시간이 끝도 없이 계속됐다(당시 아무도 내게 난자가 노화되고, 햇빛에 태우려고 얼굴에 바르던 베이비오일은 40대가 되면 기미로 돌아오며, 인생의 반려자 재고는 확연히 줄어들 거라고 말해주지 않았다. 뭐, 아마도 얘기를 해줬을지도 모르지. 하지만 나는 듣지 않았다).

아마도 나는 한 끗 차이로 그러한 개념에 대해 들어볼 기회를 놓쳤는지 몰라도 난자를 냉동시킨다는 사람은 한 번도 본 적이 없었다. 아마도 우리 세대는 여성 전반이 직업을 가질 수 있었던 첫 세대이자, 배우자를 찾는 일보다 일을 우선할 수 있었던 첫 세대일 것이다. 우리는 배우자를 원하지 않았던 것이 아니라, 직업으로 통하는 문이 열리자 기쁨에 차서 자랑스레 돌진했을 뿐이다.

이러한 데이트가 이어지던 어느 순간, 나는 내 안에서 작은 평화를 발견했다. 그리고 "이것들이 내가 쥐고 있는 패야"가 아닌 "내가 만들어온 인생이야"라며 주도적인 역할을 받아들였다. 그리고 자녀 생각을 내려놓기로 결심하면서 (왜냐하면 어느 순간부터 그 부분이 예전 같지 않아졌으니까) 압박감이 사라졌다. 가치 있는 사람만 내 인생에 들이겠다는 의식적인 결심은 데이트를 변화시켰다. 데이트는 더 즐거울 수 있었다. 내가 그렇게 느끼면서 파리에도 혼자 갈 수 있음을 깨닫고 데이트도 필요 없게 되자… 가능성이 활짝 열렸다.

나는 데이트에 피로를 느꼈을까? 맞다. 몇 년 동안 너무나 많은 사람이 내게 "너는 좀 노력을 해야 해"라고 말했다. 나는 노력했다. 했다고. 나는 피곤했다. 하루 종일 작가로서 거절을 당하고 다시 설득하고 홍보하고 들이댔다. 깊은 상처가 됐지만, 데이트 거절

상처만큼 깊지는 않았다. 데이트 거절은 감정적으로 진이 빠지는 일이었다. 옷을 고르고, 늦게까지 깨어 있어야 하고, 잘 모르는 사람과 할 말도 없는데 만나야 하고, 그 고통스러운 첫 만남의 어색함을 견뎌야 했다. 이를 해내면, 그 사람과 연결될 수 있어. 그렇지 못했다면, 그래도 좋은 거야. 날 믿어봐.

그러나 좋은 면도 있었다. 그 모든 책을 읽고 코칭을 받고 온라인 데이트를 해본 후 나는 적어도 그것들이 별것 아니라는 것을 깨달았다. 째깍거리며 흐르는 시간이 덜 시끄럽게 들렸다. 결국 모든 것은 때가 있기 마련이다. 나이가 든 후 한 데이트에서 유일하게 좋은 점은 이것이다. 내 생각이 더 나은 쪽으로 변화했다는 것이다. 코치와 책뿐 아니라 지혜와 경험이 내 결정에 힘을 불어넣어주었다. 나는 관계란 내가 스무 살에 생각했던 것과 다르다는 것을 깨닫기 시작했다.

괜찮았다.

나는 또한 쓸 만한 몇 가지 기술을 배웠고, 어떤 것들은 옳게 느껴지지 않는다는 것도 깨달았다(최대한 좋게 말하자면, 약간 반反페미니스트적이었다). 그리고 진정성에 대한 설교들을 바탕으로 어떤 형태든 데이트 사기에 동원되는 전술을 완전히 무시하게 됐다(그렇다고 내가 그런 사기를 쳐봤다는 건 아니고). 우리는 우리가 베푼 만큼 얻는다. 살랑거리며 여성답게 행동하고 남자를 사로잡으려고 모습을 꾸며냈던 친구들은 그 전략이 일단 성공을 거두자 하루하루 하고 싶은 말도 제대로 하지 못하는 결과를 안고 살아야만 했다.

우리는 20~30대와는 다른 사람이 됐다. 그리고 상상 이상의 끔찍한 데이트들로 얼룩진 트라우마와, 내가 좋아한 사람이 나와 같이 느끼지 않는다는 실망에도 불구하고, 적어도 40대의 나는 마침내 그래도 괜찮다는 것을 알만큼 충분히 노련해졌다. 나는 훌륭한 삶을 만들어가고 있으며 계속 그럴 것이다.

여기에는 희망이라는 것도 존재한다. 희망은 결국 나를 내 무대로 되돌려놓을 것이다.

이 희망 덕에 나는 언제나 쇼핑을 계속할 것이다. 하다못해 마샬 할인 매장에서도. 때때로 할인 매장에 이자벨 마랑 재킷이 있을 때도 있으니까. 내게 딱 맞는 완벽한 상태의, 그래서 소중히 간직하고 오래 입을 수 있는 그런 재킷이 말이다. 적어도 그런 유니콘이 존재할 가능성은 늘 있으니까.

chapter 5

수비학자, 점쟁이,
그리고 치유사들.
아아, 세상에나!

캘리포니아 베니스의 해변만큼 깨우침과 천상의 기쁨을 쉽게 돈으로 살 수 있을 것처럼 느껴지는 곳은 없을 것이다. 그곳에선 아무도 일을 하지 않는 것처럼 보이고, 평화롭게 마음껏 누릴 수 있는 여유가 넘치는 듯 보인다. 그리고 모두가 마음과 몸, 영혼의 치유를 추구하는 신자다. 이들은 주스를 짜고, 기도를 하고, 무당이나 치유사가 허락하지 않는 결정은 하지 않는다. 사람들은 당연히 음력과 최신 뉴에이지 요법, 또 언제나 벌어지고 있는 수성의 역행에도 고생스럽게 익숙해져 있다. 항.상.

베니스는 대조의 공간이기도 하다. 점심을 먹고 서핑을 하고 전기 스쿠터를 타고 돌아다니는 젊은이들로 북적이는가 하면 오랜 지킴이들도 있다. 몇십 년 전 해안가에 대해 소유권을 주장했던 진짜 히피들은 이제 플립플롭에 가벼운 옷차림을 하고 있다. 이 두 부류 모두 베니스를 단순한 행정구역 이상의 정신적인 곳으로 만들어줬다. 그 정신은 이곳 주민들의 모든 움직임과 식사 사이에 배어 있고, (이제는 유명 디자이너 숍으로 채워진 상업 구역이 된) 애벗 키니 로드 위에서 팔리는 모든 물건에서 느껴진다. 그리고 배수로도 없는 다채로운 색깔의 오두막들 곁에 들어선 현대적인 고층 주택에서 보이듯, 시간 속에 박제된 존재이자 하나의 장면으로 압축된 발전의 모습이기도 하다. 콘크리트와 철, 유리로 만들어진 고층 주택들은 이곳 분위기가 스며 있는 닷컴과 어플 열풍 덕에 30여 평 땅에도 비집고 우뚝 섰던 것이다.

그러나 베니스의 분위기는 그 자체가 매력이었다. 나는 처음 베니스 해변에서 시간을 보내기 시작할 때 그저 눈으로 주변을 둘러본 것이 아니었다. 나는 숨을 들이마셨다. 아주 깊이.

구루들의 성지

베니스와 같이, 작가의 인생도 점점 대조적이 되어갔다. 나는 금세 혼자 일하는 자유란 완전히 새로운 불안감이 열거된 메뉴가 갖춰진, 스트레스로 가득 찬 저주 받은 풍요로움이라는 것을 깨달았다. 하지만 다양한 이유로 즐겁기도 했다. 더는 월요일의 우울함과 일요일 밤의 불안을 느낄 필요가 없다. 출근하려고 새벽 6시부터 서두를 필요도 없다. 물론, 끊임없이 일하고 계획을 세워야 했지만, 이 세상 어디서든 일할 수 있었다.

나의 '어디서'는 겨울철 로스앤젤레스였다.

처음 자영업을 시작했을 때 나는 염치없게도 친구 캐린에게 붙어살았다. 캐린은 너그럽게도 아주 오랫동안 내가 로스앤젤레스에서 머물 수 있도록 허락해줬다. 그녀는 숙식과 와인만 제공해준 것이 아니라 가끔 지혜로운 이야기도 들려줬다. 캐린의 이야기는 그 어떤 셀프헬프책에도 나오지 않는 것이었다. 그 이야기들은 내가 그만 다 때려 치고 의료보험을 제공해주는 생업으로 돌아갈까 (자주) 생각할 때 계속 나아갈 수 있는 힘을 주었다.

한번은 캐린에게 많은 이야기를 했고, 그녀는 몇 가지 핵심을 짚어줬다. 그녀는 반드시 그래야겠다는 확신이 들기 전까지는 내 새로운 사업의 낙하산 줄을 끊지 말라고 했다. 회사로 돌아가버리면 다시는 혼자 일하려는 시도조차 하지 않을 것이기 때문이다.

나는 내가 나아가는 길목에서 때때로 마주치는 고난이나 과속방지턱에도 불구하고 끝까지 버텼다. 나는 힘든 시간이 끝나기를 기다렸고, 결국에는 그럴만한 보람이 있었다. 왜냐하면 정체된 경제로 인해 고군분투하는 사람들이 점차 셀프헬프에 의지하는 경향을 보였기 때문이다. 과거 출판업계에서는 〈리얼 하우스와이브스Real Housewives〉나 〈스누키Snooki〉 같은 리얼리티 프로그램 주인공이 쓴 책이 최신 유행으로 보였다. 그리고 나서는 갑자기 전문가들이 쓴 다이어트책과 셀프헬프책이 홍수를 이뤘다. 이러한 전문가 가운데 다수가 책을 쓰는 데에 도움을 필요로 했고, 사업상 좋은 일이었다.

이는 내가 이제 빌붙어 살 필요가 없다는 의미였고, 빌붙어 사는 것이 질색인 내게 다행이었다. 나는 베니스에 있는 작은 오두막 하나를 빌릴 수 있었다.

베니스에서 집을 빌리는 것은 흥미로운 시도였다. 마치 피라미드의 바닥으로 들어가는 것 같았다. 나는 오두막을 한 여성에게 빌렸는데, 그 여성은 다른 여성에게 빌린 것이었고, 그 다른 여성은 또 다른 여성에게 빌린 것이었다. 베니스에서 내가 아는 사람들은 모두 이와 비슷한 짓을 했다. 소중한 삶을 위해 필사적으로 매달렸으며, 주거 비용이 치솟는 동안 선택의 여지를 항상 열어놓았다. 그리고 언젠가 다시 필요할 경우에 대비해 절대 싸구려 월세를 놓으려 하지 않았다.

베니스에서 집을 빌려 살게 된 첫 겨울에 나는 당시 벌어지는 일들로 머릿속에 안개라도 낀 듯 멍했다. 아마도 내가 특별히 기억해낼 수 없는 어떤 일로 인해 불안하거나 스트레스를 받았던 모양이다. 마감을 지켜야하는 작가로서 좋은 상태는 아니었다. 아무런 작업도 마무리되지 않았고, 그저 초조했다. 몇몇 동네 친구와 이야기를 나눈 후, 머릿속을 깨끗이 비울 수 있는 유일한 방법은 뉴에이지를 열심히 따르는 것임을 알게 됐다. 나는 다양한 수련을 하는 영적 전문가들의 목록을 작성했다.

내 인생에 작은 교회를 세울 때가 왔다. 베니스는 내게 필요한 종교와 신도를 제공했다. 마치 훌륭한 뉴요커처럼 나는 거기에 돈을 바치고 가장 믿기지 않는 영적 활동이라도 받아들일 준비가 되어 있었다. 내겐 아주 합리적으로 보였다.

어떤 의식이 가장 적합할까 조사하면서 나는 모든 의식에 반해버리고 말았다. 너무나 많은 의식이 있었고, 무엇을 고를 필요도 없겠다는 생각이 들었다. 불안감을 낮추고 싶은데 왜 둘 중 하나를 선택해야 하는가? 내 문제를 해결하기 위해 모든 방법을 다 해볼 수 있는데?

어떤 주저함도 없이 나는 많을수록 좋다고 판단했다. 그래서 주어진 모든 제안을 받아들이고 예약을 잡았다. 내 하루하루가 불안감을 줄이려는 계획으로 넘치도록 차버릴 때까지 계속 그렇게 했다. 한 가지 방법이 효과를 발휘하지 못한다면 다른 방법이 해결해 줄 것이라고 생각했다.

나는 이미 몇 가지에 손을 대본 상태였다. 나는 동부 지역에서 정화며 다이어트 같은 여러 가지 셀프헬프 활동을 했지만, 새로 시작한 미션은 다른 차원의 것이었고, 변화하고 깨우치기 위한 기이하고도 뉴에이지적인 접근법에 가까웠다. 좀 더 터무니없는 것은 물론이었다. 하지만 이것이 효과를 발휘하려면 6주가 걸렸고, 나는 벼락치기를 해보기로 결심했다. 나는 고쳐질 것이었다. 캘리포니아 스타일로.

나는 이걸 끝장낼 거야. 깨우침을 위한 나의 모험은 분명했다. 이미 길지만 더 길어지는 리스트로 무장한 나는 거미줄을 털어내면서, 내 인생을 멋지게 바꿔줄 A유형 성격^{적대적이고 경쟁적이며 다양한 대상에} 관심을 갖고 그것을 획득하려 하는 성급한 성격을 만들기 위한 마음-몸-영혼 식이요법을 도표로 작성했다. 여기에는 수비학數祕學, 수를 사용해 사물의 본성과 운명 등을 예견하는 것과 무지개 치유무지개 색이 가진 암호를 해독하고 그 에너지를 전략적으로 활용해 내면의 치유와 성장을 이루는 치유법, 사운드 배스sound bath, 소리로 몸과 마음을 목욕한다는 의미의 치유법 명상, 침술 요법, 타이 마사지, 요가, 점성술, 내 손에 잡히는 아무것이나 다 포함됐다. 나는 만나는 모든 사람에게 뭐든 알려달라고 했고, 거짓말 안 하고 모두가 한 가지씩 뭔가를 내놨다. 간단히 말해서, 베니스에는 아주 많은 성·다·거·기(성장을 위한 또 다른 거지 같은 기회)가 있었고, 끊임없이 공급됐다.

부탁하지도 않은 조언도 끊임없이 이어졌다. 이유도 없이 나는 다음과 같은 이야기를 들어야 했다. 이를테면 내가 검은색 옷을 너무 자주 입는데, 그걸 보호막처럼 생각해서 그렇다는 둥. 아니면 검은색이 흰색보다 살을 몇 킬로그램은 더 가려준다는 말도 있었는데 나는 그렇게 생각하는 걸 더 선호했다. 나는 이 모든 걸 반갑게 받아들였고, 취할 수 있는 모든 지혜를 흡수해버렸다.

내 첫 번째 정거장은 미스틱 북스토어Mystic Bookstore, 신비주의 서점이란 의미였다. 애벗 키니 로드에 있는 이 서점은 수정, 향, 홀치기염색, 깃털, 구슬, 그리고 인간이 겪는 온갖 거지 같은 문제를 해결해주는 책이 모여 있는 메카였다. 물론 치유사들도. 이들의 이름과 사진, 특별한 수련법이 빼곡히 모인 벽도 있었다.

그 안을 돌아다니는 것만으로도 반쯤 치유된 느낌이었지만, 일단 대기 중인 수비학자와 마주하고 앉는다면 더욱 치유가 될 것 같았다.

작고 어두운 방 안에서 아주 진지한 남자 한 명이 내 이름과 생일, 태어난 곳을 물었고 첫 10분간 말을 한 마디도 하지 않았다. 나는 1만 원을 내고 겨우 30분 예약한 상태였기 때문에 매우 걱정스러운 마음이 들었다. 내가 그에게 제공한 한정된 정보에 숫자들을 적용해서 복잡한 계산을 하는 모습을 지켜보며 집중을 할 수가 없었다. 마치 시간이 다 흘러가버리기 전에 주차된 차를 찾으려고 애쓰는 것 같았다. 당황스러워진 나는 재빨리 일어나 시간을 더 연장해야 하나 고민했다. 아무 일도 일어나지 않는데 시간은 점점 줄어들고 있었다.

마침내 그가 입을 열었다.

나는 내가 강한 8과 9임을 알게 됐다. 외모 부분에서 나는 내 자신을 언제나 6점 이상으로 여기지 않았고, 따라서 이건 좋은 이야기라고 생각했다. 높은 숫자=더 좋은 것 아니던가?

하지만 수비학에서는 달랐다. 이는 외모를 바탕으로 한 과학이 아니었으니까.

그는 이 두 숫자가 함께 있으면 좋지 않다고 했다. 이 둘은 서로를 억누른다고도 했다. 8은 사업을 운영하고 돈을 버는 내 욕구와 능력, 부, 이를 즐기는 능력을 증명한다고 했다. 문제는? 다른 숫자가 이를 모두 상쇄해버리는 것이었다. 그 다른 숫자인 9는 세상을 이롭게 하고 싶은 내 욕구로, 마치 내가 받은 검소한 양육의 결과 같은 것이었다. 이 두 숫자는 조화롭지 못했다. 그러니까 실질적으로 사업에 성공해서 부자가 될 수 있지만(내 해석) 짠내나는 우리 부모님(내가 아닌 그의 표현이었다)이 내게 돈을 조심하는 게 낫다고 가르쳤기 때문에 내가 부자가 되길 거부한다는 것이었다.

나는 언제나 부자가 되는 것에 개방적이었다.

그런데도 나는 반성하기 시작했다. 이게 진짜일까? 몇 가지 생각이 떠올랐다….

우리 아빠는 오늘날까지, 그리고 80대가 되어서도 허리를 굽혀 땅에 떨어진 10원짜리 동전을 주울 분이다. 나는 500원이 떨어져 있어도 그런 식으로 힘을 쓰지 않을 것이다. 1,000원짜리라도. 전시戰時와 전후戰後 세대 어린이였던 우리 부모님은 16킬로미터를 걸어 학교에 가고, 점심을 먹으러 집에 왔다가 다시 학교로 돌아갔다고 했다. 그것도 매일. 이런 얘기 다들 듣지 않았나?

어렸을 때 나는 빨간색 바퀴가 달린 하얀색 도미니언 프리시전 롤러스케이트가 갖고 싶었다. 아빠가 어느 날 상자를 나에게 주었다. 상자를 열었더니 빛나는 하얀색 롤러스케이트가 있었다. 나는 얼른 신어봤다. 아빠는 245사이즈라면서, 내가 이 크기에 맞게 커야 한다고 했다. 나는 그러지 못했다. 아직도 나는 235나 240사이즈를 신는다.

언젠가 아빠는 내가 대학 졸업 후 뉴욕으로 이사 간 다음 신발을 몇 켤레나 샀는지 봤다. 아빠는 25년 동안 똑같은 플로셰임 신발을 신었다고 했다. 당시 나는 20대였고, 당연히 내 발은 25년 전보다 커졌지 않겠느냐고 설명했다. 나는 몇 년 동안 그 신발들을 계속 신어야 했다.

부모님 집 부엌 식탁에는 언제나 쓰다 만 티백이 올려져 있었다. 아무도 티백을 단 한 번만 쓰지 않았기 때문이었다. 티백 하나로 여러 잔을 우릴 수 있으니까.

내 가장 최악이자 최고로 우울한 기억은 외할아버지에 대한 것이다. 할아버지는 후세에 길이 남을 구두쇠였다. 1980년대로 거슬러 올라간 어느 날 오후, 우리는 구릿빛 가전제품과 암갈색 선반으로 꾸며진 우리 집 부엌의 타원형 유리 탁자에 앉아 파란 꽃이 새겨진 하얀 코렐 그릇에 담긴 음식을 먹고 있었다. 언니가 참치 캔의 액체를 싱크대에 따라내자 갑자기 할아버지가 펄쩍 뛰면서 소리를 꽥 질렀다. 우리는 모두 굳어버렸다. 할아버지는 언니에게 다가가 그 행동을 멈추게 했고, 선반에 놓인 머그잔을 꺼냈다. 파파 - 우리는 할아버지를 파파라고 불렀다 - 는 참치 국물을 머그잔에 담더니, 그러더니… 그걸 마셔버렸다. 몽땅. 마셔. 버렸다고. 할아버지는 참치가 담겨 있던 액체를 버리는 것은 낭비라고 했다.

이 속이 울렁거리는 기억이 머릿속에 되살아났고, 수비학자의 말이 갑자기 설득력 있게 들렸다. 나는 DNA적으로 검소한 사람이었다. 단지 잊고 있었거나 그다지 많이 생각하지 않았을 뿐이었다. 나는 돈 쓰는 걸 좋아했지만, 갑자기 그가 무슨 말을 하는지 이해하게 됐다.

그는 내가 검소하게 살고 싶은 충동을 무시할 수 있다면 수문이 활짝 열리면서 부가 따라올 것이라고 했다. 그 충동을 무시하는 최고의 방법은 즐기며 사는 것이라고 했다. 그리고 알뜰살뜰 아끼는 것을 그만두고 돈을 펑펑 쓰라고 했다. 일단 그렇게 하면, 더 많은 돈이 들어오게 된다나. 음, 이봐요, 이 시간도 싸지 않다고요.

짧디짧은 상담 시간이 거의 끝나갈 무렵 수비학자는 직업이 무엇이냐고 물었다. 그전까지 직업 이야기를 꺼내지 않았던 나는 작가라고 대답했다. 그는 잠시 멈칫하더니 나를 물끄러미 바라보다 이야기했다. "우와, 당신 숫자로 봐서는 창의적이라거나 작가와는 거리가 먼 걸로 나오는데."

그렇게 상담이 끝났다.

집으로 돌아오는 길에 나는 수비학에서 영감을 얻겠다고 희망했던 것과는 달리 기가 꺾이고 패배감이 들었다. 보아하니, 나는 작가가 아니었기 때문이었다. 더 이상은 아니었다. 숫자 때문이 아니었다. 의심쩍기는 했다. 나는 작가로 일하며 생계를 꾸릴 수 있었고, 또 내가 막 예약한 이러한 뉴에이지 짓거리에 돈을 지불할 수 있었으니까.

하지만 나는 그를 믿었다. 그래서 그날 밤 내가 작가 대신할 수 있는 일들을 떠올려보려 애썼다. 아무것도 생각나지 않았다.

바로 다음 날, 새로운 커리어를 찾아내고 새로운 전망을 고민하느라 절실함을 느끼며 잠에서 깬 나는 휴식이 필요하다고 생각했다. 아침 7시에 타이 마사지를 받으러 나갔다. 아침 7시에는 반값이었고 그러니까, 그래, 나는 스스로 생각했던 것보다 더 검소한 사람이었지만 작가이기 때문에 유연하게 스케줄을 조정할 수 있었다. 하지만 나는 작가가 아니란다. 혼란스러웠다.

뒷골목 같은 느낌의 방에서 낯선 이가 내 등 위를 걷고, 팔꿈치로 꽤나 공격적으로 내 근육을 꾹꾹 눌러댔으며, 마치 내가 통닭 요리의 위시본Wishbone, 통째로 조리된 닭이나 칠면조의 목과 가슴 사이에 있는 V자형 뼈. 뼈의 양 끝을 두 사람이 잡고 서로 잡아당겨 긴 쪽을 갖게 된 사람은 소원이 이루어진다고 한다이라도 되는 양 내 팔을 잡아당겼다. 이상하게도 마사지를 모두 끝낸 후 내 가슴을 빵빵 울렸다. 그러니까 두 손을 각각 내 가슴 위에 올려놓더니 두 번 주물럭주물럭 한 것이다. 빵빵. 뭐라고 설명해야 할지도 모르겠고, 그녀가 왜 그랬는지도 모르겠다. 하지만 이상했다.

기괴하고 거북한 마무리에도 마사지를 받고 나자 긴장이 풀려버렸고 아침 내내 멍한 기분이었다. 그렇게 나는 전에 절대 해본 적 없는 일을 하고는 집에 가서 낮잠을 잤다. 수비학자가 한 말이 입증됐다. 아침 타이 마사지는 내가 작가가 아님을 보여줬다. 어쨌든 그날만큼은 아니었다. 뭔가를 쓰기에는 너무 피곤했다. 타이 마사지는 6주 동안 매주, 아아, 매주 2번씩 가야 하는 곳이 됐다. 그래, 가끔은 일주일에 3번도 가긴 했지만. 일단 집에서 가깝고 반값이었으니까 실질적으로는 돈을 아낀 셈이다. 그리고 다시는 그 찌찌빵빵 마사지사를 만나지 않았으니까, 그건 추가 보너스인 셈이었다.

모든 길은 무지개와 레이키로 통한다

그다음 목록은 레이키였다. 레이키는 주변의 에너지를 움직여 마음을 느긋하고 편안하게 해주는 일본식 의식이다. 나는 전에도 레이키를 해볼까 했지만 치유사가 절대 환자를 만지지 않는 방식이라고 해서 어쩐지 의구심이 들었다. 추측건대 치유사는 마법으로 주변의 에너지를 움직이는 것 같았다. 처음에는 이해하기가 쉽지 않았다.

그러나 나는 〈디 어페어〉The Affair, 가족들과 떠난 휴가지에서 불륜을 저지른 작가가 살인 사건에 휘말리는 내용을 다룬 드라마에서 노아가 레이키 덕에 어떻게 성공했는지 보고 말았다. 가벼운 레이키를 한 후 한 회가 지나자 그는 세계적으로 존경받는 블록버스터 베스트셀러를 쓴 것이다. 내게도 똑같이 효과가 있을 테지. 그렇게 되면 나는 베스트셀러 작가가 되는 동시에 그 수비학자가 틀렸음을 증명할 수 있을 것이다.

베니스에 살고 있는 내 친구 마사는 레이키와 유사한 방법을 쓰는 치료사를 알고 있었다. 마사에 따르면 그녀 덕에 많은 사람의 인생이 바뀌었다고 했다. 나는 그 치유사와 연락했고 그녀가 전통적인 레이키를 하는 것은 아니지만 결과는 비슷하다는 것을 알게 됐다.

예약을 잡은 후 나는 밝은 색 옷을 입고 오라는 안내 이메일을 받았다. 나는 앞섶에 레드 와인을 흘린 분홍색 티셔츠가 한 벌 있었기 때문에 그 옷을 입고 검은색 룰루레몬 바지를 입었다. 내가 검은 옷 보호막으로 내 자신을 얼마나 강력하게 보호하려 드는지 떠올려보면, 이 옷차림이 나로서는 가장 밝은 모습이었다.

치유사의 스튜디오는 무지개투성이였다. 그래서 나는 마음속으로 그녀에게 무지개 치유사라는 이름을 붙여줬다. 1시간에 20만 원을 받는 이 치료사는 손톱과 발톱마다 각기 다른 무지개 색을 칠했고, 벽에도 무지개 장식을 걸어두었다. 방 구석구석에 깃털이 달린 드림 캐처(그래, 나를 위한 영적 장비구나)와 수정들도 매달려 있었다. 그녀는 현대적인 히피라고 표현하는 것이 가장 정확할 것 같다. 소문에 의하면 그녀는 아야와스카_{Ayahuasca, 아마존 인디언이 식물에서 추출해 종교적} _{의식에 사용하는 환각제}에 취해 페루로 떠난 여행에서 눈길이 닿는 곳마다 무지개가 뜨는 모습을 보고 소명을 받았다고 했다.

인사를 나누고 그녀는 타로 카드를 섞기 시작하더니 내게 무슨 일을 이루고 싶은지 물었다. 그녀에게 마음을 모두 열기도 전에 나는 내가 아주 회의적인 사람이라고 고백해버렸다. 이를 털어놓고 나서는, 꽉 막힌 기분이 든다고도 얘기했다. 글길 막힘_{Writer's Block}이라는 것이 있다면, 내가 딱 그랬다. 나는 최근 대부분의 시간을 머릿속으로 해야 할 일 목록을 점검하느라 보내지만 제대로 되는 일은 거의 없었다.

그녀는 대답했다. "상관없어요."

나는 지시받은 대로 카드 덱에서 한 장을 뽑아들었다. 그 카드는 '꽃의 절정'으로, 선_禪이 내가 풍요로움과 전체성을 갖고 치열하게 살기를 바라고 있음을 의미했다.

주제가 점차 드러나고 있었다.

그 후 나는 지시받은 대로 그녀의 진찰대 위로 뛰어올라갔고, 그녀는 거의 내 눈과 붙을 정도로 눈을 들이대더니 공포감이 느껴질 정도로 나를 강렬하게 바라봤다. 나는 '이 여자가 내 가슴을 빵빵 주물러댄다면 여길 나갈 거야'라고 생각했다.

나는 누워서 그녀가 하라는 대로 숨을 쉬었다. 두 번 깊고 크게 숨을 들이마시고, 한 번 내쉬고. 과호흡이 오기 시작할 때까지 계속 입으로 이를 반복했다. 사실 그 후로도 계속했다지.

강렬한 호흡으로 인한 움직임을 제외하고는 나는 꼼짝 않고 누워서 종소리와 그녀의 기묘한 기도 소리와 내 자신의 숨이 들락거리는 소리에 귀를 기울였다. 그러다가 15분 정도나 흘렀을까, 나는 문득 감당하기 어려울 정도로 흐느끼기 시작했다. 숨을 고르지 못할 정도로 강한 울음이었다. 나는 흐느껴 울었다. 크고, 흉하고, 흠뻑 다 젖을 정도의 울음이었다. 마치 비올라 데이비스^{Viola Davis}가 상을 탔을 때와 같은 모습이었다. 저항할 수 없었고, 예기치 못한 울음이었다.

1시간 후 이야기 듣기론, 그 울음은 나의 내면에서 밖으로 터져 나와야 했던 것들이라고 했다. 내 안에는 나쁜 기운과 막혀 있던 에너지가 두터이 쌓여 있었다. 치유사는 내가 치료를 받는 내내 강한 어머니의 기운을 느꼈다고 말했다.

"맞아요, 저는 우리 엄마에 대해 생각하고 있었어요." 내가 말했다.

"아직 이 세상에 살아 계신가요?" 그녀가 물었다.

"네. 엄마가 돌아가시게 되나요?" 내가 물었다.

"그래요, 언젠가는요. 우리는 모두 죽게 되죠." 그녀가 말했다.

나는 완전히 진이 다 빠져버렸다. 뉴욕 마라톤을 뛰었던 날보다 더 지쳐버린 것 같다. 살면서 이렇게 녹초가 되어버린 적은 없었던 것 같다. 물론, 더 가볍고 명료해진 기분을 느끼기도 했다. 그러나 통통 부은 얼굴로 피로에 지친 나는 그날 밤 12시간을 내리 잤다. 분명히 말하지만, 나는 잠이 많은 사람이 아니다. 한밤중에 단 한 번만 깨고 7시간만 잘 수 있어도 나로서는 선방이다.

무지개_힐링_에너지_이동이_레이키를_이기다: 첫눈에 난 네게 반했어.

치유사는 최근 어떤 고객은 카드 점을 5번 보려고 돈을 지불했는데, 그걸 한 주 안에 다 썼다고 했다. 그 고객이 원하던 것은 이상형을 만나는 것이었는데, 그녀는 3일째 되던 날 원하던 이상형을 만나고 한 달 내에 약혼을 했다고 한다.

그런 확실한 성과가 있는데, 내가 어찌 돈다발을 뽑으러 뱅크 오브 아메리카까지 걸어가지 않을 수 있으랴? 당연하게도 나는 카드 점을 5번 보려고 등록했다.

두 번째 세션과 세 번째 세션이 지나면서 나는 내가 말하고 싶은 것을 말할 필요가 있음을 깨달았다. 왜 그런지 몰라도 그동안 담아두고 있었던 말들이었다. 그녀는 내 목구멍과 내 목소리가 막혀 있었다는 것을 알 수 있었으리라. "나는 상관없어요"는 더 이상 내 표준 대답이 되지 않았다. 예를 들어 친구들과 식당에 가서 주문할 때, 아니면 내가 원하지 않는 부탁을 들어줘야 할 때도, 나는 부지불식간에 (흠, 아마도 다 알고도) 상관없다고 말해왔다. 그리고 나는 내가 사소한 일에는 상관하지 않는다고 믿었다.

그러나 무지개 치유사는 내가 실제로는 상관한다는 것을 밝혀냈다. 내 의견을 목소리로 옮기는 대신 다른 사람이 나 대신 결정을 내리도록 할 때, 나는 언제나 머릿속으로 스튜를 끓이듯 뭉근히 생각하느라 많은 시간을 보낸다. 나는 생각을 끓이고, 끓이고 또 끓였다. 나는 생각을 끓여내는 사람이었다(나는 고기 스튜도 정말 잘 끓이지만, 이건 주제에 벗어나는 얘기일 뿐). 그리고 생각을 끓여내다 보면 막혀버리는데, 막힌 것은 뚫어줘야 한다. 무지개 치유는 정서적으로 보았을 때 배수관을 깨끗이 청소하는 것에 비유할 수 있었다.

나는 지금도 "아니요"라고 말하는 것을 그다지 잘 하지 못하지만, 점차 이를 단점으로 인식하게 됐다. 그리고 엄마에게 사랑한다는 편지를 써야겠다는 영감을 받았다. 어느 날 세션이 끝난 뒤 그냥 그렇게 하고 싶은 마음이 들었을 뿐 다른 이유는 없었다.

또한 나는 갑자기 명료함을 느끼고 컴퓨터 앞에서 더욱 집중했다. 나는 일을 끝마칠 수 있었을 뿐 아니라 조금은 좋은 글을 쓰고 있었다.

물론 무지개 치유를 계속하면서 그저 찾아가면 울게 내버려두는 사람에게 돈을 내고 있는 건 아닌지 의심이 들긴 했다. 아마도 그럴지도. 하지만 그게 효과가 있는데 무슨 문제가 될까? 나는 내 머릿속 쓰레기들을 밖으로 내버려야 했다. 무지개 치유사가 내면의 쓰레기를 확 꺼낼 수만 있다면, 그만한 돈을 지불할 가치가 있었다.

네 번째 세션부터 형세가 정말로 바뀌기 시작했다. 세션이 진행되는 동안, 치유사가 에너지를 움직여서 내게 내 목소리를 돌려주는 동안 마치 가슴 위에 10킬로그램짜리가 얹어져 있는 것 같았다. 세션이 끝날 무렵에 그 무게는 느껴지지 않았지만, 그렇다고 그녀가 그 무게를 내게서 덜어준 기억도 없었다. 나는 그 무게가 뭔지 물었고, 치유사는 진짜 무게가 아니라 다만 압박감이 걷힌 것이라고 말했다. 내 가슴 위에 얹어졌던 것은 짐이 아니었을까 싶다. 나는 슬쩍 엿볼 수도 있었지만 그 고요함을 깨뜨리기 싫었다.

치료를 끝내고 나오는 길이 전혀 힘들지 않았다. 대신 에너지가 충만해 있었다. 집중력마저 더 강해진 느낌이었고, 어렴풋이 내가 차분함을 유지하고 평화를 찾을 수 있다면 다시는 그토록 흐트러진 느낌을 받지 않으리라고 생각하게 됐다. 나는 친구들과, 심지어는 고객들과도 어떤 경계선을 그을 수 있는 준비가 됐다는 느낌이 들었다. 나중에 가서 불안정해졌긴 하지만 나는 그 후 몇 달간 고군분투하는 와중에도 그 습관들을 지속적으로 의식했다.

무지개 치유사의 진찰대 위에서 내 마음은 어지러이 움직였지만, 마지막 두 번의 세션이 끝날 때 즈음에는 자리에서 일어설 때 한두 가지 작은 깨달음을 얻을 수 있었다. 꾸며내는 이야기가 아니라 진짜로, 다섯 번째 세션에서 나는 난생처음 아주아주 깊은 명상의 세계로 빠져들었다. 호흡을 하면서 내 숨은 파도처럼 머리부터 발끝까지 너울져갔다. 나는 바다였다. 육체적으로 그렇게 느껴졌다. 일단 그 상태에서 벗어나자 내 마음은 평소대로 요동치고 내달리기 시작했다. 그러나 세션이 마무리되는 동안 나는 내가 바다에서 첨벙거리며 물장구치는 모습을 상상했다.

마침내 나의 셀프헬프 모험에서 뭔가가 작동하기 시작했다. 노력을 포기해야 한다고 생각해왔지만 이제는 여기에 기대는 것이 더 나은 선택처럼 보였다.

나는 절대 구원받지 못할 거야

두어 주 동안 계속된 로스앤젤레스의 여정을 마친 후 나는 누군가의 집에서 열린 파티에서 한 친구가 하는 이야기를 들었다. 막 안으로 들어가려는데 파티 주최자가 내게 우선 구원부터 받아야 한다고 말했다.

고등학교 시절 만났던 한 여자아이가 떠올랐다. 반짝이는 눈동자와 환한 미소에 머리카락이 곱슬거리던 패티는 성경 애호가였다. 나중에 커서 만난, 휴일마다 성경 구절을 단체 문자로 보내는 사람들처럼 아주 노골적이지는 않았지만, 대화를 나눌 때면 당시 내가 쇼핑몰 이야기를 꺼내던 것처럼 예수님 이야기를 꺼냈다.

그녀는 내가 다니던 공립 고등학교의 다른 아이들이 절대로 하지 않는 방식으로 예수님과 교회에 대해 이야기했다. 어느 날, 식당에서 점심을 먹으면서 그녀는 자기 가족은 일요일에만 교회에 가는 게 아니라고 했다. 내가 우리 짠돌이 아빠가 재활용한 우유

비닐(캐나다에서는 우유가 비닐봉지에 담겨 나온다)에 싸준 샌드위치를 먹는 동안, 패티는 식탁에 앉은 모든 사람에게 예수 그리스도는 우리의 구원자라고 설명했다(나는 그게 무슨 의미인지 몰랐지만, 감히 물어보지도 못했다).

그녀는 내게 우리 가족이 어느 교회에 다니냐고 물었다.

"없어." 나는 설명했다. "나는 세례받은 적이 없는데."

그녀는 겁에 질렸다.

"세례받은 적이 없으면 넌 구원받지 못 해." 그녀가 말했다. 나는 당시 (아니 지금도) 그게 무슨 뜻인지 몰랐지만, 어쨌든 열이 받았다. 내가 구원받지 못하다니. 긍정적인 구석이 전혀 없었다. 얼마나 충격적인지 30년도 더 지난 후에도 여전히 그 말은 내 안에 콕 박혀 있었다.

로스앤젤레스의 어느 집에서 열린 파티에서 입구를 가로막고 있던 이 여자에게서 내가 마침내 진짜로, 정말로 구원받기 직전이라는 이야기를 듣자, 패티가 갑자기 떠올랐다. 걔는 완전히 틀렸어. 나는 마침내 웨스트 할리우드에 있는 어느 낯선 사람의 집 앞에서 구원받은 것이다. 주를 찬양하라!

슬프게도 나는 잘못 들은 것이었다. 유감스럽지만 내가 집에 들어서기 전에 '훈연燻煙, Saged'을 받아야 한다는 말이었다. '구원Saved'이 아니라. 처음엔 그것도 무슨 소리인지 몰랐지만, 곧 깨닫게 됐다. 이 일을 맡은 여성이 연기를 내뿜는 그을린 초록 잎 다발을 내 머리와 몸 주변에 흔들어댔다. 후에 그게 말린 세이지임을 알게 됐다. 세이지 훈연 역시 정화 역할을 한다고 했다.

한 주가 지나고 금요일 저녁, 나는 사운드 배스 명상을 하러 갔다. 그런데 안에 들어가기 전에 훈증을 거쳐야 했다. 세이지 훈연처럼 요가 스튜디오 입구에 서 있는 여성이 연기가 피어오르는 말린 뭔가를 들고 있었다. 연기를 보고 추측건대 그녀는 재의 수요일에 하는 것처럼 손에 든 것을 내 이마에 문질러대려는 듯했다. 나는 불에 덴 흉터가 남지 않기를 바라며 마음의 준비를 했다. 그러나 그녀는 연기 나는 물건을 허공에 흔들어대기 시작했다. 무슨 일이 벌어지는지 알았다. 그 모습을 보고선 훈연임을 알아챈 것이다.

"세이지로 저를 훈연하고 계시는 건가요?" 나는 세이지 베테랑처럼 우쭐대며 물었다.

"맞아요." 그녀가 답했다.

세이지 훈연이나 훈증이나 똑같은 것이었다. 나는 로스앤젤레스를 돌아다니며 세이지 연기를 쐬고 있었다. 꼭 로스앤젤레스 토박이들처럼.

세이지 훈연인가_훈증인가를 제대로 받은 후 나는 5만 원을 지불하고 사운드 배스 명상을 위해 로즈 애비뉴에 있는 스튜디오에 들어섰다. 내게 끌려온 친구 마사도 함께였다(그녀는 무지개 치유도 5번 받았다). 나는 물을 사용할 거라 추측했지만 어떤 방식일지는 확실치 않았다. 그래서 그냥 요가복을 입고 광고에서 본 지시에 따라

담요와 요가 매트, 작은 머릿수건을 가지고 갔다. 이 정도면 잘 준비했다고 생각했지만 스튜디오에 들어서자 내가 완전히 아마추어처럼 보인다는 것을 깨달았다.

다들 스튜디오에 아예 자기 침실을 차려놨다. 베개, 덧베개, 위에 누울 두꺼운 패드, 기구들. 마사와 나는 준비해온 수준 이하의 낮잠 장비들을 펴놓고 목욕을 하려고 자리 잡았다.

스튜디오에 모인 사람들은 각자 목표가 있었는데, 큰 소리로 밝히는 사람도 있었고 우리처럼 머릿속으로 떠올리는 사람도 있었다. 그러고 나서는 기본적으로 무지개 치유 집단 같이 느껴지는 활동을 준비했다. 그릇으로 내는 듯한 음악적인 소리가 들렸다.

눈을 감고 임시로 차린 잠자리에 기분 좋게 누웠지만 차분해질 수 없었다. 나는 막 5번의 무지개 치유를 마친 상태였고, 따라서 이건 멋진 끝마무리 같은 것이었다. 일단 명상이 시작되고 모든 사람이 숨을 쉬기 시작하자, 그 공간은 갑자기 눈물과 고통스러운 신음의 오케스트라처럼 되어버렸다. 때때로 우리는 가능한 크게 고함을 지르라는 지시도 받았다. 갑작스러운 소리에 깜짝 놀랐지만 엄청 즐거워졌다.

마침내 사운드 배스가 시작됐다. 풍성한 옅은 갈색 머리가 물결치는 가이라는 이름의 남자가 온갖 유리그릇과 종으로 아름다운 소리를 만들었다. 그 소리는 엄청나게 커서, 듣기도 전에 느낄 수 있을 정도였다. 황홀하면서도 매혹적이었다.

울음소리는 거의 잦아들었다. 그러더니 녹음된 목소리가 흘러나왔다. 그 말을 옮기자면, 내가 무엇을 원하는지 알기 어렵다면 이미 그것을 갖고 있기 때문이라는 이야기였다. 그 말이 반향을 불러일으켰다. 나는 당시 한창 난리가 났던 1조 원짜리 로또 열풍을 떠올렸다. 나는 로또에 당첨되지 못했지만 그래도 괜찮았다.

나는 이 알 수 없는 곳에서 흘러나오는 목소리가 무슨 이야기를 하는지 더 길게 듣지 못했다. 불현듯 그 목소리가 사이언톨로지 창시자로 유명세를 얻고 있는 L. 론 허버드L. Ron Hubbard처럼 들린다는 것을 깨달았기 때문이다. 내가 아는 한 허버드의 목소리는 아니었지만, 목소리에 집착하느라 사운드 배스의 평화와 명상의 본질에서 벗어나버렸다. 그리고 내가 얼마나 진지하게 뉴에이지에 빠져 있고 이 모든 것을 얼마나 민감하게 받아들이고 믿는지를 본다면, 그 옛날에도 기회만 있었더라면 너무나 당연하게 사이비에 빠져버렸을 것이라고 생각했다. 엄마는 내가 대학에 입학하기 전부터 통일교를 조심하라고 주의를 주곤 했다.

사운드 배스는 2시간 동안 계속됐다(그리고 물을 쓰는 과정이 없고, 따라서 내가 비키니를 입지 않아도 됨에 감사했다). 그러나 전체적인 경험은 마치 5분처럼 느껴졌다. 마지막에는 약에 취한 느낌도 들었다. 그 다음에는 이상하고 알 수 없는 구간에 머물렀고, (비록 잠깐이지만) 엄청난 평화의 시간을 깨달았다.

모두들 자신의 경험을 큰 소리로 떠들어댔다. 나는 움직이거나 입을 열거나 눈을 뜰 수도 없었다. 나는 15분간 양반다리를 하고 앉아 있었다. 살면서 경험해본 중에 가장 조용한 시간이었다. 이 명상은 효과가 있었다. 마사는 정반대의 경험을 했다고 했다. 그녀는 차분해지는 게 아니라 겁에 질렸다고 했다. 명상이 시작되자 처음에는 이 공간에서 도망가고 싶었고, 그다음에 잠이 들었고 사운드 배스 부분을 완전히 놓쳤다.

나중에 마사는 내가 로스앤젤레스에 다시는 못 올 수도 있다고 했다. 내 선망진창에 자기를 끌어들이는 바람에 돈을 너무 많이 써버렸다나. 물론 다음번 사운드 배스 명상 때 입으려고 펄럭이는 하얀색 옷을 사러 라마Rama에 가자는 건 그녀의 생각이었지만. 그 라마가 어디든, 무엇이든 간에.

천상의 벼락치기

영적인 비둘기Spiritual Dove에게 전화를 걸면 그녀는 이렇게 대답한다. "네, 영적인 비둘기입니다."

그 자체가 강력한 영업력을 발휘했다. 그게 그녀의 본명이 아닐 거라는 확신이 들지만 그만큼 열정적인 헌신을 보여주었으니까. 게다가 직접 만난 그녀는 영국 억양을 쓰는 우아한 여성이었고, 그녀의 이야기를 듣는 것만으로도 꽤나 차분해졌다.

나는 예지력이 있는 이 영적인 비둘기가 모르는 게 없다는 이야기를 여러 사람에게 들었다. 그녀의 비전은 놀라울 정도로 상세한 데다 말하는 데 거리낌도 없다고 했다. 어떤 사람은 영적인 비둘기와 상담하다 남자 친구가 바람 핀다는 사실을 알게 됐는데, 자기가 꿈꿔왔던 남자와 결혼하는 미래에 대해서도 생생하게 들었다고 했다.

빙고. 나는 앞으로 다가올 미래를 알고 싶었다. 영적인 비둘기가 직관적인 독해술을 사용해서 몽땅 알려주는 마당에 비전 보드가 무슨 소용이람.

비둘기(나는 그녀를 이렇게 불렀다)는 첫날부터 놀라울 정도로 자세하게 내 미래를 알려줬다. 그녀는 내가 만나게 될 남자를 이미 알기라도 한 듯 확신에 차서 구체적으로 묘사했다. 만나는 장소(오렌지카운티), 우리가 살 곳(바다가 보이는 멋진 집, 하지만 바다 가까이에 집이 몇 채 더 보임), 그리고 칵테일을 손에 쥐고 노을을 바라보며 대화를 나누는 우리의 모습까지.

미래의 남편을 알려주는 핵심 요인은 그가 사별한 남자라는 것이었다. 나중에 이 상담 내용을 친구 레일라에게 자세히 얘기하자, 레일라는 "홀아비라고? 우리가 그 남자를 잡은 다음에 누군가를 '사고'로 없애버린다는 거야, 아니면 부인이 이미 죽었다는 거야?"라고 물었다. 나한테 남편을 얻어주려고 살인쯤은 기꺼이 저질러줄 레일라 같은 친구야말로 우리 인생에 가장 필요한 사람이지 뭐야.

그리고 내게 해당되는 것은 후자라는 것을 알게 됐다. 비둘기에 따르면 아내는 오래전에 죽었고, 이 남자는 나를 기다리느라 방황하고 있다고 했다. 우리가 삶을 함께하는 것은 기정사실이라고 했다. 그 후로 몇 년이 흘렀지만 나는 아직도 이 남자를 못 찾았으니, 그 남자가 인내심이 강한 남자였으면 좋겠다.

비둘기는 내가 세계적으로 유명해질 것이라고도 했다. 그 이야기를 들은 것이 처음도 아니고 마지막도 아니었지만. 물론 유명해지는 방법은 여러 가지다. 내가 미쳐서 3개 주州를 돌아다니며 범죄를 저지른다거나, 어쩌면 레일라가 말한 대로 열정이 조금 지나친 바람에 사별남을 만들어버릴 수도 있지 않은가. 아니면 뭔가 멋진 일을 해낸다는 뜻일 수도 있다. 아니면 진짜 훌륭한 책을 쓴다던가. 누가 알겠어?

나는 아직도 그 사별남뿐 아니라 명성과 그에 뒤따르는 모든 것을 기다리고 있다.

어찌나 비둘기에게 홀딱 빠져버렸는지, 나는 한 무리의 친구들과 함께 그녀를 내 월세 집으로 초청해서 더 자세한 이야기를 해달라고 했다. 그녀가 두 번째 자리에서 내게 해준 이야기는 처음에 들었던 것과 그다지 다르지 않았다.

그러면 좋은 거잖아, 그치?

내 친구 마사는 20만 원짜리 상담을 마치고 나오더니 이렇게 말했다. "너, 저분한테 내 얘기 미리 했어?"

분명 나는 이야기하지 않았는데 비둘기는 마사에 대해 정말 많은 것을 알고 있었다. 입이 쩍 벌어질 정도로 자세한 내용을 모두. 설사 내가 마사에 대해 그만큼 상세히 알고 있다 하더라도 ― 사실 그렇게 알지도 못했지만 ― 마사에 대해 이야기하거나 하물며 그 이름을 언급하느라 내 20만 원짜리 시간을 낭비하지는 않았을 것이다. 비둘기는 누구든 믿을 수밖에 없게 만드는 자세한 정보를 알고 있었다.

나는 이러한 것의 핵심은 여기에 있다고 본다. 회의에 빠져 사는 대신, 내가 믿고 싶은 실낱같은 가능성을 골라서 그 희망을 안고 사는 것이다. 내가 세계적으로 유명해지리라고 상상해본 적이나 있던가? 얼마 전에야 누군가 내가 유명해질 수도 있겠다고 얘기하지 않았던가. 내가 유명해질 거라는 말이 내가 의미 있는 일을 한다는 것을 긍정적으로 느끼게 했을까? 당연하지. 내가 이 세상에 그런 족적을 남기기 위해 〈스캔들〉^{위기 관리 컨설턴트와 대통령의 스캔들을 다룬 미국 드라마}을 보는 시간을 줄여야 할까? 아니, 꼭 그렇지는 않아.

무지개와 비둘기 사이에서 나는 매일 소소하지만 마음과 영혼을 정화해주는 행위들을 시도했다. 나와 이야기를 나누는 모든 사람이 내 리스트를 늘리는 데 도움을 주었기 때문이다. 내가 사운드 배스 효과를 이야기하면, 상대는 센서리 배스^{Sensory Bath}가 자신의 삶을 바꿔놓았다고 알려줬다. 과호흡을 유도하는 무지개 치유보다 극저온 포드Cryogenic Pod 방식이 한 수 위라는 이야기도 들었다.

　이런 방식으로 나는 미로 통과 의식을 알게 됐다. 로스앤젤레스에는 그런 미로가 많았다. 그래서 나는 구글로 로스앤젤레스에 있는 미로를 검색했고, 그 숫자에 깜짝 놀랐다. 미로 통과는 판단을 내리고 머릿속을 청소하는 연습인 것 같았다. 마침 우연의 일치로 (아닐 수도 있지만) 내가 고민해왔던 프로젝트를 받아들일지 말지 결정해야 할 시기였다.

　어떤 미로를 다닐지 정하지 못했을 때 우연히 베니스의 일렉트릭 애비뉴 근처에서 산책하다가 미로를 하나 발견했다. 운 좋은 발견이기도 했다. 깊이 생각할 필요도 없이 나는 잔디밭 위에 돌로 길을 만들어놓은 간단한 미로에 들어갔다. 걸어가면서 나는 코앞에 닥친 결정을 하는 데 집중했다. 고작 몇 분 동안의 짧은 산책이었지만 몇 가지 장단점을 고민해보기에는 충분했다.

　고민하던 대상은 내가 쓰고 싶었던 책이다. 재미있어 보였고 내가 좋아하는 유명인을 위한 책이기도 했다. 그러나 협상이 복잡해져갔고, 변호사가 참여하면서 비싼 문제가 되어갔다. "미로는 신경 쓰지 마세요." 내 변호사 리즈는 이 일에서 손 떼는 것을 고려해보자고 했다. 모든 상황이 심각해보여서 잘 안 될 수 있겠다고 말하기도 했다. 그런데도 나는 나를 늘 올바르게 인도해주는 똑똑한 변호사 대신 미로에 내 판단을 맡겼다.

　잠깐의 산책 끝에 리즈와 미로가 동일한 결론에 도달한 것처럼 보였다. 나는 이 프로젝트를 포기하기로 했다. 미로에 들어갈 때만 해도 이 프로젝트를 꼭 하겠다는 확신을 갖고 출구를 나서길 진심으로 원했지만 말이다. 그리고 애초에 미로를 산책하는 것이 변호사를 쓰는 것보다 돈이 적게 들었을 것이다.

머지않아 나는 서서히 드러나는 어떤 패턴에 주목했다. 여기저기서 제시하는 치유와 해결책에 깊이 빠질수록, 나는 내 측(과 내 변호사)이 하는 이야기에 귀를 덜 기울였다. 나는 미로 덕에 뭔가를 알아냈지만, 그건 어쩌면 이미 알고 있는 것이었는지도 모른다.

이 시점까지도 나는 의지 되는 것이라면 무엇이든, 누구든 깊이 빠져들었다. 나보다 현명할 것만 같은 사람과 방법에 내 의사 결정을 맡기려고 했다.

마음의 결정을 내린 나는 목이 몹시도 말라 미로에서 나와 주스를 사러 가기로 마음먹었다. 로즈 애비뉴에 있는, 진지한 주스 신자들의 성지인 문 주스Moon Juice였다. 사람들이 꼭 가봐야 한다고 추천했기 때문에 당연히 그렇게 했다. 나는 1만 5,000원짜리 주스 맛을 고르느라 꼬박 1시간을 투자했고, 불안을 줄여주고 마음을 가라앉혀준다는 로즈 워터와 딸기로 만든 주스로 결정했다. 좀 더 고민하다가 당근으로 만든, 에너지를 북돋아주고 갑상선에 좋다는 주스를 추가했다. 나는 두 가지 주스를 번갈아 가며 마셨다. 각성제와 진정제를 한꺼번에 쓰는 엘비스 프레슬리Elvis Presley가 된 기분이었다.

나는 로스앤젤레스를 뜨기 전 마지막 벼락치기로, 오쇼 젠^{Osho Zen} 타로 카드 한 벌을 샀다. 이 카드는 5년 동안 5번쯤 뽑아봤나? 그리고 말린 세이지도 조금 샀다. 타로 카드를 쓰는 건 습관이 되지 못했고 (영양사 말에 따라) '주스를 마시지 않겠습니다' 정책이 다시 시작됐다. 그러나 나는 꽤나 자주 내 공간을 세이지 향으로 채웠다. 심지어 집을 '내 공간'이라고 부르기 시작했다. 얼마나 뉴에이지스러운가?

핵심은, 내가 치유사들의 지혜를 스펀지처럼 빨아들였다는 거다. 지금 와서 생각해보니 한 번에 너무 많은 것을 받아들이기는 했다. 하지만 에너지 작업과 사운드 배스와 미로는, 이런 것들은 모두 형태만 다를뿐 명상의 일종이니까. 타이 마사지와 일주일에 두 번 하는 에너지 이동도 있었고, 규칙적으로 참여했던 요가도 있었지. 분명 도움이 됐다. 여기에는 다른 장점도 있었다. 나는 그것들로 정해진 일과를 만들어냈다. 정해진 일과는 어지러운 마음을 진정시켜준다. 한편 아무런 스케줄도 없는 여유롭게 텅 빈 날은 머릿속이 거침없이 움직일 수 있게 해준다.

아마도 시끌벅적하고 활기 넘치는 뉴스 룸에서 오랜 세월을 보내다 갑자기 집에서 일하게 된 것이, 정도에서 벗어나 영적인 추구를 하는 데 지대한 영향을 미친 것 같다. 내 일정이 내 손에 달려 있는, 정해지지 않은 막막한 시간의 바다를 어떻게 헤쳐 나갈지 깨달을 때까지 한참이 걸렸기 때문이었다.

나는 내 앞에 펼쳐진 시간을 채우려고 일이 아닌 다양한 프로젝트에 도전하고, 내가 뉴스 룸에서 일하느라 잃어버린 사교적인 측면을…음…찾을 수 있다면 무엇이든 찾아 그것으로 대체했다. 나는 베니스 비치에서 잡은 여러 상담 약속을 좋아했다. 그게 고정된 스케줄이 되어줬으니까.

내 불안감이 모두 사라졌을까? 글쎄, 그래. 물론 그랬지. 내가 그곳에 머물던 짧은 시간 동안에는. 하지만 그로 인한 불안감도 있었다. 나는 상담과 만병통치약에 200만 원 이상을 써버렸다.

이 사실은 실질적으로 내게 스트레스를 줬다. 진짜 내 아이큐가 통장 잔고보다 낮은 건 아닌지 궁금해지기도 했다. 그러나 통장 잔고가 말라감에도 나는 더 명료해지고 선명해졌으며 기분이 가벼워졌고 좀 더 느긋해지기도 했다. 나는 나를 아는 사람 대부분이 인정하듯 털털한 사람은 아니었기에, 이 점은 도움이 됐다.

미 서부 해안가의 환하게 반짝이는 태양이 도움이 됐을까? 틀림없이 그랬겠지. 베니스의 느긋한 속도와 히피적인 분위기가 내게 전염됐을까? 당연하지.

무지개 치유사는 내게 산만해지거나 불안해지거나 무슨 일이 있을 때 내 의도를 떠올리라고 했다. 평화를 찾으려는 의도 말이다. 나는 평화로움을 느꼈다. 이게 계속될까? 나는 블랙 진과 검은 부츠, 검은 스웨터, 검은 가죽재킷을 입고 내가 사랑하는 카오스의 세계로 돌아가는 비행기를 타러 가면서 곰곰이 생각했다.

검은색 보호막을 두른 채 여행하면서 나는 한 치유사가 준 붉은
색 수정 한 조각을 주머니에 넣어두었다. 이는 애착 담요와 같았
고, 깨달음을 얻으려고 서둘러 떠난 여행에서 얻은 작은 전리품이
었다. 효과가 있었을까? 내면의 힘과 능력을 발견하고 개운치 않
은 부분을 거둬내기 위해서라면, 그 수정이 효과를 발휘한다고 믿
어야만 할 것이다.

나는 말도 안 되는 것들은 솎아내는 한편 긍정적인 것, 내게 울
림을 주는 것에 귀를 기울여야 한다는 것을 알게 됐다. 건강한 수
준의 영성과 반성, 그리고 내면을 바라보는 일은 내 마음을 차분하
게 해준다. 이것만큼은 내가 어느 때든, 공짜로 할 수 있는 것이다.
게다가 내 무지개 치유사는 내가 실수할 때마다 언제든 스카이프
로 에너지 작업을 해줄 수 있다고 약속했거든.

chapter 6

우리 모두의 멜로즈 플레이스*

불안감

내가 처음 할렘으로 이사 왔을 때 우리 집에서 약 20블록 떨어진 곳에 사는 친구를 보러 업타운을 걸어 다녔다. 맑고 화창하지만 쌀쌀한 겨울날이라 시끄러운 길거리를 빠른 걸음으로 지나치고 있었다. 지나가던 한 남자가 말했다. "안녕, 얼음 공주?" 나는 그 남자를 되돌아보느라 발걸음을 늦췄지만 그는 뒤도 돌아보지 않고 걸어갔다. 발걸음을 옮기며 그가 한 말을 곰곰

---

*로스앤젤레스의 번화가 멜로즈 플레이스 빌라에 모여 사는 20대 남녀들의 사랑과 배신을 그린 성인용 드라마

이 생각했다. 내가 그의 말을 정확히 들은 건지, 그가 한 말이 정확히 나에게 한 것인지도 확실치 않았다. 그러나 한 블록을 더 지나자 또 다른 남자가 완전히 똑같은 말을 건넸다. "안녕, 얼음 공주?" 분명히 내게 하는 말이었다. 나는 신호등 앞에서 길을 건너기 위해 서 있었고, 그도 그랬다. 우리의 눈이 마주쳤다. 나는 얼음 공주였다.

왜 사람들이 나를 얼음 공주라고 부르지? 진심으로 알 수가 없었다.

사람들이 내가 캐나다에서 왔다는 것을 알아챘나? 처음 떠오른 생각은 그랬다. 하지만 다른 사람들이 내가 캐나다 출신인지 어떻게 알지? 나는 재빨리 내 옷차림을 훑었고 무슨 모자를 썼는지 확인하려고 만져보기도 했다. 그리고 가방에 캐나다 국기나 단풍잎이나 내가 팀 홀튼_{Tim Hortons, 캐나다의 커피 전문점}을 좋아한다는 표시가 붙어 있는 건 아닌지 확인했다. 아무것도 없었다. 당황스러웠다.

결국 나는 걸음을 재촉하면서, 가짜 털이 달린 엄청나게 튀는 분홍색 패딩을 입고 있기 때문에 '얼음 공주'라는 이야기를 들은 모양이라고 결론 내렸다. 그 남자들은 내 분홍색 패딩을 놀렸던 것이다. 그렇다면 완벽하게 이해가 갔다. 당시에는 눈도 오지 않았으니 내가 과하게 옷을 입고 눈송이를 기다리고 있음을 함축한 말이었을 것이다. 가장 말이 되는 설명이었다.

집에 돌아와서 여전히 내가 겪은 일을 고민하다가 구글에 '얼음 공주'라고 쳐봤고, 그 말이 분홍색 패딩이 아닌 내 창백하도록 하얀 피부 때문임을 알게 됐다.

나는 설레고 완전히 즐거운 마음으로 내 무식함과 정말 쿨하지 못한 데 대해 기분 좋게 킬킬거렸다. 그 경험이 얼마나 즐거웠는지에 대해서도. 그러나 이 경험은 내가 처음 아파트를 계약하면서 처음에 나를 상심하게 했던 어떤 기억을 강화했다. 나는 사악한 젠트리파이어Gentrifier, 낙후된 지역을 고급화하는 사람였다. 그 점은 그다지 기분 좋게 느껴지지 않았다.

이글루의 비상구

할렘에서의 시간은 할렘에서만 겪을 수 있는 일들로 채워졌고, 특별하고 평생 지속될 우정이 형성됐다. 그러나 그곳에 사는 동안 자기 탐구와 선망진창은 사그라졌다. 가장 큰 이유는, 그곳에 살던 시절 금융 위기를 겪었기 때문이다. 일자리를 잃을 무렵 살던 곳이 바로 그곳이었다.

나는 정리 해고를 당하기 직전에 열린 건물 반상회에서, 해고당한 후 콘도와 임대주택의 관리비를 내지 못해서 결과적으로 파산하고 만 사람들의 이야기를 했다. 그 기억이 지금도 생생하게 떠오른다. 나는 우리 건물에서도 누군가 실직할 수 있고, 따라서 예비비를 충분히 확보해놓아야 한다고 말했다. 내가 그 상황에 처한 첫 번째 사람이 됐다는 사실은 그다지 충격적이지는 않았다. 나는 한동안은 처음이자 유일한 실업자였지만 결국 이 건물에는 일자리를 잃은 사람이 넷이 되어버렸다.

희한하게도 그 사실은 골치 아픈 상황에 도움이 됐다. 나중에 나는 제시카 플래니건Jessica Flanigan이 『사랑의 다이어트The Loving Diet』를 쓰는 것을 도왔다. 그 책의 주요 전제는 (그 책에서는 질병을 의미하는 것이었지만) 우리가 역경을 견뎌내는 스스로의 방식을 사랑해야 하고 치유되는 데 도움이 될 좋은 면을 찾아낼 수 있어야 한다는 것이었다. 카사 로마(Casa Loma, 우리 건물에 붙은 요상한 이름이었는데, 우리는 카사 로코Casa Loco, 미친 집라고 바꿔 불렀다)에 사는 우리 넷은 집에서 하루 종일 머물다 보니 각자 음식을 준비해서 옥상에서 같이 점심을 먹기 시작했다. 당시에는 미처 몰랐지만, 이 점심 모임은 내게 희망을 주었다. 이 사람들이 있다는 것은 좋은 면이었다. 몸을 웅크린 채 눈물을 흘리며 왔다 갔다 하는 와중에 반가운 휴식과도 같았다. 비슷한 어려움을 겪는 사람들끼리 서로 위로할 수 있다는 것은 좋은 일이다.

그곳에 살 때 주변은 온통 공사 중이었고, 그중 상당수는 2006 ~2007년의 낙관적인 부동산 투자 붐을 타고 시작된 공사였다. 금융 위기가 터지자 일부는 완전히 중단되었고 일부는 지체되었다. 웨스트 116번가에 살고 있는 모든 사람과 마찬가지로 나는 부동산 시장이 정점에 다다랐을 때인 2007년에 아파트를 샀다. 센트럴 파크 노스Central Park North에 있는 호사스러운 콘도가 96번가의 부동산 가격을 넘어서 면적당 가장 높은 가격에 막 낙찰됐기 때문인 이유도 있었고(교도소에서 고작 몇 집 떨어져 있는데도 말이다. 공원이 내다보이는 교도소였긴 했지만), 그 덕에 인근의 부동산 가격이 그 뒤를 따라 오르는 분위기를 만들어주었기 때문이다.

1년 후 부동산 시장이 거의 나락으로 떨어지기 전까지 추격세가 형성됐다. 해석하자면, 우리 건물에 사는 모든 사람이 16가구가 사는 5층짜리 작은 건물에 들어오려고 면적당 최고가를 지불했다는 것이다. 우리는 모두 최고점에서 집을 샀고, 아주 운이 좋은 셈이었다. 그 후 오랫동안 일자리를 잃고 커리어가 바뀌었는데도, 손해를 보지 않는 한 집을 파는 것은 선택지에 없었다. 나는 손해를 보고 싶지 않았다.

나는 과거에도 부동산을 사고 팔아본 적이 있었지만, 이 집은 일종의 순간적인 판단 착오로 서둘러 사들인 것이었다. 뉴욕에 집을 소유한다는 것은 이 도시에만 국한된 독특한 고난들, 그리고 일반적인 공동생활에서 오는 어려움이 함께 딸려온다는 의미다.

나는 주변 지역을 둘러보며 다양한 동네를 조사하지도 않았다. 이곳저곳에 있는 아파트와 3개의 꼭대기 층을 한꺼번에 둘러보았다. 나는 59번가와 콜럼버스에 있는 좀 더 편리한 동네에서 집을 빌려 살고 있었고 그 동네를 참 좋아하면서도, 어쩐지 뉴욕의 아파트를 소유하고 그에 딸려오는 모든 스트레스를 감당할 만큼 어른이 되었다고 느꼈다. 그러니까 나는 이 아파트를 딱 한 번, 15분 동안 보았고, 집으로 돌아오자마자 아파트를 사려고 응찰했다. 그리고 낙찰. 그렇게 된 것이다.

참고로 말하자면 나는 어떤 텔레비전을 살까 조사하느라 6일을 썼고, 맨해튼 부동산 거래에 대해 토론하느라 6분에서 12분을 쓰기도 했던 사람이다.

내가 미처 생각지 못했던 여러 어려움이 있었는데, 그중 하나는 내가 일상적으로 하는 일들에서 멀어졌다는 것이다. 미드타운에 있는 사무실에 갈 때면 전에는 걸어서 10분이면 됐는데, 이제는 30분 동안 지하철을 타야 했다. 운동을 갔다가 저녁 약속에 나가려면 옷을 갈아입으러 30분 동안 기차를 타고 업타운까지 갔다가 다시 돌아오는 데 30분이나 그 이상을 낭비하거나, 갈아입을 옷이 담긴 가방을 질질 끌고 시내를 돌아다녀야만 했다. 그리고 밤늦게 집에 오는 날이면 116번가로 가는 것이 59번가로 가는 것보다 택시비가 상당히 많이 나온다는 것을 금세 알게 됐다. 업타운은 아주 멀고 외딴 곳이었고 굉장히 불편하게 느껴졌다.

나는 밤에 뉴욕 거리를 걷는 것을 좋아했다. 이는 여전히 내가 가장 좋아하는 일 중 하나다. 그러나 이 지역을 잘 모르는 상태에서 텅 비고 조용한 거리 때문에 예민해진 데다 범죄율에 대해 읽었던 기억 때문에 (공평하게 이야기하자면 뉴욕의 다른 동네 대부분과 그다지 큰 차이가 없었다) 내가 가장 좋아하는 활동을 그만둬야 했다.

그에 더해, 처음에는 기숙사에서 사는 것처럼 모두 옥상에 모이고 친해지고 서로 집을 방문하면서 속속들이 잘 알게 됐지만, 결국 내부 균열이 일어나버렸다. 뉴욕에서 집을 소유한다는 것은 공공장소도 공동으로 소유한다는 의미였다. 공동소유 공간은 그 공간에 대해 공동으로 의사 결정을 한다는 의미였다. 우리 모두는 복도의 일부와 계단, 그리고 옥상을 소유하고 있었다. 카사 로코에서 집단 결정을 해야 할 때면 전쟁이 뒤따른다는 의미였다.

시간이 갈수록 상황은 추해졌다. 한 번은 한 이웃이 페이스북에 나를 두고 '암소'라고 썼다. 내가 그 집에 조용히 해달라고 부탁했다는 이유에서였다. 누군가는 답글로 내 이웃이 "그 암소에게 한 수 가르쳐야" 한다고 했다. 평범한 전쟁처럼 느껴지지 않았다.

옥상에 소파를 가져다 놓는 것에 대한 배틀 로열^{Battle Royal, 격렬한 논쟁}은 특히 추악했다(그전에 이미 옥상의 개, 옥상의 꽃, 옥상에서의 파티 시간 등에 대한 전쟁이 지나갔다). 무리가 갈렸고 파벌이 만들어졌다. 양측이 명확하게 나눠졌다. 이 전쟁에는 기회주의자도 없었고 타협점도 없었다. 소파, 아니면 비^非소파였다. 끝.

이 파벌에는 합리적인 무리(비소파 파)와 비합리적인 무리(친소파 파)가 있었고, 소파 게이트 와중에 느닷없이 서로 이름을 부르는 잔인한 이메일들이 쏟아졌다.

추한 상황은 참 많았지만 누군가가 여성회 회장의 문 앞에 스팬스 속옷 카탈로그를 가져다놨을 때 최고조에 다다랐다. 임계점은 이미 오래전에 지났고 싸움 전략은 복도나 옥상을 채우는 '넌 이제 끝이야'의 침묵으로 이어졌다. 미안한 기색도 없이 당당하게 반대편을 모른 척하는 것은 표준 운영 절차가 됐다. 나는 다른 편 사람들을 아주 쉽게 지나쳤고 눈을 마주치거나 말을 걸지도 않았다. 조금도 불편하지 않고 조금도 후회하지 않아. 상대편도 마찬가지였다. 엘리베이터를 탈 때는 그냥 썰렁한 정도가 아니라 완전히 냉랭했다.

단순히 싸움 때문에 집이 전혀 즐겁지 않아진 것은 아니었다. 카사 로코로 이사 온 그 순간부터 스트레스를 받았고, 1년 후 직장을 잃으면서 모든 것이 완전히 뒤틀려버렸다. 주민들의 내분과 내 직업적 상황, 그리고 동네 환경이 하나로 합쳐지면서 나는 이곳을 떠날 생각만 했다. 아파트 자체가 나를 공격했다. 나는 한 발은 문 밖으로 빼놓은 채 계속 도망 나갈 날을 생각하거나 대안을 찾았다.

어렸을 적 아빠는 삽으로 눈을 떠서 어마어마한 크기로 쌓은 뒤 그 안을 파서 눈집을 만들어주셨다. 밝고 뻣뻣한 방한복을 입고 할머니가 떠주신 두껍고 알록달록한 목도리를 숨이 막히도록 단단히 매고선 우리는 몇 시간이고 이글루 모양의 눈집에 들어가 놀았다.

아빠는 눈집을 만들어줄 때마다 이상한 행동을 했다. 아빠는 앞문과 뒷문을 모두 파낸 다음 뒷문이 비상구라고 설명했다. 우리 중 그 누구도 성냥을 가지고 놀지 않았다는 점을 잊지 말아주세요. 하지만 〈초원의 집〉을 보면 말이 끌고 가던 수레가 엎어지는 바람에 메리가 안경을 떨어뜨렸는데, 이 안경의 돋보기가 잔디에 불을 붙이는 바람에 불길에 휩싸이고 만 에피소드도 있지 않던가. 나는 이글루 안에서 불꽃이 일 수도 있다는 것을 한 번도 의심하지 않았다.

언젠가 이웃집에 사는 또 다른 스테퍼니('퍼'는 f 발음으로 읽어주길)와 나는 길거리에서 다른 남자아이와 그의 여자 친구를 놀렸다(말하기 부끄럽지만, 우리는 그녀가 못생겼다고 놀렸다). 그때 우리는 다 그렇게 놀았던 것 같다(그리고 거실에서 앤 머레이Anne Murray 노래도 불렀었지). 너무 화가 난 남자아이가 우리를 쫓아왔다. 우리는 방한복을 입고 있었고 길은 눈과 얼음으로 덮여 있었기 때문에 최선을 다해 달렸지만 도망가기가 쉽지 않았다. 우리는 스테퍼니네 마당까지 갔고 그녀의 눈집 안에 숨었다. 그 남자아이는 우리를 따라잡았고 이글루 문까지 들어왔다. 그리고 몸을 구부려 우리가 못된 짓을 했다고 고함을 치기 시작했다. 나는 겁에 질렸다.

그런데 스테퍼니의 이글루에는 비상구가 없었다. 우리는 갇혀버렸다.

내가 할렘에서 느낀 기분이 바로 이것이었다. 부동산 시장과 친애하는 주민들 덕에 말이다. 갇혀버린 기분.

집이 결코 안식처가 아님에 대해

할렘으로 이사 가기 몇 년 전에 팔과 어깨를 다친 적이 있다. 물리치료도 괜찮았지만 침이 큰 도움이 됐다. 한 친구의 추천으로 알렉시스 아비슨Alexis Arvidson이라는 침술사에게 치료를 받았다. 이후 나는 도저히 잠을 이룰 수 없고 스트레스로 가득 차게 됐다. 나는 어딘가에서 미세 침과 압통점, 그리고 '기氣'를 포함한 고대 중국 치료법의 진정 효과에 대해 읽었다. 따라서 내 이두근을 살려준 알렉시스에게 돌아가서 그녀가 내 정신도 구해줄 수 있는지 보기로 결심했다.

모든 훌륭한 치유사처럼 알렉시스는 깃털 달린 드림 캐처와 수정과 향유 등으로 사방을 장식한 스튜디오가 있었다. 차분한 음악과 무드 등이 내 긴장감을 누그러뜨려줬지만 알렉시스의 존재만큼 효과적이지는 않았다. 그녀에겐 그녀만의 특별한 분위기가 있었다. 지시받은 대로 나는 진찰대에 기어 올라가 그녀가 마술을 부리도록 몸을 맡겼다. 가위에 눌릴 것만 같은 바늘에 대한 공포심만 빼면 침은 마음을 진정시켜준다. 기는 에너지고 알렉시스가 내 기를 움직여준다는 것을 알게 된 후, 이 의식이 아주 잠깐이라도 내가 긴장을 풀고 잠이 들 수 있게 도와준다는 것을 깨달았다.

단 한 번의 방문으로 나는 여기에 열광했다.

가능하면 매달 알렉시스를 찾기 시작했다. 알렉시스는 내 웰니스 팀의 수장이 됐다. 나는 침술을 내 사치스러운 예방의학의 일환으로 대접하기 시작했다. 게다가 그녀는 내 아이폰 병(아이폰으로 문자와 SNS질을 하느라 팔목과 팔꿈치가 욱신거리는 거)을 고쳐줬다. 그녀는 내 등허리 문제와 두통, 그 외에도 뭐든지 도와줬다. 매달 방문할 때마다 그녀는 실력을 발휘했다(앞으로도 그렇겠지).

흥미롭게도 알렉시스는 내 기만 다루는 것이 아니었다. 그녀는 해부학 책을 꺼내들어 부상에 대해 토론했고 정서적 문제에 대해서도 언급했다. 그리고 우리는 개인 자산이며 정치, 주택 보유의 위험성, 빚, 트럼프 시대의 삶은 물론이고 셀프헬프책에 관해서도 논의했다. 그녀는 대체 의학을 하는 사람이었지만 신체적·정신적 건강에 균형 잡힌 접근법을 사용했다.

나나 내가 아는 모든 사람처럼 알렉시스도 10퍼센트 정도만 독특하다. 내가 무슨 말을 하는지 이해하려나? 막 저 세상 4차원은 아니었다는 이야기다. 그저 뉴에이지 수준으로만 독특할 뿐. 그리고 나는 그녀의 그 독특한 면이 좋다. 그러면서도 그녀가 현실적이고, 절대 나를 잘못된 쪽으로 몰아가지 않는다는 점이 좋다.

우리는 내 인생에서 벌어지는 '오늘의 위기'에 대해 무엇이든 논의했다. 그러는 동안 나는 진찰대에 누워서 다리와 발, 귀, 배에 바늘을 꽂고 있었다. 하루는 그녀가 좀 더 날카로운 분석을 내놓았다. 내가 불안해하는 상황을 살펴보면, 대부분 집 문제로 거슬러 올라가게 된다는 것이다. 그 집은 내게 안식처가 아니었다. 사실은 고문실이 되어가고 있었다.

집에 대해 깊이 생각할수록 나는 알렉시스가 옳다는 것을 깨달았다. 할렘으로 이사 오기 전에 있었던 몇 가지 일을 그녀에게 이야기할 때도, 하나 또는 몇 가지 이유로 집은 불안감의 원인이었다. 그녀가 처음 그 의견을 냈을 때, 내게는 답이 없었고 그녀 역시 즉각적인 해결책은 없었다. 하지만 그 덕에 나는 생각하기 시작했다. 당시 더바술라 박사와 함께 『당신이 먹는 이유는 바로 당신에게 있다You Are WHY You Eat』라는 책을 쓰고 있었다. 더바술라 박사는 좋은 조언을 많이 들려줬고, 나는 그녀의 글을 다듬으면서 많은 것을 얻을 수 있었다. 그녀의 책에 나오는 수많은 개념에 대해 이야기 나누면서, 특정 상황에서 감당해야 할 위험이 점차 높아진다는 아이디어는 내게 울림을 줬다. 나는 혼자 일하고 있었다. 그리고 점차 내 나이와 인생, 그리고 시간이 무한대가 아니라는 사실을 의식했다. 그렇게 되면서 위험은 점차 높아졌다. 나는 스무 살이 아니었다. 부모님은 나이가 들어가고 은퇴 시점이 점차 다가오며, 내가 신경 쓰지 않았던 일들이 내 걱정거리 중에서 최우선 순위이자 중심이 됐다.

더바술라 박사의 책은 먹는 이야기에만 국한된 것이 아니었다. 아니, 사실은 전혀 먹는 것에 관한 이야기가 아니었다. 물론 다른 사람들을 기쁘게 하기 위해 먹는다는 개념과 몸무게와의 투쟁에 대해 흥미롭게 조명하기는 했다. 여기에 더해, 인생의 큰 변화에 임하기 위한 개념으로서 체중 문제를 다루었다. 특히 위험성이 치솟는 상황에서 말이다.

이 모든 것이 집과 관련한 내 상황에 적용됐다. 나의 집 선택에 대한 더바술라 박사의 이론은 흥미로웠다. 그녀는 내가 집을 선택할 때 그 집이 들어서 있는 동네보다 건물 자체를 우선시했으며, 확신을 가지고 저질렀지만 사실은 완전히 부정확한 추측을 바탕으로 결정했다고 보았다. 그렇게 함으로써 좋아하지 않는 뭔가를 스스로에게 강요하고, 따라서 사라지지 않는 나쁜 기분에 갇히고 말았다는 것이다.

그녀는 많은 점에서 정확했다.

나는 한겨울에 집을 샀다. 거리가 조용하던 시기다. 당시 나는 이 점이 중요하다고 의식하거나 예측하지 못했다. 하지만 봄이 되고 여름이 오면서 햇빛이 빛나자 뉴욕 거리에 경이로움이 살아났고 인간들의 불협화음이 116번가를 채웠다. 그리고 내가 기대하지 못했던 모임과 사회적 교류가 활기를 띄자, 이는 낮에 집에서 글을 쓰는 전업 작가에게 방해가 됐다.

게다가 매일 출근하던 시점에 집을 샀기 때문에 동네 와인 판매점과 요가 스튜디오 같은 것은 중요하지 않아 보였다. 그런 편의 시설은 지하철로 한 정거장만 가면 있었기 때문이다. 그러나 집에서 일하기 시작하자 달라졌다. 그것들이 걸어갈 수 있는 거리에 있었으면 무척 편리했을 것이다(결국은 둘 모두 동네에 생겼지만 내 장점 중엔 인내심이라는 것이 없었고, 따라서 편의 시설이 없다는 데 지쳐버리고 말았다).

나는 내 욕구와 내가 원하는 것에 대해 완전히 잘못 예측하고 있었다. 이는 실질적으로 큰 문제였다. 나는 조용함을 원했다. 그리고 내가 간절히 필요로 하는 것들도 가까이 있기를 원했다.

나는 나 자신을 잘 알지 못했다. 무엇이 나를 괴롭게 하는지도 몰랐다. 하지만 더바술라 박사는 알고 있었다.

나는 내게 커다란 공간이 필요치 않다는 것을 몰랐다. 내가 잘못된 타협을 했다는 의미다. 뉴욕시는 다양한 트레이드오프가 존재하는 곳이다. 하지만 주거에 있어서 나는 내가 감당하기에 지나친 트레이드오프를 해버렸다. 나는 큰 아파트를 원한다고 생각했고 따라서 아주 고전적인 뉴욕식 선택인 위치냐 크기냐의 문제로 접근하고 잘못된 선택을 한 것이다.

할렘에서 7년을 보내고 난 뒤 알렉시스와 더바술라 박사의 통찰력 덕에 나는 마침내 집의 크기는 중요하지 않다는 것을 깨달았다. 빛나는 머릿결과 마찬가지로, 반짝이는 대리석 싱크대나 콜러 수전 역시 중요하지 않았다. 내게 중요한 것은 평화였다. 하지만 당시 나는 집 안에서 평화를 바랄 수 없었으며, 동네에 나가서도 평화를 찾을 수 없었다.

내 상황을 어떻게 바꿀 수 있는지 알아내는 데에는 시간이 걸렸다. 겉보기에 상관없어 보였지만 여러 측면에서 더바술라 박사의 조언을 실행에 옮기기 시작했다. 작은 그릇에 밥을 먹고, 사람들이 내게 밥을 먹거나 술을 마시자고 권하는 방식을 눈여겨보았다(이들은 스스로의 식습관을 편안하게 느끼고 싶어서 자기만큼 먹고 마시는 누군가가 필요했던 것이다). 아마도 가장 중요한 것은, 적어도 내가 스스로의 촉 아니면 소위 '스파이더 센스Spider Sense, 영화 〈스파이더 맨〉에서 위험에 처하는 순간을 알아채는 주인공의 능력'를 믿지 않는 순간에 주목하기 시작했다는 점이다. 그리고 감당해야 할 위험성에 주목하면서 어떤 점이 두드러져 보이고 어떤 점이 가장 중요한지 살피기 시작했다.

이런 작은 움직임들은 내게 이전까지 없었던 인지를 선사했다. 나는 내가 매일같이 뺑뺑이를 돌고 있음을 깨달았다. 인생을 자각하며 살기보다는 그 뒤를 쫓고 있었다.

더바술라 박사는 어떤 대상에 대한 우리의 첫 느낌이 가끔 정확하지만, 때로는 잘못됐다고 느끼면서도 깊게 빠져든다는 것을 이론화했다. 그런 일이 벌어질 때 위험성은 높아지고, 거기서 벗어나기는 더 어려워진다. 더바술라 박사는 자신이 권하는 소소한 조치들을 실행함으로써 더 큰 그림을 명료하게 볼 수 있다고 강조했다.

내게 그 큰 그림이란 집이었다. 나는 내 상황을 아주 분명하게 바라볼 수 있었다. 내 수입에 비해 너무 비싼 집이었고, 집을 산 후 갑자기 수입이 끊겼을 뿐 아니라, 집이 지나치게 스트레스를 주고, 지나치게 많은 타협을 해야만 했다.

이사 온 지 7년 후 이웃집 더그는 로스앤젤레스에서 취업했고 우리 집 한 층 아래에 있는 자신의 아파트를 매물로 내놓았다. 그리고 24시간 안에 7건의 거래 제안을 받았다.

대침체는 끝났다. 할렘에서의 내 시간도 마찬가지였다.

나는 아파트를 내놓았고 갈 곳도 정해지지 않은 채 다시 한 번, 안전망이 있길 바라며 뛰어내렸다. 나는 물건들을 창고에 넣어두고 카사 로코에서 나왔다. 직장을 그만두기로 한 결정과 마찬가지로 현실적인 계획이 없었지만 내 선택에 굳건하고 긍정적인 기분을 느꼈다.

이제 곧 떠나게 될 것임을 알게 되자 다른 일이 벌어졌다. 밤 산책이 다시 괜찮아졌다. 나는 밤늦게 길거리를 돌아다녔다. 길거리는 여전히 붐볐지만 차분함이 느껴졌고 떠나는 게 후회스러울 지경이었다. 문제는 동네가 아니었다. 내가 처한 상황에 대해 전반적인 스트레스 수준이 높았다는 것이 문제였다. 그렇기 때문에 내 중압감을 가장 많이 덜어주는 일인 산책을 하지 못했던 것이다.

산책 도중에 깨달았다. 나는 뉴욕을 떠나고 싶지 않았다. 내가 떠나고 싶은 곳은 내 정신을 지나치게 혼란스럽게 한 이 건물이었다. 한때는 재미있게 살았지만, 그 후 그렇지 않았다. 떠난다는 것은 위험했다. 내가 사랑하는 이 도시로 다시는 돌아오지 못할 수도 있다. 다시 한 번 말하자면, 나는 이 도시가 내 삶의 일부임을 예의 그 비전 보드를 통해 분명하게 밝힌 바 있다.

이사 나간 지 3개월이 지난 후, 극적으로 저렴하면서도 감당 가능한 타협을 통해 나는 햄프턴스의 스프링스에 있는 소박한 집에 정착했다. 소중한 교훈을 얻었다. 인생은 언제나 타협으로 가득하다는 것이다. 핵심은 내가 가장 잘 감당할 수 있는 타협점이 무엇인지 파악하기 위해 스스로에 대해 잘 아는 것이다. 나는 더바술라 박사의 책을 따름으로써 부차적인 이득도 얻었다. 많은 의미에서, 공포가 천천히 나를 떠나가기 시작했던 것이다.

많은 사람이 내게 용감하다고 말한다. 나는 그보다는 내가 과감하다고 표현하고 싶다. 여전히 많은 면에서 겁쟁이니까. 고백하자면, 나는 어렸을 적 낯선 사람과 대화하지 말라고 계속 주의받으며 자라서 아직도 납치당할까 봐 걱정하고 산다. 평일 오후에 방송되는 시사 프로그램에 나오는 사람들이 그러는 것처럼 말이다. 오늘날까지도 엄마가 항상 경고했듯이 시어즈Sears 트럭이 나타나 내 머리를 떼어갈 거라는 공포가 남아 있다.

그러나 다시 한 번, 나는 평화를 찾기 위해 기회를 잡고 한 발 앞으로 내딛었다. 해결책을 찾아 시도할 때마다, 5번 실패하면 그중 2번은 결국 성공하고 말았으니까.

chapter 7

인생이 빛나는 강박장애의 마법

몸 무게 때문에 고군분투해본 적 있는 사람이라면 입을 옷이 하나도 없을 때의 수치심과 좌절감에 대해 잘 알 것이다. 이게 어찌나 내 머릿속을 꽉 채우고 있는지, 만약 맞는 옷을 찾지 못하는 것이 직업이었다면 아마 나는 엄청난 부자가 되어 오래전에 은퇴했을 수도 있었을 것이다.

맨날 내 옷장에 있는 옷 중에 뭐가 그나마 덜 추해 보일지 고민하느라 스트레스를 받는 대신 그 시간을 좀 더 현명하게 쓸 수 있었다면 무슨 일을 해낼 수 있었을까? 아마도 아주 많은 것을 이뤘으리라.

나는 내가 제작한 리얼리티 쇼로 에미상 후보에 올랐지만 시상식에 가지 않았다. 입을 옷을 찾아야 한다는 게 너무 걱정스러웠기 때문이다. 맞는 옷을 찾는 과정에서 엄청 불편해질 것을 알았기 때문에 아예 시도조차 하지 않았다. 나는 쇼핑의 고통을 피하려고 내가 그런 자리에 참석하는 것에 관심이 없는 척, 그런 건 마치 내게 중요하지 않은 척했다. 희한하게도 나는 막 주문 제작 드레스 추첨권에 뽑혔던 차였지만 (사실 나는 경품에 자주 당첨된다) 그조차도 시상식에 참석하도록 기운을 북돋아주지 못했다. 공정하게 이야기하자면, 내 머릿속과 옷장에서 벌어지는 전투는 내게 폭군 같은 힘을 휘두르며 인정사정없이 시간을 낭비하게 했다. 끝.

일단 내 키가 작다는 게 문제였다. 키가 160센티미터인 사람이라면 분명 바지와 소매와 치마의 길이를 자르느라 월급의 상당 부분을 써왔을 것이다. 더 옛날에는 사기 전에 청바지를 입어보는 일은 있을 수도 없었다. 이 상황은 언제부턴가 유통 업체들이 '키 큰 사람용', '보통 사람용', '키 작은 사람용'으로 청바지를 나눠서 팔기 시작하면서 변하게 됐다. 예전에는 옷을 사서 입으려면 일주일간의 준비 기간이 필요했다. 청바지를 사서, 빨아서, 줄여야 했으니까. 치마도 마찬가지였다. 드레스도, 재킷도, 모든 옷을.

결국 유통 업체와 디자이너들이 나같이 키 작은 사람들을 위한 '프티 사이즈Petite Size, 신장 162센티미터 미만의 사람들을 위한 작은 사이즈의 옷'를 요령

껏 만들게 됐다. 처음에는 소수의 매장에서만 이런 옷을 취급했다. 아무도 키 때문에 고통받는 이들을 위한 옷을 갖춰놓으려 하지 않을 때, 일부 소매상만 만약의 경우에 대비해서 몇 벌 준비해놨을 뿐이었다. 나는 디자이너들이 라지 사이즈 옷을 만들지 않는 것은, 작거나 뚱뚱한 사람들이 자기가 만든 아름다운 작품을 입은 모습을 보고 싶지 않은 모양이라고 생각해왔다.

매장에 들어갔을 때 점원이 "창고에 사이즈가 더 많이 준비되어 있어요"라고 말하는 것을 들은 적이 있는가? 이는 건장한 사람들을 위한 사이즈가 더 준비되어 있다는 의미다. 옷 가게들은 작디작은 옷들만 앞에 걸어놓고선, 당신이 매장 앞쪽에 있을 자격이 없다는 굴욕감을 안겨주려고 그러는 것이다. 어떤 친구는 작은 사이즈 옷들이 상자에서 먼저 나오기 때문에 더 큰 사이즈는 창고로 들어갈 수밖에 없다고 말하기도 했지만, 깡마른 점원이 내가 질문을 던지기도 전에 그런 말을 한다는 것은, 그녀가 내 사이즈를 판단했다는 뜻이다.

확실치는 않지만 내가 살았던 1990년대와 2000년대에 앤 테일러 Ann Taylor는 처음으로 키 작은 사람을 위한 옷을 만든 곳 중 하나였다. 앤 테일러는 과하게 유행을 앞서 나가기도 했지만 (그리고 나는 과거에도, 지금도 그렇지 못하다) 기본적인 아이템들도 갖추고 있었다. 패셔니스타들이 말하듯 카디건, 검은색이나 회색 바지, 셔츠 같은 기본 옷들과 가볍게 믹스 앤 매치하며 매일 입을 수 있는 옷이 있었다는 뜻이다. 이는 내게 맞는 사이즈를 원한다면 앤 테일러를 가든지 테일러Tailor, 재봉사를 찾아가든지, 라는 의미였다.

내가 다니던 직장은 거의 정장을 입을 필요가 없었다. 텔레비전에는 옷을 잘 차려입은 사람들이 나오지만, 그 뒤에는 나머지 우리가 있었다. 그 차이는 극명했다. 요새 나 같은 경우는, 집에서 일하다가 파자마를 벗으면 그게 바로 화려하게 차려입고 사무실에 나오는 셈이다.

내게는 평범한 룰루레몬과 정장 같은 룰루레몬이 있는데, 정장 같은 룰루레몬은 내가 집에서 벗어나서, 예를 들어 우체국에 갈 때에 대비한 옷이다. 직장을 다녔다면 회의에 참석해야 할 때가 있을 것이고, 그 때를 대비한 옷을 샀을 것이다. 나는 절대 옷을 마구 사들이는 사람이 아니었다.

언젠가 여름 정장이 필요한 때가 있었다. 그 이유는 기억나지 않는다. 나는 검은색 블레이저와 검은 바지가 있었지만 더 가볍게 입을 것이 필요했다. 복부가 두툼한 체형이다 보니 뷔스티에어깨끈이 없는 캐미솔형의 간편한 상의를 살 때 프티 제품이 늘 맞는 건 아니었다. 몇 년이 지나고 나서야 가슴 수술이 유행했고 그때서야 디자이너들은 좀 더 넉넉한 상의를 내놓기 시작했다. 드디어 나는 블레이저의 단추를 잠가보려고 시도라도 할 기회를 얻게 됐다.

이러한 특별한 경우를 위해 앤 테일러 매장으로 갔고, 나는 탈의실에서 82번째 옷을 갈아입어보다가 언제나처럼 좌절하고 말았다.

늘 뭔가를 입어보려고 애쓰다가 결국엔 염두에 둔 가격대보다 비싼 정장으로 결정하곤 했다(가끔은 그래야만 내가 무너져 내리는 일을 막을 수 있었다. 살짝 덜 상처받은 채로 입을 만한 옷을 손에 쥐고 그곳을 빠져나오기 위해, 싼 옷 여러 벌 대신 더 적은 옷에 더 많은 돈을 써야만 했다).

싱글 버튼이 달린 회색 정장이었다. 어깨 패드가 들어 있지 않았고, 금색이지만 번쩍이지 않는 핀 스트라이프가 있었다. 번질거리지 않았지만 그렇다고 윤기가 없는 것도 아니었다. 바지는 딱 맞는 길이와 비율이었지만 지퍼가 옆에 달렸다. 내게 가장 잘 어울리는 스타일은 아니었다. 그러나 재킷이 내 결점들을 감춰줬다. 나는 언제나처럼 타협을 해야만 했지만, 그 정도면 나쁘지 않았다.

그 정장을 입어야 했던 이유가 무엇이었는지 기억은 나지 않지만, 그 옷을 딱 한 번 입었다는 것은 기억난다. 그리고 어깨에 뽀얗게 먼지가 앉은, 한 번만 입고 만 다른 옷들과 함께 옷장 깊숙이 걸어놓고선 다시는 보지 않길 바랐다. 그 옷이 걸려 있는 모습을 보자니 실패한 것처럼 느껴졌다. 올바른 신체 사이즈가 되지 못했다는 실패. 올바른 정장을 찾지 못했다는 실패.

몇 년 후 나는 다시 여름 정장이 필요해졌다. 직장 면접이 있었기 때문이다. 당시 엄마가 내가 사는 아파트를 방문했다. 당시 나는 절실하게 아무 옷이나 한 벌이라도 내게 맞거나 그럭저럭 괜찮아 보이기를 바라며 옷장 속에 있는 옷을 몽땅 끄집어내는 치욕을 혼자 견디곤 했다. 그 경험은 누구와도 나눌 필요가 없었다.

나는 면접용 정장을 찾으려고 모든 것을 뒤지던 중이었다. 옷장이 거의 다 빌 때까지 옷을 침대와 바닥에 널브러뜨리고 있었다. 그 와중에 앤 테일러 핀 스트라이프 정장을 찾아 입어보았다. 그리고 거실에 있는 전신 거울을 보려고 침실에서 나왔다. 엄마는 내가 이미 알고 있지만 티가 나지 않았으면 했던 부분을 지적했다. "정장이 너무 딱 붙는구나." 애써 돌려 말한 것이었다. 정장은 맞지 않았다.

엄마는 아주 부드럽게 말했다. "등 쪽이 좀 당기는 거 같아."

내가 조금이라도 기분 좋고 편안하게 살아갈 수 있다면 무슨 일이든 할 우리 불쌍하고 얌전한 엄마는 그만 100퍼센트 사실이면서도 내가 이미 알고 있는 사실을 입 밖으로 내고 말았다. 나는 엄마에게 달려들었다. 생각해보니 '달려들었다'는 좀 절제된 표현인 것 같다. '폭발했다'가 좀 더 적절한 말이겠다.

나는 엄마를 물고 늘어졌다. 그 순간 나는 엄마를 향한 분노밖에 느끼지 못했다. 체중계의 오르내리는 숫자를 보며 수십 년간 쌓아왔던 분노가 갑자기 끓어오른 게 마치 엄마 탓인 양. 매번 옷장에서 옷을 꺼내 입어보면서 울고불고하는 것 정도로는 분노를 가라앉히지 못했다는 듯. 옷장이나 탈의실에서 겪은 모든 전투의 잔해가 바로 그 순간 온몸의 모든 구멍에서 새어나오는 것 같았다.

이성적으로는 정장이 맞지 않는 게 엄마 잘못이 아니라는 것은 알고 있었다. 그러나 그 이야기를 듣고 싶지 않았다. 매번 옷이 맞지 않을 때마다 그 말은 내 머릿속에서 똑같이 고함을 치고 있었으니까.

엄마가 물려준 저주받은 유전자 때문이잖아요. 나는 그렇게 생각하고 있었다. 말하지는 않았지만.

대신 나는 엄마에게 훨씬 더 못된 방법으로, 내게 이래라저래라 하지 말라고 쏘아붙였다. 엄마에게만 할 수 있는 끔찍한 방식으로 소리를 지르며 전혀 말도 안 되는 이야기를 했다. 그저 한 사람의 분노가 그 분노를 참아줄 수 있는 다른 한 사람에게 향하며 수많은 단어가 쏟아졌다.

평소답지 않게 나는 자제력을 잃었다. 보통은 엄마에게 하지 않는 행동이었다.

그러고 나서 10분 후에도 엄마는 여전히 나를 사랑했다. 어쩐지 이상한 이유에서였다.

엄마에게 내 인생의 모든 것에 대해 비난을 쏟아낸 뒤, 밖에 나가 새 옷을 샀는지 아니면 옷 속에 억지로 몸을 구겨 넣었는지는 기억이 나지 않는다. 하지만 그 옷의 지퍼가 제대로 올라가지 않아서 얼마나 수치스러웠는지, 무엇보다도 분노를 잘못된 방향으로 어떻게 쏟아부었는지 생생하게 기억한다. 나는 금세, 그 이후로 계속 후회하고 있다. 성미 급한 세 딸을 키운 엄마에게 그 정도 사건은 '가장 비이성적인 딸의 일화 톱 5'에 들지는 않을 것이다. 아마 엄마는 기억조차 하지 못할 수도 있다. 하지만 나는 기억할 것이다.

내 옷장 안에 있는 거지 같은 다른 옷들처럼 그 바보 같은 정장은 내가 이사 다닐 때마다 살아남았다. 나는 이 옷을 곳곳마다 가지고 다녔다. 이사를 많이 다녔지만 나는 매번 쓰레기들을 끌어안고 다녔다. 나는 늘 최소한만 내보냈다. 내게는 나름의 체계가 있었는데, 몇 년간 입지 않은 몇몇 옷을 옷장에서 꺼낸 다음 굿 윌 스토어 Good Will Store, 장애인 재활을 위해 사용하지 않은 물품 등을 기증받는 상점에 보낼 가방 안에 넣었다. 그리고 그중 절반을 다시 가방에서 꺼냈다. 대략 1994년에 사서 한 번밖에 입지 않은, 완벽하게 좋은 옷을 보내는 것이 낭비처럼 느껴졌기 때문이다. 그리고 나는 그 옷들을 옮기느라 돈을 썼다. 매번 말이다.

추방을 허하노라

성인이 된다는 것은 대학 시절부터 방에 놓여 있던 이케아 가구를 치우는 것으로 나타난다. 소박함이 새로운 사치가 되면서 이케아가 다시 인테리어계에 복귀했지만. 그러나 이유가 무엇이든 옷은, 20대 시절 (나를 포함해) 내가 아는 모두가 갖고 있었던 이케아 포엥 의자와 같은 운명에 처해지지 않았다.

내게는 추억이 묻어 있기 때문에 버리지 않고 놔둬야 하는 옷이 몇 벌 있었다. 하얀색 블라우스는 즐거웠던 뉴욕에서의 밤을 생각나게 했다. 그날 무작위로 모인 회사 친구들과 나는 술을 마시러 갔다가 자연스레 클럽으로 향했고, 새벽 5시에 엠파이어 다이너에서 숀 펜Sean Penn 옆에 앉아 블루치즈버거를 먹었다(그날 밤 내내 나는 집의 침실 창문에 살짝 금이 갔는데 그대로 두고 나왔다는 데에 스트레스를 받았다. 그리고 참고로, 결국 그 아파트에 강도가 들고 말았다).

체크무늬 크롭 팬츠를 보면 여동생과 떠났던 신나는 여행이 떠오르기 때문에, 그 여행 이후 내게 절대 맞지 않게 된 지 오래됐지만 그 바지를 버리지 못했다. 한때 웨이트 와처스Weight Watchers, 다이어트 서비스 브랜드에 완전히 꽂혀서 유지가 불가능할 정도로 살을 뺐을 때 단 한 번 입었던 드레스도 붙들고 있었다. 나는 다이어트의 포부를 불태울 때 뚫어져라 볼 용도로 그 드레스를 간직했다. 가끔은, 그래 언젠가 한 번은 맞았기 때문에 놔뒀다. 그러나 절약 정신이나 노스탤지어, 아니면 희망 때문에 너무 오랫동안 옷걸이에 걸어둔 옷이 많았다.

자기 방식과 곤도 마리에의 방식을 비교하려는 어떤 작가와 책을 쓰려고 조사하는 과정에서 나는 블록버스터 히트작인 『인생이 빛나는 정리의 마법』을 읽었다. 이 책은 내가 쓰려던 책에만 도움이 된 것이 아니었다. 이 책은 공간을 정리하고, 또 그렇게 인생을 정리함으로써 더 나은 삶이 될 수 있다는 영감을 안겨줬다. 그리고 나는 좋은 일이 따라올 것이라는 그 약속에 완전히 빠지고 말았다.

게다가 이 책은 내게 원하는 만큼 갖다버릴 수 있다는 허가서를 제공해주었다. 아직 이 책을 읽어보지 않은 사람을 위해 설명하자면, 그 기준은 아주 간단하다. 설렘을 주지 않는 물건은 던져버려라. 이걸로 끝. 설렘이 느껴지면 그대로 가지고 있어도 좋다. 곤도 마리에의 이론은 '설렘'을 고려하지 않고 쓰지 않는 물건을 버리라고 말하는 수많은 정리 서적에 어긋나는 것이었다.

나는 무엇이든 대충하는 법이 없다. 곤도 마리에의 책을 읽고 나서 2주 이상 일을 쉬었다(그렇게 함으로써 은퇴를 좀 더 연기했다). 그렇게 해야만 했다. 그녀의 지시를 글자 그대로 따라야만 했으니까.

책에서 배운 대로 나는 덜 중요한 물건부터 분류하기 시작했다. 옷처럼 감정이 덜 들어간 물건부터 시작했다는 의미다. 나는 옷장에서 외투와 신발을 비롯해 모든 물건을 마지막 하나까지 꺼낸 뒤 방바닥에 높이 쌓았다. 그 후 물건을 하나하나 살피면서 내게 설렘을 주는지 판단했다. 마음이 설레면 간직했다. 몇 년 동안 입지 않은 옷이라도 마찬가지였다. 설레지 않으면 쓰레기통에 넣거나 기증하거나 팔았다. 하지만 그러기 전에 눈을 감고 그 옷이 내게 해준 일에 대해 감사했다. 곤도 마리에가 하라고 한 대로다.

세탁도 하지 않고 길이를 줄여버린 청바지 한 벌(그런 옷이 뭉텅이로 쏟아졌다)을 그냥 내버리는 고통을 덜어내자 정리의 문이 활짝 열려버렸다. 찢어진 분홍색 제이크루 티셔츠는 괜찮아. 그 옷을 입고 할렘에 갔을 때 어떤 남자가 "안녕, 상큼이?"라고 했지. 그날을 생각할 때마다 웃음이 터졌기 때문에 그 옷은 내게 계속 설렘을 준다고 할 수 있다. 그 옷을 버리려고 쌓아놓는 대신 둥글게 말아서 서랍장에 넣어둔다면 내 꿈은 현실이 될 것 같았다. 그 회색 정장은 엄마에게 소리를 질렀다는 사실이 너무 가슴 아팠기 때문에 쓰레기통에 들어갔다. 그 과정에서 나는 해방감을 느꼈고, 폭죽이 터지기라도 하는 듯한 설렘을 느꼈다. 그 옷을 간직하는 게 날 열 받게 했던 것이다.

이 일을 모두 끝내고 나서야 이런 의문이 들었다. 왜 나는 물건을 버리는 데 곤도 마리에의 허락이 필요했을까? 우리가 그 모든 셀프헬프책을 활용하는 이유와 같았다. 나는 혼자가 아니었다. 수천만 명의 사람이 물건을 갖다버리고 싶었지만 내심 찜찜했던 것이다.

당연하게도 저 멀리 더 많은 것이 존재한다는 약속, 인생을 바꿔놓는 약속도 있다. 삶은 예전보다 나아질 것이다. 우리는 매일 집에 돌아와 핸드백을 비우고는 힘겨운 하루를 잘 버텨준 것에 고마워할 테니까.

곤도 마리에 정리법의 나머지는 의류를 정리한 뒤 몇 주 동안 대부분 마무리가 됐다. 나는 지시 받은 대로 30권까지 책을 줄여나갔고 아주 많은 책을 버렸다(『고급스러운 애프터눈 티를 즐기는 방법』은 분명 놓아둘 책이 아니었다). 내 부엌에는 잡동사니가 그다지 없었지만 그곳에서 나온 물건들은 지하실로 옮겨져 널브러져 있었다.

곤도 마리에는 모든 화장품 샘플을 완전히 치우라고 제안했다. 처음에는 규칙을 잘 지키는 사람으로서 하라는 대로 따랐고(하지만 그 비싼 크렘 드 라메르 샘플만큼은 버리지 못했다. 이는 철저히 규칙에 어긋나는 일이었지만, 규칙이 아니더라도 어쩔 수 없었다), 여행용 샴푸 같은 것들도 완전히 쓸어버렸다. 내가 잡동사니를 정리하던 결단력을 회상해보니 나는 그녀의 핵심을 이해하고 있었다.

그 후 나는 버치박스^{화장품 정기 배송 업체}를 만났다. 내 인생의 진실한 사랑 가운데 하나였다. 이 회사는 매달 샘플들을 보내준다. 깨닫기도 전에 내 욕실은 작은 튜브병과 미니 마스카라들로 기쁘게 가득 차기 시작했다. 곤도 마리에가 내 세면대 밑을 들여다봤다가는 통곡을 했을 것이다. 나는 이 판단을 지지했고 이것이 전 세계 양말 서랍을 영원히 바꿔놓은 책이 지닌 한 가지 결점임을 깨달았다.

버치박스 1:곤도 마리에 0

하지만 여러 뭉치의 사진을 파고들면서 내가 기억하지도 못하는 설산에서 찍은 11장의 사진들, 또 내가 알지도 모르는 사람들이 스키를 타는 사진은 필요하지 않다는 것이 분명해졌고, 따라서 예전에 즐거웠던 어떤 일의 사진은 한두 장 정도만 보관하기로 했다. 물론 이 작업에서는 (그녀가 예상했던 대로) 속도가 느려졌다. 오래된 사진들은 찍어서 페이스북에 올리고 휴대전화에 디지털 잡동사니를 만들어내느라 시간이 걸렸기 때문이다.

파일들 깊숙이에서 내가 호보컨에서 열었던 핼러윈 파티의 사진 한 무더기가 발견됐다. 1990년대 중반에 찍은 그 사진들을 보자 엄청난 설렘이 일었다. 나는 영화배우 카르멩 미란다^{Carmen Miranda}처럼 입고 있었고, 분명히 꽤 예뻐 보였다. 하지만 나는 공학적인 문제는 염두에 두지 않았었다. 머리 위의 과일 탑이 고통스러울 정도로 무거웠고 그것을 쓰고 있느라 디스크에 걸릴 것 같았다는 사실이 기억났다.

사진들을 보자 그날 밤 벌어진 사건도 떠올렸다. 누군가가 사촌을 데리고 왔고, 그 사촌은 친구 6명과 함께 왔다. 내 기억에 주_州 경찰관들이었다. 그 가운데 한 명이 손가락으로 라자냐를 집어 드는 바람에 그 라자냐를 만들어온 사람이 "라자냐는 핑거 푸드가 아니거든요"라고 말해버렸다. 기억이 흐릿하긴 한데, 이 라자냐 사건 덕에 경찰관들은 떠나달라는 요청을 받았고 그대로 했다.

36초 후 내 코딱지만한 아파트의 문이 다시 벌컥 열렸고, 문가에 있던 탁자와 종이들이 사방으로 튀었다. 잇달아 몸싸움이 벌어지면서 이 6명의 남자들을 몰아내느라 몇 명이 달려들었고, 상황을 정리하느라 애쓰는 과정에서 꽉 끼는 코스튬을 벗어던지기도 했다. 혼돈스럽고 긴장됐지만 라자냐는 살아남았고 우리도 그랬다. 술에 취했었던지 우리 모두는 그런 일이 벌어지지 않았던 것처럼 나머지 저녁을 보냈다. 사진들만 증거로 남았다.

곤도 마리에식 정리가 주는 가장 큰 설렘은, 일단 물건을 거의 다 버려버리면 남아 있는 것은 적당한 곳에 다시 정리할 수 있다는 그녀의 허가서를 받게 된다는 점이었다. 나는 그러한 개념이 좋았다. 나는 내게 맞는 방식으로 현관에 선글라스 정리장을 설치했다. 똑똑한 조카인 케이트는 내가 그 자리에 대해 설명하자 꽤나 재미있어했다. 선글라스는 언제나 몸에 맞기 마련이다. 몸무게가 2킬로그램 늘어도 말이다. 그곳은 곧 복작복작해졌다. 나는 그 옆에 페인트와 직물, 카펫 샘플을 두는 서랍장을 놓았다. 다른 사람에게는 희한한 배치일지 모르지만, 내게는 효과가 있었다.

그리고 곤도 마리에는 그러면 됐다고 했다.

곤도 마리에식 정리의 어두운 면

분명히 밝히자면 나는 곤도 마리에식으로 냉장고까지 정리했다. 이를 꼭 과거형으로만 쓸 수도 없는 것이, 아직도 그 방식으로 냉장고를 유지하고 있기 때문이다.

내가 곤도 마리에에 빠져버렸다는 건, 그녀의 책을 읽은 후 내게 무슨 일이 벌어졌는지를 보면 가장 잘 알 수 있다. 나는 곤도 마리에에 푹 빠져 있는 몇 주 동안 일을 비롯해 정리 외의 모든 것을 멈춘 상태였는데, 지금 와서 생각해보니 집착에 가까웠다. 나는 '멈출 수 없고 멈추지 않겠다!'는, 엄청나게 패기 넘치는 사고방식을 가졌던 것이다.

나는 열심히 곤도 마리에식으로 살았다.

솔직히, 매일 사무실로 출근해야 한다면 적절하게 곤도 마리에식 정리를 할 수 있었을지도 모른다.

더 큰 문제는 내게 남은 것이 거의 없었다는 것이다. 나는 흥분해 버리고 말았다. 분명 내가 가진 거의 모든 물건이 내게 설렘을 주지 않았다. 실제로 나는 집에 있는 옷장 4개를 완전히 비울 수 있었다. 침실에 있는 옷장은 듬성듬성 차 있어서 선반의 빈 공간이 옷보다 많았고 옷걸이마다 15센티미터 씩 간격을 둘 정도였다.

그렇기 때문에 나는 왜 집을 내가 좋아하지도 않는 물건들로 채우는지 궁금해졌다. 정확히는 알 수 없었다. 아마도 내 옷들은 디저트가 아니라 채소 같은 존재였는지도 모른다. 나는 필요해서 옷을 샀지만, 절대 진심으로 좋아하지는 않았으니까.

내가 싫어하는 물건을 그토록 많이 사들이는 이유가 무엇인지 묻자 더바술라 박사는 무감각해지는 것에 무감각해진다는 이론을 들어 설명했다. 쇼핑은 음식과 마찬가지로 우리를 채워주는 오락이라는 것이다.

근원적인 이유가 무엇이든 간에, 그 옷의 상당수가 지퍼를 올리느라 너무나 끙끙대야만 했고, 보통은 그 옷을 싫어하게 되는 것으로 끝나버렸다. 뻔한 질문은 다음과 같았다. 내가 싫어했던 것은 그 옷이었을까, 아니면 거울에 비친 내 모습이었을까?

이상하게도 50만 원을 주고 샀던 마크 바이 마크 제이콥스 정리해고 가방은 버림받지 않고 살아남았다. 나는 그 가방을 갖다 버리지 않았다. 그 가방은 당시에도, 지금까지도 설렘을 준다. 언제나 나한테 잘 어울렸고.

그런데도 그 바보 같은 정장이나 다른 옷들을 입고 싶다는 욕망은 다시 살아나지 않았다. 가끔은 특이한 벨트를 찾느라 허둥지둥 옷장을 뒤지기도 하고, 또 여전히 곤도 마리에식으로 정리해야 할 모조 보석이라든가 액세서리를 여럿 가지고 있음을 인정한다. 하지만 내다버린 그 어느 것도 후회하지 않는다.

사실, 전혀 후회가 없었던 건 아니다. 슬프게도 나는 몇 년 동안 잘 간직해온 서류를 쓰레기통에 실수로 버려버린 것 같다. 1997년에 받은 그 편지는 내 업무를 칭찬하는 내용이 담겨 있었다. 전설적인 저널리스트가 써준 것이기에 엄청난 설렘을 줬다. 처음 곤도 마리에식 정리를 하고 난 2년 후, 어떤 동료와 대화를 나누다가 그 편지를 떠올렸고, 그것을 찾기 위해 수색에 나섰다. 수색이란 잘못된 표현이다. 나는 편지를 찾으려고 집 전체를 뒤집어놨지만 소용이 없었다. 내가 16세 때 운전 교육을 통과했다는 증명서는 그대로 있었고 불합격 통지서를 포함해 모든 이메일과 노트를 가지고 있었지만 내가 찾는 그 간절한 편지만 없었다. 나는 절대 그 편지를 갖다 버리지 않았을 것이지만 내가 습득한 곤도 마리에식 분노에 따르면, 흠, 아마도 찢어지거나 벽난로에 들어간 것이 분명했다.

그게 아니라면 언젠가 어디선가 찾게 되겠지. 마치 일주일 동안의 검색 끝에 아파트 소유권을 혼자 등록할 수 있었던 것이나, 아니면 14일 동안 배심원 의무를 충실히 이행했음을 증명하는 종이

한 장을 찾아낼 수 있었던 것처럼.

그게 아니라면 없어졌을 수도 있다. 정말 없어진 것이라면 나는 곤도 마리에를 비난하리라. 너무 많은 물건이 켜켜이 쌓이고 또 쌓여 있었고, 떠돌아다니던 종이 한 장이 잘못된 뭉텅이로 들어가버린다는 게 어려운 일도 아니었을 것이다.

또 다른 문제가 생겨났다. 일단 곤도 마리에식으로 정리하게 되자, 물건들이 곤도 마리에스럽게 정돈되지 않으면 약간 이성을 잃게 됐다.

그리고 그렇게 됐을 때 다시 곤도 마리에스럽게 서랍장이나 더미를 정리하기 전까지 많은 일을 제대로 처리하지 못했다. 곤도 마리에스럽지 못한 상태는 불안을 자아냈고, 일과 돌돌 말린 양말과 터져나가는 핸드백, 그리고 설렘과 스트레스 사이에서 갈피를 못 잡는 악순환이 매주 벌어졌다.

모든 것을 곤도 마리에화해서 유지하려는 내 집착은 점점 더 커졌고 나를 압도했다. 내 양말 서랍장이 엉망이 됐을 때 약간 어지러울 정도였다.

곤도 마리에식으로 정리할 때, 완전히 곤도 마리에적 질서를 유지하는 것은 또 다른 이야기였다.

숀다 라임스Shonda Rhymes, 〈그레이 아나토미〉로 유명한 미국의 PD이자 각본가는 『1년만 나를 사랑하기로 결심했다』에서 나머지 모든 것이 정리되지 않으면 앉아서 글을 쓸 수 없다고 했다. 나도 그렇게 이야기할 수 있다. 글을 쓰는 것보다는 해야 할 일 목록을 끝내는 것이 훨씬 쉬운 법이니까. 그 할 일 목록은 줄어들기보다는 늘어난다. 곤도 마리에의 방식은 영원히 끝나지 않는 '해야 할 일'이 되어버렸고, 이미 꾸물거리는 방법으로 가득한 하루에 짐을 하나 더 얹어줬다.

"세탁물은 치워라"는 해야 할 일 목록 상단에 있었지만 그러다가 개판으로 변해버렸다. 서랍장 전체가 엉망이었다.

그 말인즉슨, 세탁을 끝내면 서랍장 안에 있는 모든 것을 꺼내서 다시 정리해야만 했다는 의미다. 옷이 있어야 할 곳에 있지 않기 때문이었다.

핵심은 이렇다. 곤도 마리에는 물리적 잡동사니를 해결해줄 수 있지만 정신적 잡동사니는 확실히 치우지 못했다.

'아니요'도 대답이야

내가 성인이 되어서 들었던 최고의 조언 두 가지는 (우리 부모님이 아니라) 내 친구 셰리가 들려준 것이다. 셰리는 치유사도, 셀프헬프 구루도, 정신과 의사도 아니었지만 통찰력 넘치는 친구였다.

내가 에이전트나 누군가로부터 응답 전화를 받지 못해서 스트레스 받을 때, 아니면 직장에서 일이 잘 안 풀리는데 내 탓을 할 때, 셰리는 이렇게 말했다. "모든 것이 다 너랑 관련 있는 건 아니야."

천재네. 그 말은 내 삶을 바꿔버렸다.

좀 더 결정적으로, 셰리는 절대 아니라고 말하지 못하는 내 무능을 꿰뚫어보고 이렇게 말하기도 했다. "'아니요'도 대답이야." 최고야. 천재야. '아니요'라고 말해야 할 때 '아니요'라고 말하게 되기까지 오랜 시간이 걸렸긴 했지만.

그러나 포스트 곤도 마리에 시대에는 아니라고 대답하는 일이 점차 쉬워졌다. 내 찢어진 가죽 잠바가 여전히 설레게 하는지 판단하도록 프로그래밍된 나는 동일한 방식을 삶의 전반에 적용하기 시작했다.

내게 설렘을 준다면…. 이 얼마나 흥미로운 개념인가.

세상은 내가 입을 옷이 아무것도 없어졌을 때 나를 위해 움직여줬던가? 아마도 그랬을 것이다. 아마도 아니었을 수도 있고. 나는 성공이 텅 빈 옷장 덕인지 절대로 판단할 수 없을 것이다.

하지만 나는 인생에서 소유한 물건뿐만 아니라 내가 했던 거의 모든 일에 설렘 측정법을 적용하기 시작했다. 어떤 행동이 얼마나 큰 설렘을 가져다주는지 평가하기 시작한 것이다. 그렇게 함으로써 나는 내가 하고 싶지 않거나 스트레스를 받는 아주 많은 일을 하고 있음을 깨닫기 시작했다.

어떤 사람들은 이미 자신에게 설렘을 주는 일만 하고 있을 수도 있다. 그러나 나는 그러한 유형이 아니었다. 다른 사람의 감정을 다치게 하고 싶지 않고, 그래서 특별히 조심해왔다. 아마도 내 마음 역시 쉽게 상처받기 때문이리라.

나는 예민한 사람이라 아니라고 말하는 것이 쉽지 않다. 누군가를 짜증나게 만들 리 없는, 언뜻 보기에 악의 없는 상황에서조차 그렇다. 어떤 요청에 대해 내가 단칼에 "아니요"라고 말하는 모습을 보기는 쉽지 않다. 헛기침과 어버버하는 소리, 그리고 주절주절 설명이 뒤따를 것이다. 나는 대신 "글쎄, 아마도"라는 말을 자주 쓴다. 내 친구 산드라는 그게 캐나다식 '아니요'라고 말했다.

해석: 나는 전혀 하고 싶은 생각이 없는 일들을 해야 한다고 쉽게 수긍한다. 종종 내가 별로 참여하고 싶지 않은 계획에 끌려들어가서는 꽉 붙들려서 벗어날 방법을 찾지 못한다. 아주 자주. 부분적으로는 의무 때문에, 또 부분적으로는 일종의 뒤틀린 감정이입 때문에. 내가 거부해서 누군가의 기분을 나쁘게 하고 싶지 않다는 마음 때문에도.

무지개 치유사는 나의 '예스' 본능을 다른 식으로 설명했다. 그녀는 내가 사랑받지 못하는 것에 공포를 갖고 있다면서, 그건 내 인생에서 벌어졌을 어떤 트라우마적인 사건 때문이라고 했다. 그녀는 구체적으로 '3번의 사건'이라면서 각 사건은 어렸을 적부터 시작해 다양한 시기에 벌어졌다고 했다.

나는 그에 대해 고민해봐야 했다. 실제 내게는 트라우마적인 어린 시절이 없었다. 하지만 나는 무지개로 치유받는다는 개념을 따르고 있었기 때문에 더 깊이 파고 들어가 내게 남아 있던 일들을 끄

집어냈다. 그러면서 진정한 트라우마를 경험한 사람들에게 미안함을 느꼈다. 그에 비하면 내 경험은 꽤나 잔잔했으니까.

이론상 트라우마적인 상황 1: 내가 세 살인가 네 살 때, 외할머니 메리가 나를 돌봐주시고 계셨다. 왜 나만 있고 형제들이 같이 없었는지는 전혀 모르겠다. 그리고 모두 어디 있었는지도 전혀 모르겠다. 그러나 나는 그곳에 있었다.

나는 햇빛 비치는 봄날에 몇몇 이웃 아이들과 함께 바깥에서 놀고 있었다. 어느 순간 그만 놀고 헤어지자는 결정이 내려졌다. 나는 우리 집 뒷마당으로 돌아와 파티오에 놓여 있던 동그란 짙은 회색 점판암 커피 탁자 위에 앉아서 대문 사이로 거리를 내다보고 있었다. 딱히 이유가 있었던 것은 아니다. 나는 그냥 그곳에 앉아 있었고, 다리 앞쪽으로 솔기가 잡혀 있고 잘 늘어나는 남색 나일론 바지를 입고 있었다.

대문을 통해 내다보다가 나는 친구들이 갑자기 다시 뒤쪽에서 놀기 시작했음을 알아차렸다. 나를 떼어내려고 의도적으로 집으로 보냈다가 내가 사라지자 다시 모인 것 같았다. 그래서 마음이 아팠다.

내가 어떻게 했을까? 나는 밖에 나가 해명을 요구하지 않았다. 나는 걔네들이 집으로 돌아가려고 뒤로 돌아가고 있는 것이라고 추측하지도 않았다. 심지어 울지도 않았다. 나는 그곳에 앉아 그

아이들이 나 없이 노는 모습을 지켜봤다. 그러다가 당황하고 말았다. 바지에 대변을 본 것이다.

분명 오늘날의 나라면 그런 방식으로 대처하지 않을 것이다. 이는 내가 기저귀를 뗀 후 유일무이하게 벌어진 바지 응가 사건임을 명확히 밝힐 수 있다. 그러나 내가 그런 일을 했다는 것은 분명하다. 응가는 트라우마가 아니었지만 따돌림 당한 일은 트라우마였을 것이다.

이론상 트라우마적인 상황 2: 학년 8^만 ^{13세} 때(캐나다에서는 8학년이 아니라 학년 8이라고 말한다. 나는 캐나다인들의 말버릇인 "엥^애?"을 밖에서뿐만 아니라 집에서도 쓰지 않게 됐지만, 미안, 그래도 이 버릇은 못 고치겠어) 벌어진 사건이다. 나는 친구들과 두 집 사이에 있는 좁은 풀밭 위에 있었다. 여자애들이 갑자기 내게 덤벼들어 브래지어를 뺏어갔다. 그전에는 내게 그런 짓을 한 적이 없었는데, 갑자기 아이들이 달려들더니 브래지어를 셔츠 아래로 끌어당겼다. 왜 그랬는지 정확히 어떤 상황이었는지 지금도 모르겠지만 아이들은 웃어댔다. 나는 수치스러웠지만 함께 웃으면서 상처받지 않은 척했다. 당시 나는 가슴이 나오고 브래지어를 해야 하는 것에 익숙하지 않았는데, 아마 그런 것으로 놀리던 시절이었나 보다. 가슴은 까다로운 영역이었다. 나는 가슴이 커진 첫 번째 소녀를 생생하게 기억한다. 그녀의 이름을 밝히지 않겠지만, 6학년때 가슴이 나온다는 것은 그녀에게 트라우마가 됐을 것이고, 다른 사람들에게는 충격적이고 경이로웠을 것임을 알고 있다. 나 같은 경우 내 가슴과 관련한 상황이 짜증났던 기억이 나지만, 그 후에도 그 애들과 계속 친구로 남아 있었다.

'예스' 이론을 인정할 정도로 영향력이 컸을까? 아마도.

이론상 트라우마적인 상황 3: 단서가 없다. 내가 기억하지 못하는 다양한 상황이 있었을 거 같긴 한데.

나는 내가 두 사건 모두를 그토록 생생하게 기억한다는 사실이 무지개 치유사의 말에 신빙성을 부여해준다고 생각한다. 그녀가 말했듯 그 사건들은 사랑받고 싶은 내 욕구에 불을 붙였을까? 내가 함께 시간을 보내고 싶지도 않은 아무나 하고 저녁을 먹으러 나가야만 한다고 느끼게 만든 상황이 또 있었던가? 그 자리에서 빠져나갈 핑계를 떠올릴 만큼 약삭빠르지 못해서?

나는 곤도 마리에 경험 이후 설렘이라는 요인을 고려하기 시작했고, 이를 내 예스 습관과 짝지어보면서 내게 정당성 문제가 있다는 것을 깨달았다.

사람들에게 호의를 베푸는 일은 내 시간을 많이 잡아먹었다. 확실히 말할 수 있다. 어떤 일을 완수해야 하는데 다른 사람들이 거부할까봐 걱정하는 사람이 있다면, 내게 부탁하면 된다. 나는 의무감을 느끼고 그 일을 도울 테니까. 다른 사람의 일은 곧 내 업무나 사적인 일보다 우선시된다.

이런 경향은 내가 집에서 일하기 시작하면서 문제가 됐다. 많은 이가 집에서 일하는 것은 진짜로 일하는 것이 아니라고 생각하기 때문이다. 근무시간 중에 사무실로 찾아가서 드라이클리닝 맡겼던 옷 좀 찾아와달라고 하는 사람은 없다. 하지만 집에서 하는 글쓰기는 진정한 일이 아니었고 부탁이 종종 들어왔다.

"수리 기사가 오기로 했으니까 우리 집에 대신 좀 있어줄래?"라는 부탁은 한 번으로 끝나지 않았다. 남의 집 개를 산책시키는 것은 거의 아르바이트 같았다. 사람이나 물건을 데리러 가거나 찾아와 달라는 부탁이 감당하기 어려울 정도로 많아졌다. 심지어 "내가 시원한 집으로 퇴근할 수 있게 내가 가기 전에 에어컨 좀 켜놔 줄래?"라는 부탁 역시 들어줬지. 비수기에 햄프턴스에 머물 때 나는 사실상 햄프턴스 관리자였다.

내가 한때 말 그대로 딱 한 번 술을 마셨던 아무개, 여러 사람 건너서 아는 누군가는 어찌나 새로운 일에 몰입해 있던지 내게 모든 권한을 주고선 자기 집 설계도를 그리게 했다(참고로 말하자면, 나는 건축가도 아니고 건설업자도 아니다). 그 사람은 시청에서 주택 승인을 받으려고 나를 한 번도 아니고 두 번이나 대기 줄에 세워놓았다.

나는 이러한 일들을 일종의 의무감과 함께, 싱글 여성으로서 언젠가 나도 절실한 일이 있을 것이고 누군가에게 도움을 받게 되리라는 생각에서 해줬다. 나는 호의를 베푸는 내내 머리가 터질 것만 같았다. 그토록 바보같이 구는 내 얼굴에 주먹을 한 대 날리고 싶었다. 내 시간을 퍼주며 호의를 베푸는 것을 그만둬야만 한다는 징후였다.

나는 전반적이고 광범위하게 변화할 수 있기 전까지는 소소한 수준의 성공을 추구했다. 나는 음식 선택을 조사하기 시작했다. 음식은 설렘을 줘야 했다. 설렘을 주지 않는 음식은 거절했다. 예를 들어 대충 집히는 대로 산 초콜릿 바가 설렘을 줬을까? 아니, 그다지. 시간을 때우거나 뱃속을 채워줄 뿐이다. 하지만 페레로 로쉐 초콜릿 한 알이라면? 겉은 바삭바삭하지만 안쪽엔 부드럽고 끈적한 헤이즐넛 크림이 차 있는 그 초콜릿은 내게 진정한 설렘을 안겨줬다.

가끔 진짜 좋은 카베르네나 보르도 레드 와인 한 잔도 내게 설렘을 줬다(알았어, 알았어. 가끔보다 더 자주. 아, 알았다고, 한 잔 아니고 한 병으로 하자). 하지만 중국 음식점에서 마시는 레드 와인 한 잔은 전혀 설렘을 가져다주지 않았다.

곤도 마리에의 설렘 측정기는 칼로리 계산기가 됐다.

소소한 성공들로 힘을 얻자, 나는 이 일에 상당히 몰두했다. 부탁을 거절하는 데에 실패한 것을 내 사회적 시간과 업무 시간을 희생당한 것이라고 생각하기 시작했고, 그렇게 생각하자 이 상황을 통제할 수 있게 됐다. 더는 의무적인 행동을 하지 않게 됐다. 시간은 부족하고, 시간은 돈이고, 그리고 가장 중요하게도 시간은 소중하니까.

여기에 사례 하나가 있다. 당신이 수입이 들쑥날쑥한 (혼자 일하는) 싱글 여성이라면, 모든 것에 체계를 갖춰야 한다. 이러한 생각을 하는 것이 나 혼자만은 아니었다. 혼자 일하는 다른 여성들도 저마다 체계가 있었다. 어떤 여성은 최신 패션 트렌드를 따라가면서 은행 잔고도 살리기 위해 포시마크 중고 시장에 물건을 팔았다. 또 다른 여성은 월세 집에 살면서도 임대 수입을 얻을 수 있는 부동산을 소유하고 있었다. 건물주가 되면 자산과 은퇴 수입이 생기니까.

집을 사기 전의 시기에 내 체계에는 도시의 열기에서 도망치기 위해 여름 동안 바닷가에 집을 빌리는 것이 포함되어 있었다. 7~8월에는 그곳에서 일할 수 있다는 의미였고, 그 덕에 매일 출근할 필요가 없다는 장점을 누리면서 홀로 일하는 즐거움을 만끽할 수 있었다. 그러나 바닷가 집을 빌릴 비용을 벌기 위해 여름 동안 도심의 아파트를 학생들에게 빌려줘야 했다. 또한 여름 집을 함께 쓸 사람을 찾아야 한다는 의미이기도 했다. 다행히 그 누군가가 (조용하고 나와 마찬가지로 낮에 일해야 하는) 셰리였다. 그게 체계였다. 여름 탈출을 누리기 위해 빠듯하게 쥐어짜야 했지만, 우리 둘 다 각자의 아파트를 두고 동일한 행동을 했고 둘 다 이를 해냈다.

우리가 여름에 빌리는 아름다운 집의 주인 두 명은 아주 친절했다. 4번의 여름을 지나는 동안 내가 그들과 한 커뮤니케이션은 이메일 몇 통, 겨울 동안의 협상, 일부 수표 작성 보고 정도였다. 여름이 시작될 무렵의 첫인사나 끝날 무렵의 작별 인사는 했지만 둘 다 하는 경우는 거의 없었다. 그 집은 항구에서 이어지는 조용한 개인 진입로가 있었고 몇몇 집과 이웃하고 있었으며 야외 덱이 있었다. 우리는 거기에 '우주의자'라고 이름 붙인 여름용 의자를 놓고 앉아 있곤 했다. 등받이를 앞뒤로 조절할 수 있는 안락의자였다. 등받이를 세우고 눕히는 일은 엄청난 고난이었지만 일단 조절되면 인생이 즐거워졌다.

나는 우주의자에서 책을 많이 읽었다. 아이폰이 내 여가 시간을 엄청나게 잡아먹고 내가 집중력을 잃게 되기 아주 오래전의 어느 여름에는 60일 동안 11권을 읽었다. 나는 그 우주의자에 앉아 아침으로 블루베리와 아몬드를 섞은 시리얼에 커피를 마시며 책을 읽었다. 길 건너편에는 농가에서 차린 매대가 있었고, 아침 6시면 하루를 시작할 준비를 하며 음악을 틀어뒀다. 다른 이웃들이 아침 일찍 흘러나오는 그 음악을 싫어한다는 이야기를 들었지만, 나는 좋았다. 책을 읽고 카페인을 들이부으면서 여름날을 시작할 때 희미하게 깔리는 음악이 좋았다. 그곳에 나와 있는 동안 현관 근처의 스프링클러가 켜졌다가 아침 일출 의식을 끝마치기 전에 꺼졌다. 설레는 일이었다.

두어 달 동안 나는 매일 그곳에 앉아서 길 건너 어쩐지 못생긴 집에 피어 있는 수국을 바라봤다. 비뚤게 포장된 슬래브 진입로로 이어진 삼나무 집으로, 돌과 먼지투성이 길 위에 괴이한 물건처럼 서 있었다. 조경이 되어 있지 않은 그 집에는 나무 몇 그루가 서 있을 뿐 활기라곤 찾아볼 수 없었고, 그래서 매물로 나와 있었던 것 같다. 당시의 나는 내 미래의 선^禪이자 미래의 안식처를 보고 있으리라고는 상상도 하지 못했다. 또한 그 못생긴 집이 내게 평화를 주기까지 몇몇 장애물이 있으리라고도 상상하지 못했다.

누구도 그 집을 보러 오지 않았다. 그러다가 거의 1년이 지난 후 생각난 김에 내가 저질러버렸다. 충동적으로 할렘의 집을 팔고 뉴욕을 떠난 뒤, 나는 스프링스에 있는 이 작은 마을로 뜻하지 않게 왔다. 우리가 갈 수 있는 한 가장 동쪽에 있는, 롱아일랜드 남쪽 분기점에 있는 곳이었다.

여름마다 묵었던 집의 주인들은 우리가 앞으로 집을 빌리지 않게 됐다는 것에 실망했다. 우리는 좋은 세입자였다. 그래도 이들은 내가 이웃이 된다는 것에 만족하는 눈치였다. 나는 할렘에서의 내분을 겪은 뒤라, 이웃에 아는 사람이 있다는 점에 행복했다.

나는 뉴욕에서 이사를 온 셈이었다. 뉴욕은 철저한 익명성 속에서 살 수 있는 곳이었고, 나는 그 점이 좋았다. 카사 로코에는 다른 집 현관문을 두드릴 때 미리 전화나 문자를 한다는 엄격한 규율이 있었고, 우리는 서로의 프라이버시와 개인 공간을 존중했다.

하지만 나를 괴롭히던 환경을 떠나 마침내 고요하고 평화롭고 스트레스를 덜 받는 집을 발견한 것은 기쁜 일이었다. 나는 그 모든 평온함을 즐길 수 있었다. 조용한 동네에 익숙해지면서 즐거운 동시에 업무에도 도움이 되는 고독을 찾았다.

대부분의 친구들은, 특히나 날이 따뜻해지기 시작하면, 주말마다 햄프턴스에 있는 집으로 찾아왔다. 여름 동안 사교 모임으로 주말이 가득하다 보니, 주중에 나 혼자 집에 있을 때면 집에 머무는 시간을 즐기고 싶었다. 그래서 주중에 사람들을 만날 때는 선별적으로 시간을 사용했다.

새 집에서 한 달 정도를 지낸 후 옛 집주인들에게 술 한잔 하자는 초대를 받았다. 나는 고맙게 여기며 와인 한 잔과 안주 약간을 먹고 돌아왔다. 즐거운 시간이었다. 그로부터 2주가 지난 뒤 저녁 초대가 들어왔고 나는 이를 수락했다. 그 당시 나는 이들과 1년에 한 번 정도 저녁 식사를 하면 될 것이라고 생각했다. 나머지 시간은 내 집에서 홀로 보내거나 친구들과 어울리거나 일하면서 보내면 되겠다고 계산했다.

그러나 조금 스트레스를 받는 상황이 되어갔다. 함께 시간을 보내자는 초대를 점점 더 자주 받았고, 어떤 연유에선지 벅차게 느껴졌다. 나는 막 내게 압박감을 주던 곳에서 이사를 온 참이었는데.

이웃들과 시간을 보내는 것은 끔찍하지는 않았지만 설레지도 않았다. 문제는 그들이 아니었다. 문제는 새로운 패턴에 따라 살고 싶다는 내 욕망이었다. 그러려면 집에서 조용히 시간을 보내야만 했다. 새집은 내 안식처가 되어야 했다.

나는 내가 내버린 옷가지들을 생각하면서 내 집의 상황에 대해서도 생각했고, 금세 그들의 빈번한 초대가 너무 과한 관심처럼 느껴졌다. 내가 원하던 것보다 과했다. 분명 나는 호감을 얻고 싶지 않았다. 이 사람들은 내 조용한 시간에 슬며시 침투하고 있었고, 흔히 말하는 서로에게 훨씬 깊어진 친밀감은 우리가 함께하는 시간이 아주 많아야 한다는 인상을 주었다.

가끔 내가 진입로로 차를 몰고 들어와 짐을 다 챙기기도 전에 그들 중 한 명이 그곳에 우뚝 서서는 저녁이나 술 한잔이나 일몰 구경을 하자고 초대했다. 나는 언제나 깍듯하게 사과하면서, 일 때문에 초대에 응할 수 없다고 핑계를 댔다. 하지만 이들은 그다음 날, 아니면 그다음 주에 또 다른 초대를 하러 그 자리로 돌아왔다.

어느 날 아침, 카페인도 없고 브래지어도 하지 않은 채 전날 오후에 물기를 말리려고 걸어둔 비치 타월을 걷으러 현관으로 나갔다. 2초나 지났을까, "좋은 아침이에요. 우리는 언제 당신을 볼 수 있을까 궁금해하고 있었답니다"라는 목소리가 들려왔다. 깜짝 놀라 공포에 질려서는 숨을 헉하고 들이마신 뒤 처음 떠오른 생각은 이랬다. '빌어먹을, 도대체 무슨 일이 벌어지고 있는 거야. 당신 지금 새벽 6시에 우리 집에서 뭐하고 있는 거지?' 내 대답은 간단했다. "모르겠네요." 내가 그들에게 퉁명스럽게 굴었던 것은 그때가 처음이었고, 그에 대해 기분이 좋지 않았다.

그때부터 나는 차를 진입로에 있는 유일한 수풀 뒤편에 세워서 몸을 감추고 집으로 후다닥 뛰어 들어갔다. 쓰레기는 어둠을 틈타 밤에만 내다버렸다. 가끔은 차에서 내려 집을 빙 돌아서 뒷문으로 들어가기도 했다. 이웃집에서 현관이 훤히 들여다보였기 때문이다.

내가 지나치게 오버하는 거였을까? 아마도. 하지만 생존을 위한 회피였다.

그들만의 잘못은 아니었다. 무지개 치유사는 내가 내 목소리를 잃었다고 했다. 나는 이웃들에게 할렘에서 보낸 7년간의 혼돈과 사건들로 인해 고독과 고요함을 원한다고 설명하고 싶었다. 하지만 어떻게 해야 할지 몰랐다. 회피 기법이 더 쉬워 보였다.

여러 핑계의 효과가 없어지면서 상황은 최고조에 이르렀다. 실질적으로 악화될 뿐이었다. 한번은 이들이 저녁 초대를 위해 전화를 걸어왔지만 나는 받지 않았다. 그 후 저녁을 먹으러 오라는 문자를 받았다. 그다음에는 이들이 현관 앞까지 와서 노크를 했고, 창문을 뛰어넘어 탈출하지 않는 이상 갇힐 수밖에 없는 상황었다.

"오늘 저녁을 먹으러 올 수 있는지 보려고 전화도 하고 문자도 보냈어요." 둘 중 한 명이 내가 일하고 있던 날 현관에서 말했다.

"알아요. 미안해요. 저는 갈 수가 없어요. 일을 하고 있거든요. 시간이 없어요." 나는 말했다.

"와인 한 잔은 어때요, 그럼?" 그가 말했다.

"저는 갈 수가 없어요." 나는 말했다.

"그럼 와인 반 잔은 어때요?" 그가 말했다.

그 순간 나는 곤도 마리에와 "'아니요'도 대답이야"라고 한 셰리에게 주파수를 맞추고는 간단히 답했다. "아니요, 괜찮아요."

"아니요, 괜찮아요"는 믿음직스러운 대답이 됐다. 괜찮아요. 설명은 없어요. 괜찮아요.

나는 이 이야기를 '아니요' 기술을 갈고닦을 수 있었던 경험이라고 생각했기 때문에 꺼낸 것이다.

거의 75번의 초대(내 문자함에 쌓인 증거들을 세어봤다)를 거절한 후 그런 일이 생기자, 이제는 내 목소리를 찾아 그들에게 그저 '아니요'가 아니라 친절하게 그 이상의 이야기를 들려줄 시간이 됐다고 느꼈다.

이제는 확인 사살을 할 시간이다.

> 10월 중에 저녁을 함께 먹으려고 해요.
> 다른 사람들을 초대하기 전에,
> 당신은 언제가 편해요?

> 갈 수 있으면 좋겠지만,
> 솔직히 저는 두 분과 어울릴만한 능력이 안 돼요.
> 정말 죄송해요.

저희한테 기분 나쁜 일이 있어요?

전혀 없어요.
하지만 점점 더 자주 초대를 해주시는데
이를 거절하기가 불편해지고 있어요.

이런 건 전혀 캐나다인답지 않고 너무나 뉴요커스러웠다. 그런데 집으로 돌아오는 일을 어렵게 만든 그 압박감이 순간 사라져버렸다. 문자를 보내는 것만으로 나는 가벼워졌다. 곤도 마리에는 내가 정말로 좋아하지 않는 하얀색 리넨 재킷을 버린다면 기분이 가벼워질 거라고 말했다. 재킷을 버리자 내 기분은 가벼워졌다. 그러나 이번 일을 해내자 나는 거의 깃털처럼 가벼워졌다.

'아니요'는 단순한 대답이 아니었다. 인생의 수호자였다.

그러는 바람에, 항구 너머로 해가 지는 모습을 보느라 거리를 걸어 내려가는 것이 어색해졌는가? 물론. 하지만 아주 잠깐 동안이었다. 이들은 아주아주 품위 있는 사람들이었고, 결국에는 바닷가에서 마주쳐서 인사하고 근황을 나누는 것이 좋아졌다. 나는 내게 스트레스를 주는 문제를 처리했고, 왜 내가 늘 안 된다고 초대를 거절하는지 궁금해하던 그들의 부담은 사라진 것 같았다.

이 상황을 고찰하는 것은 내게 스트레스를 유발하는 더 무거운 상황에서 거절하는 것을 쉽게 만들어주었다. 그 특별한 매력을 알려준 것이다.

이 경험은 다른 무엇인가를 깨닫는 기회였다. 내 이웃은 스트레스원이 아니었다. 평범한 불안감이 나를 질식시켰던 것이었다. 불안감이 우리의 목을 조를 때, 우리는 그 원인을 즉각 보지 못할 수 있다. 그 부분이 해결되어야만 했다.

이것이 내가 곤도 마리에에게 얻은 교훈이다. 나는 곤도 마리에가 아일랜드에서 싸다는 이유로 산 (하지만 웃기게 생긴) 흉측한 발리 부츠를 던져버리도록 힘을 북돋아줬다는 데에 감사한다. 동시에 내 인생에 설렘을 주지 못하는 모든 것을 줄여나가고 설레는 대상에 더 많은 시간을 투자할 수 있도록 힘을 주었다는 것에도 감사한다.

또한 곤도 마리에는 내 불안감의 근본 원인을 파고들어가 무엇이 날 불안하게 하는지 좀 더 분명하게 볼 수 있도록 도와줬다. 어림짐작하는 가설이 있다면, 바로 나이다. 폐경 전 갱년기와 호르몬 불균형은 내게 슬며시 다가와 날 불안하게 만들었다. 마침내 그 부분을 알아낸 것은 크나큰 위안이 됐다.

규칙적인 수입이 없다는 것은, 설사 꾸준히 일하고 수입이 나쁘지 않다고 해도 새로운 유형의 불안감을 느끼게 했다. 그리고 집을 관리하는 불안감과 아파트를 비교하는 건 말을 꺼내지도 않을게 (나는 단출한 파티오에 놓을 자갈까지 사들였다). 내가 TV 뉴스 프로그램을 만들던 시절에 느꼈던 압박감을 생각한다면, 나는 그 감정을 훨씬 더 잘 다룰 수 있었어야 했다.

나는 곤도 마리에게 셀프헬프적인 교훈을 얻었다. 책에 언급된 분명한 교훈 외에, 부수적인 교훈이 효과를 발휘했다. 내가 잠시 멈춰서 생각하게 한 것이다. 이는 내 삶을 완전히 바꿔놓았다.

chapter 8

머리에 쓴 전등갓으로
점쟁이를 판단하지 마라

로스앤젤레스의 어느 봄날, 마사는 내가 꼭 만나봐야 할 맨디라는 점쟁이가 있다고 했다. 마사는 자기 친구 몇 명이 맨디를 만난 후 업무적으로 놀랄만한 성공을 거뒀다고 했다.

그런 과학적 증거가 있다면, 이렇게 얘기해야지. "예약해."

비둘기가 들려줬던 지혜는 그때까지 전혀 실현되지 않았지만, 나는 여전히 희한할 정도로 심령술을 편안하게 느꼈다. 진짜든 가짜든 적어도 내가 계속 노력할 수 있도록 격려해줬으니까.

내 삶의 다른 측면들이 어느 정도 안정되면서 나는 커리어에 대해 고민하기 시작했다. 내 커리어는 나쁘지 않게 진행되고 있었지만, 승승장구하는 것은 아니었다. 커리어에 대해 확실히 알고 싶다는 욕구와 인생의 결말을 알고 싶다는 조급한 마음이 있었다. 그래서 심령술이 내게 필요한 게 무엇인지 알아내서 커리어를 발전시키는 데 도움을 주기를 바랐다. 매력적인 것들을 갖고 싶어서 미래를 꿰뚫어보고자 한 게 아니었다. 나는 그저 끝을 알고 싶었다. 내가 어디로 가고 있는지, 그리고 지금보다 행복해질 것인지 알고 싶었다.

그리고 맞아. 이걸 쓰는 스스로가 좀 바보같이 느껴지네.

구슬 머리띠여 영원하라

마사는 우리 둘을 위해 약속을 2개 잡았다. 그녀는 5시, 나는 6시 예약이었다. 다음은 추가적으로 특별히 언급해야 할 내용이다: 언젠가 마사는 내가 선망진창 기차를 칙칙폭폭 몰고 가면서 시내로 나올 때마다 자기에게 큰돈을 쓰게 한다고 했다. 공평하게 말하자면, 그녀도 만만치 않은 선동꾼 아니면 열정적인 참가자였다. 마사는 베니스 비치에 주둔하는 지상군 같은 역할로, 내가 방문할 때마다 꽁꽁 숨겨뒀던 아이디어를 내놨고, 내가 시도해보고 싶은 엉뚱한 짓이 무엇이든 항상 의욕 있게 달려들었다. 그러한 선*순환은 우리만의 의식이 됐다.

맨디의 집에 (내가 늘 그러하듯) 20분 먼저 도착했을 때 뭐부터 해야 할지 알 수 없었다. 도착한 곳은 주거지역에 있는 한 주택으로, 제대로 찾아왔는지 확실치가 않았다. 신통력과 관련한 활동은 대부분 개인 주거지가 아닌 미스틱 북스토어에서 해왔기 때문이었다.

현관에 서 있자니 또 다른 문제가 생겼다. 소변이 너무나 마려웠던 것이다. 기다릴 수 없을 정도였다. 나는 쭈뼛거리며 집으로 들어가보기로 결심했다. 안으로 들어가자 닫힌 문 뒤로 마사의 목소리가 희미하게 들려왔고 안심이 됐다. 적어도 잘못된 집에 멋대로 침입한 것은 아니었으니까. 나는 처음 방문한 집을 헤매고 다니다가 화장실을 사용했다. 그리고 화장실이 막혀서 물이 내려가지 않는다는 것을 깨닫고 경악했다.

나는 공포에 질려서 뛰쳐나왔다. 변기 가장자리까지 물이 찰랑거리는 것을 내버려두고 거실의 알록달록한 패치워크 소파에 앉았다.

아마도 내가 바깥에서 기다리지 않은 것이 점집의 의전을 위배한 것이었나 보다. 나중에 마사가 얘기하길, 점쟁이가 누군가 – 아마도 나였겠지 – 그녀를 따라다니고 있다고 했단다. 맨디는 집안에서 나는 소음(내가 소변을 보는 소리)을 듣고 그렇게 말한 것이다. 마사는 웃으면서 스테퍼니는 시간 약속을 집요하게 지키는 편인데다 점도 **빨리** 보고 싶고 여러 가지로 안달이 나서 일찍 도착했을 거라고 맨디에게 설명했다. 아마도 맨디가 느낀 기운은 나였을 거라고 말이다.

마사는 나를 잘 알고 있었다. 내가 어떤 자리에 늦게 나타난다면, 그건 아마 내가 이 세상을 떠났기 때문일 것이다.

마침내 내 차례가 돌아왔고 마사는 떠났다. 나는 맨디와 함께 점 보는 방으로 들어갔다. 그곳은, 말하자면 도살장에 있는 방처럼 보였다. 보헤미안 스타일에 지저분하고 색색의 싸구려 장신구들로 어수선하지만 환했다. 맨디는 나를 맞아주더니 벽 한구석에 있는 간이침대 위에 양반다리를 하고 앉으라고 했다. 하얀색 레이스 드레스와 하얀색 타이츠를 입은 맨디는 나와 마주 보고 양반다리를 하고 앉았다. 우리의 무릎이 맞닿았다.

맨디가 조용히 눈을 감고 점을 보기 시작했다. 그녀는 내게 손바닥을 위로 향한 채 손을 내밀어보라고 했다. 그리고 내 손을 자기 두 손 사이에 끼웠다. 그녀는 한 손을 내 손 아래에, 다른 한 손을 위에 대고선 손바닥끼리 문질렀다.

고백하건대 나는 손바닥을 비비는 것 때문에 짜증이 나고 정신이 산만해졌다. 결벽증 척도로 보자면 나는 6점 정도 됐고, 손바닥을 문지르는 행위는 나를 초조하게 했다. 끈끈한 땀이 느껴지자 시간 낭비가 될 것이라는 생각이 들었다. 내 손바닥의 축축함과 뜨끈함 말고는 아무것에도 집중할 수 없었기 때문이다.

맨디는 10분 동안 침묵한 채 손바닥을 비벼댔다. 그러더니 눈을 뜨고 말했다. "당신을 집에 보내야겠어요. 아무것도 읽을 수가 없군요."

누군가가 '이건 시간을 들일만한 가치가 없는데'라고 멍한 표정을 지을 줄 안다면, 아마 내가 그런 표정을 하고 동시에 그런 감정을 뿜어내고 있었을 것이다. 특별한 이유가 있었던 것은 아니다. 나는 막혀버린 화장실, 내가 앉아서 기다리는 곳의 불안감 때문에 안절부절못하고 있었다. 그래서 나는 마음을 닫았을 것이고, 그녀는 이를 알아차린 것이다.

"진심이세요?" 그게 내가 말할 수 있는 전부였다.

나는 여기까지 꽤 멀리 운전해서 왔다는 점에 (거의 1시간이나!) 열이 받고 말았다. 아마도 그래서 더 마음을 닫았던 것 같다. 맨디는 계속 노력했지만 안 되겠다고 말했다. 내가 처음부터 영적 에너지 부분에서 그녀가 노력할 수 있는 것들을 주지 않더니, 이제는 덜 주기 시작했다고 했다. 나는 시간을 낭비하고 있는 것처럼 느껴졌다.

내 마음은 충분히 열리지 않았고 양반다리로 앉아 있다 보니 등이 점점 아파졌다.

맨디는 내가 자신이 만나본 사람 중에 가장 "흙 속에 단단히 박힌", 그러니까 두 발을 단단히 현실에 디디고 있는 사람이라고 설명했다. 그리고 자신의 일은 내 영혼을 움켜잡고, 마치 풍선을 잡고 오르듯 구름 위까지 떠오르는 것이라고 했다. 그래야만 현실 세계를 넘어선 단계에서 여러 가지를 읽어볼 수 있다는 것이다. 그녀는 나와는 떠오를 수가 없다면서, 이런 일은 몇 년 동안 없었다고 말했다.

나는 그 풍선이 떠오르길 기다리면서 그녀를 바라봤다. 나는 자리에서 일어날 수 없었다. 나는 떠나지 않을 것이었다. 갑자기 그녀가 벌떡 일어나더니 좋은 생각이 났다고 말했다.

그녀는 방을 가로질러 피라미드 모양의 가느다란 놋쇠 프레임을 집어 들어 머리 위에 썼다. 마치 천이 씌워져 있지 않은 전등갓처럼 보였다. 자리를 뜨거나 웃음을 터트리지 않기 위해 내 모든 에너지를 쓰면서, 이 시간의 본질을 간파하는 데에 전념하고 있었다. 왜냐하면, 그러니까, 무슨 일이 벌어지고 있는 거지? 이를 알아내야만 했다.

이 광경은 내 미래를 알기 위한 정당하고 필연적인 예지력을 서커스 행위로 바꿔버렸다. 그게 무엇이든 나는 무려 15만 원이나 들인 이 시간을 적어도 즐겁게 보냈다는 생각이 들었다. 맨디의 행위는 저 세상 분야에서 새로운 영역을 만들어가고 있었다.

나는 마침내 전등갓이 마찰인가 뭔가를 만들어내는데 도움을 준다는 이야기를 들었다. 그게 뭐든, 나를 현실에서 떼어내야 하니까. 그리고 맨디를 다른 세상으로 풍선을 태워 보내야 하니까.

전등갓은 그녀의 머리 꼭대기에 안정적으로 얹혀 있었고 프레임 밑단은 그녀의 뺨 아래까지 내려왔다. 갑자기 이 전등갓 치유사가 눈을 뜨더니 이렇게 말했다. "왜 당신은 케첩을 그렇게 싫어하는 거죠?"

"모르겠어요. 그냥 역겹고 징그러워요. 식탁에서 케첩이 내 가까이에 있는 것도 싫어요." 내 목소리에는 여전히 날이 서 있었다. 나는 내가 케첩을 싫어한다는 사실을 이미 너무나 잘 알고 있었기 때문이다. 이런 무의미한 사실 때문에 점쟁이에게 돈을 내는 것은 낭비처럼 보였다. 물론 대부분의 사람은 케첩을 좋아하고, 따라서 그녀로서는 과감하게 지른 거였다. 진실을 밝히자면, 나는 케첩이 묻어 있는 접시를 설거지하면서 움찔거리고 가끔은 헛구역질까지 해댄다. 갑자기 궁금해졌다. 그녀는 나에 대해 이상한 점을 알고 있었고, 그 전등갓이 제대로 할 일을 하고 있음이 분명했다.

그다음으로 그녀는 내가 고대 문명과 분명하고 강력한 인연이 있다고 했다. 이를테면 아즈텍이라던가 뭐 그런 것이었다. 그녀는 내게 구슬로 엮은 전통 방식의 머리띠를 만든 적이 있냐고 물었다.

당연히 없지. 그런 적은 없었다. 도대체 왜 내가 구슬 머리띠를 만들겠는가?

대답조차 할 수 없다는 것이 너무나 웃겨서 나는 "아니요"라는 대답을 고수했고, 퉁명스럽고 다시 심사가 불편해졌다. 그녀는 다시 물었다. 내가 확실히 그런 구슬 머리띠를 만들어보지 않았는지 7번 반복해서 물었다. 그 시점까지 내 직업이 무엇인지 파악하지 못한 그녀는 구슬 머리띠가 내 미래가 될 거라고 말했다. 크게 성공하고 싶다는 내 생각은 구슬 머리띠에 달려 있었다.

듣고 있자니 맨디는 정도에서 벗어난 게 확실했다. 내가 케첩을 싫어한다는 사실은 맞췄지만, 그녀는 계속 헛발질했다. 나는 아무런 질문도 하지 않고 한 단어로 대답했다. 전등갓은 확실히 작동하고 있었는지 그녀는 내게 절대 팝콘을 먹지 말라고 했다(그냥 넘어갈 수 없는 게, 나는 몇 년 동안 팝콘을 먹지 않았는데 그날 밤 배가 고파서 허겁지겁 팝콘을 먹었다. 전등갓에 반항하느라 일부러 그런 건 아니다. 갑자기 옥수수가 금지 품목이라는 그녀의 말을 잊어버렸다. 영화 시간에 늦지 않으려고 서둘러 가느라 샐러드를 사갈 시간이 없었고, 그날 저녁에 딱 한 가지를 먹었는데 그게 바로 팝콘 한 줌이었다. 그리고 나는 심한 장염을 나흘 동안 앓았다. 어찌나 아팠던지 병원에 갈까 진지하게 고민할 정도였다. 희한한 일이다).

전등갓 치유사가 내게 작가냐고 물었는지, 아니면 내 직업이 무엇이냐고 물었는지 기억이 나지 않는다. 다만 옥수수와 케첩과 구슬 머리띠와 함께 내 직업이 대화에 올랐다. 그녀는 당시 내가 작업하고 있던 다양한 것들에 대해 모두 말해달라고 했다. 나는 그녀에게 내가 하고 있는 일을 하나씩 내놨고, 매번 그녀는 고개를 저었다. 마치 그 프로젝트가 아무것도 아니라는 듯, 성공하지 못한다는 듯, 내 운명이 아니라는 듯. 예전에 수비학자와 있었던 일처럼 느껴지기 시작했고 나는 그녀에게 열두어 개에 달하는 내 작업에 대해 설명한 시점에서 솔직히 모욕을 느끼기 시작했다. 우주는 내가 일에 있어 잘못된 줄에 섰다고 말하는 걸까?

그녀는 전등갓을 머리에서 내리더니 자리에서 일어나 방을 조금

돌아다녔다. 필요한 일이었다. 그렇게 오랫동안 꼼짝 않고 앉아 있다 보면 다리가 저렸을 테니까. 나는 움직여도 되냐고 묻고 싶지 않았다. 그런 질문이 마침내 풍선과 함께 날아오른 그녀를 방해할까 봐. 나는 앉아서 고통받았다.

듣고 싶은 이야기만 듣기

내가 집필 작업 리스트를 하나도 빠짐없이 털어놓은 후 그녀는 이렇게 말했다. "희한한 일이네요. 당신이 메릴 스트립이 나오는 뭔가를 쓰는 모습이 보여요. 그리고 엄청나게 히트를 칠 거예요." 바보 같은 소리였다. 나는 내 글에 메릴 스트립을 등장시킬 생각을 해본 적도 없었다. 하지만 나는 실제로 소설을 쓸 때는 한 연기자를 염두에 두곤 했다.

그녀는 내가 쓰는 글 중에 특정 무리를 비웃는 내용이 있는지 물었다. 사실 그런 게 있었다. 나는 영화 대본을 쓰려고 UCLA에서 수업을 들은 후 뭔가를 끄적거리고 있었는데, 사실은 특정 직함의 사람들을 비웃는 내용이었다. 나는 그녀에게 그렇다고 대답했다. 그리고 어떤 영화 대본의 개요를 쓰긴 했지만 메릴 스트립이 나오지는 않는다고 했다.

그녀는 "주인공으로 아주 유명한 사람이 나올 것처럼 느껴져요.

하지만 뭔가 〈새터데이 나이트 라이브〉 같은 기운이 들어요."

나는 헉하고 숨을 들이마셨다.

그녀는 내가 밝히지 않은 뭔가를 알고 있었다. 〈새터데이 나이트 라이브〉의 기운이 느껴지는 데에는 이유가 있었다. 원고를 완성하기 전까지는 내놓고 싶지 않기 때문에 이 책에는 쓸 수 없는 그런 이유다. 하지만 대본 전체에서 아주 중요한 부분이 완전히 〈새터데이 나이트 라이브〉의 핵심 요소에 기반을 두고 있었다.

나는 다시 한 번 숨을 들이마셨다. 아주 크게.

봇물이 터지듯 내 프로젝트의 세세한 내용을 다 털어놨다.

훗날 나는 로스앤젤레스의 점쟁이들이 고객의 비밀과 아이디어를 교환하는 건 아닌지, 아니면 점쟁이와 고객의 특별한 관계가 화젯거리가 되는지 궁금했다. 아마도 내가 자세한 대본의 내용을 갑자기 쏟아낸 첫 작가는 아니었을 것이다. 그녀가 말도 안 되는 구체적인 내용을 못 박아버리니 흥분해버렸던 것이다. 그렇지 않았다면 홀로 마음속에 간직했을 것이다.

나는 이성을 놓고 입을 다물 수 없었다. 나는 그녀에게 모든 것을 털어놨다. 그녀는 그 아이디어가 훌륭할 뿐 아니라 엄청난 성공을 거둘 것이라고도 말했다. 내가 그 작품을 홍보하러 다닐 것이기 때문에 빨리 끝내는 게 좋겠다고도 했다. 그녀는 내가 그 작품을 쓰면 유명해질 것이라고 말했다. 이쯤이면 깨달았겠지만, 나는 전에도 그런 이야기를 들은 적이 있었다. 이상하게도 나는 정말로 명예에 대한 그 어떤 희망이나 욕망도 품은 적이 없었다.

그 후 나는 다시 한 번 헉했다. 이번에는 훨씬 더 큰 소리였기 때문에 전등갓 치유사가 실제로 화들짝 놀랄 정도였다. 나는 머릿속에 막 떠오른 생각을 불쑥 내뱉었다.

"세상에나, 어렸을 때 구슬 머리띠를 만들었던 적이 있네요."

그랬었다. 내가 만들었었다고! 하얀색 구슬을 넣은 긴 머리띠 여러 개와 터키블루색의 짧은 머리띠 하나였다. 가죽 줄과 조각이 그 사이사이에 들어갔다.

나중에 나는 엄마에게 내가 만들었던 머리띠를 찾아달라고 부탁했다. 엄마는 아빠를 지하실로 보내 찾아오도록 했고 아빠는 그렇게 했다. 나는 내가 얼마나 뭔가를 만들고 그리는 것을 좋아했는지 기억해냈다. 오랫동안 그리거나 만드는 일을 하지 않아왔다. 어렸을 때는 아주 많이 했는데.

나는 내 수공예품 사진을 보고 난 뒤 구슬을 조금 사기로 결심했다. 반짝이는 구슬과 납작한 구슬이 섞여 있는 봉지를 집어 들었고, 내 작품을 한 땀 한 땀 박아 넣을 줄과 띠도 샀다. 그리고 거기에 필요한 도구들도 물론. 나는 정확히 머리띠의 절반을 완성했다. 맨디는 머리띠가 성공으로 가는 고속 열차가 되어줄 것이라고 주장했다. 커리어를 마치 구슬처럼 꿰어나가며 승승장구할 거라는 것이다.

나는 조금 다르게 봤다. 구슬들을 엮어나가기 시작하자 그 작업이 얼마나 마음을 편안하게 해주는지 깨달았다. 작업을 하는 동안 구슬에만 집중할 수 있었다. 다른 예술과 마찬가지로 아이폰이 필요 없었다.

나는 선망진창을 위해 해온 수많은 일의 공통점을 깨달았다. 다양한 형태의 명상이라는 점이다. 사운드 배스는 소리가 아닌 명상의 문제였다. 레이키와 무지개 호흡도 마찬가지였다. 모두 나를 차분하게 해주고 스스로 실재감實在感을 가질 수 있도록 이끌어줬으며 명상과 유사한 효과를 내기도 했다. 곤도 마리에식으로 집을 정리하는 일조차 일정 수준의 명한 집중력을 요구했다.

맨디는 정말로 내 미래를 보았을까? 만약 그랬다면 그녀는 내가 그 극본을 금세 끝내지 못할 것을 알았을 것이다. 하지만 내 미래에 대해 그녀가 열광하던 모습은 언젠가 어떻게 해서든 그 대본을 마무리 짓고 말겠다는 힘을 주었다.

그러면서 나는 종종 내가 원했던, 또는 추구하던 결과를 발견했다. 대부분 내가 중요한 고려 사항이라고 생각하는 부분이었다. 비둘기는 내가 운명의 사별남을 만나려면 오렌지카운티로 이사를 가야 한다고 암시했다. 어떤 사람은 과감히 움직였겠지만, 나는 그런 부류는 아니었다. 물론 눈을 좀 더 크게 뜨게 됐지만. 만약 비둘기가 내가 절대 남자를 만나지 못하고 혼자 죽을 거라고 했다면 나는 희망을 잃었을 수도 있다. 하지만 비둘기는 그렇게 말하지 않았고, 나도 희망을 꽉 붙들고 있다. 그것만으로도 나쁘지 않다.

나는 맨디와 함께 극본을 계속 써나갈 수 있을 것이다. 나는 내 커리어에 힘을 더해줄 어떤 통찰을 찾고 있었다. 그게 극본일 수도 있고, 아닐 수도 있다. 그러나 그 덕에 나는 돈을 벌기 위해서 일할 뿐 아니라 다시 창의적으로 생각할 수 있었다. 그것만으로도 나쁘지 않았다.

가장 중요한 것은, 나는 그동안 그 극본에 나올 주인공에게 어울릴 취미를 찾느라 끙끙 앓아왔었는데, 이제는 그 취미가 손을 쓰는 일이 되어야 한다는 것을 알았다. 그게 대본에 들어가야 할 이유가 있었던 것이다. 그전까지 나는 구슬 머리띠가 경제적 자유의 입장권이 된다는 설정이 얼마나 기발한지 미처 몰랐다.

chapter 9

낙오되는 다이어트가
없게 하라

나는 주저주저하면서 31일간의 온라인 명상 프로그램이 효과가 있을지 고민했다. 알렉시스는 내게 자기주도적 다이어트를 위해 이 프로그램을 해보라고 권했다. 나는 명상이 내 허리둘레를 줄여줄 수도, 아닐 수도 있다는 것을 알기 때문에 한번 시도해보기로 했다. 효과가 없더라도 아이폰 사용 시간을 줄이는 데에는 도움이 되겠지.

막판에 가입했기 때문에 나는 그날 저녁에 하기로 했던 다른 자기계발 계획을 취소하고 대신 방에 명상 코너를 만들고 바닥에 특별한 베개를 놔두었다.

첫 명상 수업은 저녁 7시에 시작됐다. 그러나 나머지 수업은 아침 6시에 열렸다.

나는 그동안 다이어트 계획을 미뤄왔고 다시 적당히 술을 마셨다. 그렇기 때문에 이미 레드 와인 한 잔을 따라놨다. 나는 와인을 마시면서 명상할 수 있다는 것을 알았고, 그 누구도 그래서는 안 된다고 하지 않았다. 둘 다 차분한 활동이다 보니 명상과 와인은 완벽한 짝처럼 보였다.

명상을 시작하기 몇 분 전 아이폰 화면에 뉴스 알람이 떴다. 트럼프 어쩌구와 관련한 MSNBC의 기자회견 생방송이었다. 어휴. 나는 MSNBC와 트럼프라면 무엇이든 끔찍할 정도로 집착한다는 고백을 해야만 하겠다. 아침저녁으로 MSNBC를 보았고, 잠이 안 올 때면 전날 저녁의 것을 재방송으로 보았다. 제대로 된 긴급 속보라면 보고 싶었다. 명상을 하면서 동시에 MSNBC를 듣는 것(눈은 감고 있을 거니까 보지는 않는 걸로)이 가능할까? 뉴스를 보지 않는 게 실질적으로 내게 스트레스를 주니까, 하고 결심했다. 그리고 명상 수업에 등록해버렸기 때문에 첫날을 건너뛸 수는 없었다.

멀티태스킹을 해보기로 한 나는 명상용 베개와 와인을 구석에서 끌어내어 TV 앞으로 옮겼다. 시작하기에 좋은 방법이 아닌 것은 알고 있었지만 베개 위에 앉아서 아이폰에 있는 일일 명상 연습에 로그인했다. 그 후 목표를 설정했다. 핸드폰 화면을 덜 들여다보는 것이었다.

명상 어플의 마이크 기능을 꺼서 이 가상의 모임에 참여한 그 누구도 내 TV 소리에 방해받지 않도록 했다. 나는 강사가 하는 이야기를 들을 수 있지만 그 사람들은 크리스 매슈스^{Chris Matthews} 앵커의 목소리는 들을 수 없을 것이다. 나는 그렇게 바닥에 앉아, 와인을 홀짝이며, 명상했다. 그리고 MSNBC를 봤다. 솔직히 포테이토칩도 먹을까 했지만 탁자 위에 있어서 손이 닿지 않았다.

명상 막바지에 일종의 그룹 토의가 열렸는데, 친목은 내 목표가 아니었기 때문에 그 대화에 끌려 들어가기 전에 로그아웃을 했다. 게다가 TV가 음량을 높이라고 나를 유혹하고 있었다.

나는 명상을 끝냈지만 솔직히 첫 노력치고는 형편없었다. 되돌아보니 나는 셀프헬프에 피로감을 느끼고 있었다. 나의 1월은 공격적으로 다이어트를 하고 내 자신을 고치는 시기였고, 그렇게 보낸 1월이 2월까지 넘봤다. 노력에도 불구하고 시간은 성과 없이 흘러가고 있었다.

먹자 시즌

너무나 힘겨웠던 1월이 오기 전, 2017년 연말의 먹자 시즌에 대해 잠시 설명하려 한다. 간단히 말해서, "낙오되는 음식이 없게 하라"였다. 나는 평소 먹는 것을 아주 조심하곤 한다. 방부제도 안 되고, 탄수화물도 제한하고, 설탕도 안 되며 술은 일주일에 3번 이상 마시지 않는다. 뭐, 어떤 때는 그런 노력들이 내 허리둘레에 어떤 효과도 내지 못하는 것 같긴 하지만.

하지만 이 특별한 먹자 시즌에는 평생이 다이어트인 생활이 조금 느슨해진다. 짭짤한 간식들이며 모든 쿠키와 초콜릿 조각, 와인, 피자, 파스타, 햄버거까지 눈앞에 보이면 섭취했다. 이제 와서 생각해보니, 나는 언제나 어떤 식으로든 다이어트를 하고 있었고, 잠시 다이어트를 쉬는 시간에는 막 나가며 마음껏 먹었던 것 같다.

스트레스성 폭식은 아니었다(물론 나도 해봤지. 1절만 한 게 아니라 2절도 했었지). 하지만 나는 재미를 누리고 있었고 그 재미란 음식과 술을 의미했다. 나는 여러 사교적인 모임에 참석했다. 게다가 당시에 근력 운동을 하고 있다 보니 더욱 과감해졌던 것 같다. 내가 작업하던 책인 『강한 길을 선택하라 Choosing the StrongPath』는 근력 운동의 의학적 이득에 대해 다루고 있었다. 나는 특히 나이가 들면서 요양원에 가는 가장 큰 이유가 등과 엉덩이, 다리 근육을 잃으면서 혼자 화장실에 갈 수 없기 때문이라는 말에 감명받았다.

공동 저자 가운데 하나인 프레드 바틀릿 Fred Bartlit의 강력한 권고에 따라, 나는 무거운 중량의 리프팅 운동을 해보고 차이가 있는지 살펴보기로 했다. 나는 그 미지의 세계로 들어갔다. 이 운동은 나를 더 배고프게 만들었다. 살면서 들어본 것 중 가장 무겁고 힘든 중량을 들어 올렸고, 그 결과 강해졌다는 느낌을 얻었다. 몸무게가 줄지는 않았다. 나는 건강한 돼지가 됐지만 그 어느 때보다 힘이 세졌다.

근육이 우락부락해질까 봐 두려워서 무거운 중량으로 리프팅 운동을 한다는 것이 미심쩍었지만, 곧 그게 문제가 아님을 알게 됐다. 나는 캐럴라인이라는 훌륭한 트레이너를 고용해 나를 독려하도록 했고, 그 결과는 놀라울 정도였다. 체중계는 그대로였지만 나는 상당히 강해졌음을 느꼈고, 조금은 더 자신감 있게 행동하게 됐다. 턱은 높이 쳐들고, 가슴을 활짝 펴고, 발걸음도 당당하게.

이 변화는 내가 눈치 채지 못한 사이에 일어났다. 어느 날 오후, 나는 와인 한 상자를 옮기면서 한 손만 사용해 상자를 팔 아래에 꼈다. 어찌나 가볍게 느껴졌는지 와인 가게 점원이 상자 안에 와인을 모두 채워 넣지 않았다는 생각이 들어 순간 짜증이 났고 이를 확인하러 다시 가게로 돌아갈 정도였다. 그러나 2016년산 사샤 리신Sacha Lichine 로제 와인 12병은 모두 정확히 상자 안에 들어 있었다. 내가 힘이 세져서 상자가 가볍게 느껴졌던 것이다.

근력 운동 덕에 세포 수준에서도 긍정적인 수치를 달성할 수 있었다. 몇 년간 조금씩 상승하고 있던 내 당화혈색소 수치글루코스는 5.2까지 떨어졌다. 내 주치의는 그 숫자에 짜릿해했다. 훈련으로 만들어온 모든 근육에 그 공을 돌리고 싶은 승리였다.

그렇다고 더 많이 먹을 수 있는 프리 패스가 주어진 것은 아니다. 일주일에 2번은 엄청난 강도로 근력 운동을 하고, 2번은 요가 수업을 가고, 1번은 스피닝 수업을 가고, 아주 많이 걷는다고 해서 마음대로 먹을 수 있는 것은 아니다. 하지만 그렇게 생각하지 않았던 것도 아니었다.

그렇게 12월 말의 내가 있었다. 황소처럼 튼튼하지만 암소처럼 뚱뚱하게 느껴지던 나.

내 몸무게는 지난 10년 동안 천천히 늘어났고, 나는 그것을 알고 있었다. 체중계에서 볼 수 있었으니까. 하지만 미처 몰랐던 게 있다. 새해 전야제 파티(즉, 먹자 시즌의 막바지)에 가려고 머리끝까지 꽁꽁 싸매고 나가려 하던 순간 나는 패딩 코트의 지퍼를 올릴 수가 없었다. 그러니까, 아예 여미지도 못할 정도였다. 그야말로 패딩의 위기였다. 이 패딩 코트는 2016년에 내가 '뚱뚱이용 코트'라고 부르던 옷이었다. 나는 그 전 해에 다른 겨울 코트 20벌의 지퍼가 올라가지 않아서 그 코트를 샀다. 나는 최고 몸무게를 갱신하고 있었다. 꾸준히. 이제는 멈춰야만 했다.

이 상황은 분명 아주 심각했다. A) 바깥이 춥다. B) 코트는 싸지 않다. C) 내가 뚱뚱하고 더 뚱뚱해져간다고 얘기했지?

그날 밤 샴페인과 함께 2017년을 지워나가기 전에 계획을 세웠다. 뉴욕시와 햄프턴스 사이를 오가는 햄프턴 지트니 Hampton Jitney 버스에서 공짜 우츠 포테이토칩을 먹으며 날조한 계획이었다.

나는 그동안 책을 쓰고 조사하면서 생각해낼 수 있는 거의 모든 종류의 다이어트를 알고 있었다. 모든 음식의 칼로리도 파악하고 있었다. 나는 내 허리선을 공략할 계획을 세울 수 있었고 충분한 무기도 갖고 있었다.

나는 체중 감량 어플의 전문가였다. 앳킨스 다이어트, 사우스 비치 다이어트, 팔레오 다이어트, 자가면역 식단 다이어트, 30일 다이어트, 그리고 그밖에 뭐든지 알고 있었다.

이렇게 생각했다. 이 모든 방법을 한번에 할 수 있는데 뭐 하러 한 가지만 하지? 한번 올인해보자. 내가 아는 모든 것을 한번에 다 활용했다. 다이어트법 하나가 부족해지면, 다른 다이어트가 끼어들어서는 해이해진 부분을 채워 넣었다.

실패란 없는 듯 느껴졌다.

다이어트 지식으로 가득 차서 터져나가기 직전이 된 내 머리는 터져나갈 것 같은 바지와 싸움을 벌였다. 나는 몸무게 증가를 막기 위해서 모든 것을 내던질 각오였다. 내 다이어트 레퍼토리에 있는 모든 도구와 무기를 꺼내들어 '새해 새 사람'을 만들어나가는 데 과실이나 누락이나 실수가 생길 틈을 없애버릴 작정이었다.

2018년, '낙오되는 음식이 없게 하라'는 '낙오되는 다이어트가 없게 하라'로 대체됐다.

나는 다음과 같은 조건을 걸었다.

　　1. 1월을 예행연습의 달로 삼을 것이다. 왜냐하면 해시태그를 만들기 쉬우니까. #Dryuary라고 부르던지, 아니면 #Dryanuary

라고 할까?예행연습을 한다는 뜻의 Do a dry run과 1월이란 뜻의 January를 합성한 것 요즘
시대에 해시태그로 만들 수 없는 일을 뭐 하러 하겠어?

2. 그 순간 가장 유행하는 방식, 즉 간헐적 단식을 시도해볼
것이다. 8~10시간 동안 하루에 먹어야 할 양의 음식을 먹고, 나
머지 14~16시간 동안에는 전혀 음식을 먹지 않는 것이다(공복
시간). 나는 이 계획에 따라 몸무게를 아주 많이 뺀 두 사람을 알
고 있었지만, 저혈당증과 같은 부정적인 면에 대해서도 읽어봤
다. 나는 운동을 할 때면 아주 열심히 하기 때문에 이 방법이
마음에 들지는 않았다. 배가 고프면 헛구역질을 하고 별이 보
이기도 했다. 내가 생각했던 다른 문제도 끼어들었다. 나는 아
침 일찍 일어난다는 점이었다. 나는 새벽 6시면 커피 메이커 앞
에 서서 커피가 내려지는 모습을 지켜보다가 6시 2분쯤 커피
한 잔을 마신다. 커피에 우유를 생략해서 공복 시간을 지킬 수
도 있지만 굳이 그렇게 하고 싶지 않았다. 이는 중요한 타협점
처럼 느껴졌다. 누가 우유 조금 부었다고 뚱뚱해지겠어? 그래,
비긴 걸로 치자.

3. 간헐적 단식을 하면서 30일 다이어트 식단을 적용해서 효
과를 두 배로 늘리기로 했다. 즉 운동하는 날 고구마와 감자
를 제외한 유제품·밀가루·탄수화물을 금지하는 것이다. 문제
가 하나 있었다. 또 다시 커피에 우유 넣기 문제였다. 그 부분
만큼은 포기할 수 없었다. 따라서 '반* 30일' 아니면 '15일' 다

이어트 쪽으로 가기로 했다. 밀가루 금지, 곡류 금지, 설탕 금지, 술 금지, 하지만 조금의 유제품은 유지하겠다는 것이었다.

4. 포시 페스커테리언Posh Pescatarian은 그녀의 이름에서 알 수 있듯 생선을 많이 쓰는 채소 기반 식단을 제안했다. 나는 작년에 그녀가 쓸 책의 제안서를 작성했고, 그 개념도 내 계획에 포함시키겠다고 생각했다. 즉 단백질 섭취의 반은 해산물로 채우겠다는 뜻이다. 또한 채소와 식물성 오일 같은 좋은 지방과 아보카도, 견과류 등은 지중해 다이어트를 따르기로 했다.

5. 『이렇게 몸무게 빼세요Lose Weight Here』에서 저자는 많이 먹고 많이 운동하거나, 적게 먹고 적게 운동할 수는 있지만 절대 적게 먹고 많이 운동할 수는 없다고 했다. 따라서 섭취 조절은 운동하는 날 이뤄져야 한다는 의미다.

6. 당연히 음식 일지를 쓰기 시작했다. 그건 내가 돈을 내고 만나거나 책을 써준 모든 영양사의 기본 규칙이었다. 나는 내가 먹은 음식을 웨이트 와처 어플에 입력함으로써 모든 것을 중복 확인하기로 했다. 나는 칼로리 계산 어플을 하나 더 다운로드 받았다. 그래야 내가 하루에 30점을 쌓으면서 1,250칼로리만 채울 수 있을 테니까(웨이트 와처이 다이어트 프로그램은 음식마다 정해진 점수가 있다. 하루에 섭취한 음식의 점수를 모두 합처서 개인에게 할당된 점수를 맞추도록 한다는 이제 하루 동안 23점까지 쌓고 대신 닭고기와 채소를 무제한으로 먹을 수 있는 방식으로 바뀌었다).

7. 비치보디BeachBody 21일 다이어트에서 얻은 계량컵을 사용해 내가 먹는 양을 철저하게 계산했다. 먹을 수 있는 8시간 동안 과식하지 않기 위해서였다.

8. 유산균이 없으면 다각적인 다이어트가 안 된다며? 『매력적인 장 여행』에서 그러던데.

9. 내 규칙 목록이 얼마나 엄격한지 깨닫자 나는 한 가지 아이템에 대해서는 조금 유연해지는 게 좋겠다고 판단했다. 따라서 정말로 술을 마셔야 할 상황이라면 최대한 한 주에 2번은 마실 수 있다고 안전 수칙을 세웠다. 친구들과 내가 보통 마시던 본격적인 양이 아니라 일반인 수준의 양으로 일주일에 한두 잔은 허용되지만 나는 그 기회를 활용하지 않도록 노력할 것이다. 의지력은 결국 한정되어 있으니까 '절대'라는 말을 하지 않고 싶었다. 그러면 스트레스를 받을 테니까. 『당신이 먹는 이유는 바로 당신에게 있다』에서 배웠듯 박탈감은 사람을 완전히 퍼지게 할 수 있다. 내 경험이기도 했다. 그러나 내게 허용된 두 잔의 술을 마시지 않더라도 이월은 안 되는 것으로 했다. 즉 한 주 동안 자제했다고 해서 그다음 주에 네 잔을 마실 수 있는 것은 아니라는 의미다. #아끼면똥된다. 술을 마신다는 것은 탄수화물은 함께 먹지 않음을 의미했다(『어반 스키니』에서 배웠다).

10. 내가 『사랑의 다이어트』를 작업할 때 제시카는 명상을 권했다. 몇 년 전 내가 다른 변화를 시도하면서 그녀의 지혜에 귀

를 기울였을 때 몸무게도 함께 줄었다.

내게는 계획이 있었다. 나는 훌륭한 계획을 좋아했다. 이는 효율적인 버스 환승과 같은 것이었다.

새로운 1년, 새로운 강박 행동

1월 1일의 동이 트기 시작할 무렵 나는 케이크와 샴페인으로 불태운 기나긴 밤을 뒤로 하고 다시 버스에 올랐다. 집에 도착하자마자 수산 시장과 건강식품점, 유기농 정육점, 양계장 등으로 향했다. 내 계획 중 하나는 첫 2주 동안 집 안에 틀어박혀서 사람들과 전혀 만나지 않는 것이었다. 다이어트를 할 만한 다른 방법, 아니 적어도 시작할 만한 다른 방법이 없었다.

나는 집에 가서 콩을 물에 불렸다(단 한 번의 대의명분을 위해 탄수화물 금지 계획을 어김). 팜 셰어 Farm Share, 농장을 빌려주고 작목을 직접 생산·유통하는 체계 에서 얻은 콩이었다. 1월 1일에 콩을 먹으면 1년 동안 행운과 번영을 누릴 수 있다고 읽은 적이 있기 때문이었다. 물론 그날 저녁에는 돼지고기를 먹는 것이 반짝이는 한 해를 보낼 수 있는 진짜 방법이라는 글을 읽었지만, 이미 늦었지. 그 중요한 인생의 교훈을 알게 됐을 때 나는 16시간 공복에 돌입한 상태였고 따라서 2018년의 행운과 번영은 모두 날아가버렸다. 순간 패배감을 느꼈고 당장 베이컨을 사러 나갈까 고민했지만, 그다음 내가 가장 좋아하는 만트라를 떠올렸다. "네가 있는 곳에서 시작하라." 그래서 그냥 그쯤 해두고 자러 갔다. 저녁 7시였다.

8시간의 식사 시간은 '낙오되는 다이어트가 없게 하라'의 주요한 단점이었다. 나는 아침에 일어나면 일찍 음식을 먹어야만 했다. 게다가 혼자 살았다. 간혈적 단식에 성공한 내 친구는 아침 9시까지 일어나지 않았다. 그러면 10시까지 안 먹고 버틸 수 있었고 저녁 식사를 6시에 마칠 수 있었다. 나는 다이어트 첫날 모든 것을 입 안에 퍼 넣고 나니 오후 3시였다. 저녁 황금 시간대까지 뒹굴거리는 것이, 심지어 〈성범죄 수사대: SVU〉를 보려고 기다리는 것도 지루했다(적어도 '낙오되는 다이어트가 없게 하라' 작전은 내가 가진 나쁜 버릇을 재빨리 고쳐줬다). 일찍 자자 더 일찍 일어나고 더 일찍 먹게 됐으며 기타 등등 기타 등등이었다. 절대로 깨부술 수 없는 악순환이었다. 더욱 악화될 뿐이었다.

의외로 내 계획에서 가장 어렵지 않은 부분은 금주였다. 나는 첫 며칠 동안은 조금 초조했지만 그 외에는 괜찮았다. 나는 내 계획에 끼워 넣은 비상용 술 마시기 카드에 의존하지도 않았다. 단 한 번도. 또한 놀랍게도 운동 첫날만 빼고 배가 불렀다. 첫날에는 거의 땅에 쓰러질 정도로 배가 고팠다. 움직일 수 없을 지경이었다. 이 문제는 내가 트레이너 만나러 가는 날에는 식단과 섭취 시간을 조금 조정함으로써 해결됐다. 그런 날에는 곡류나 콩을 먹을 필요가 있었고 그러지 않으면 운동 시간을 견뎌내지 못했다.

그 외에는 계획은 잘 유지됐고, 모든 체계가 잘 돌아갔다. 나는 (6주가 지날 때까지) 명상을 전혀 하지 않았고 그 점에서는 무너진 셈이었다. 하지만 그 외에 다른 면에서 리듬을 놓치지 않았고, 첫 번째 주가 지난 후 체중계에 올라가면 적어도 2킬로그램은 빠져 있을 거라고 확신하고 있었다. 6월까지 계속하면 슈퍼 모델처럼 날씬해질 수 있을 거라고 믿었다.

첫 번째 주가 지난 후의 뉴스 속보: 전혀 살이 빠지지 않았다. 아니, 200그램은 빠졌다. 하지만 그건 공정하지 않았다. 그래도 기분이 좋았다. 건강한 식단 덕에 훨씬 가볍게 느껴졌다.

체중계가 꼼짝도 않는다면 비상수단을 써야 할 차례였다. 전쟁이었다.

식이요법의 관점에서는 더 뺄 것이 없었다. 나는 내가 할 수 있는 한 최선을 다해 영리하게 음식을 섭취하고 있었다. 하지만 다른 안전장치를 더할 수는 있었다. 바로 케톤 스틱, 즉 케톤증Ketosis 여부를 판단하기 위해 소변을 묻혀보는 측정 기구였다. 케톤증은 기본적으로 체내의 탄수화물을 부족하게 해 몸이 지방을 대신 태우는 상태다. 스테퍼니스러운 정의이자 이해였다.

나는 10여 년 전부터 극단적인 다이어트를 해왔고, 그 때문에 병원에서 케톤 스틱으로 소변검사를 함으로써 내가 스스로를 적당히

굶기고 있음을 증명하곤 했다. 이 다이어트 때문에 비타민 B_{12} 주사도 맞아봤다. 나는 엄청나게 살을 빼봤고 결국 내 신진대사가 회복할 수 없을 정도로 타격을 입었다고 믿고 있다. 어쨌든 케톤 스틱은 거짓말을 하지 않는다. 그리고 강박적인 연구로 굶는 다이어트는 케톤증에 걸릴 때 정점에 도달한다는 것을 밝혀냈다.

나는 매일 케톤 스틱으로 소변검사를 했다. 두 번째 주에는 거의 매 시간마다였다. 뭔가 흥미로운 점을 발견했다. 내 계획상 케톤증은 거의 고려하지 않았지만, 내가 닭고기와 생선과 식물성 기름과 채소만 먹자 케톤 스틱이 검붉은 색으로 물들었다 케톤 스틱이 보라색에 가까울수록 케톤이 소변으로 배출된다는 의미다. 완전히 앳킨스 스타일 로버트 앳킨스Robert Atkins 박사가 창안한 저탄수화물·고단백 다이어트의 일종 이었다. 내가 겪고 있는 다른 모든 제약을 염두에 두더라도 닭고기와 생선만 먹는다는 것은 너무 극단적이었다. 따라서 내 전매특허 다이어트 방식에 효율적인 추가가 될지라도 그렇게는 하지 않았다.

나는 야망 넘치고 급진적인 방식으로 1월을 보냈다. 거기서 멈추지 않고 2월까지 2주를 더 진행했다. 전혀 합리적이지도, 지속이 능하지도 않지만 혼자 틀어박혀 있는 일은 감정적인 면에서는 괜찮았다. 바깥은 춥고 어두컴컴했지만 내가 좋아하는 정도였고, 나는 외로움을 느끼는 사람이 아니었다. 물론 지루했다. 하지만 내가 우울함을 이해하는 수준에 따르면 우울하지는 않았다. 나는 그 기간 동안 혼자여도 괜찮았다. 내가 자초한 상황이자 내 선택이었고, 아니면 나 혼자 앉아 있는 게 그냥 괜찮았는지도 모르겠다. 확실히는 모르겠다. 하지만 그 시간 내내 나는 혼자 있었고, 그래도 괜찮았다.

45일 동안 나는 밀가루나 튀긴 음식, 술, 설탕, 즐거움까지 그 어떤 것도 섭취하지 않았고… 슬프게도 거의 아무런 소득도 얻지 못했다. 아마도 몇백 그램은 뺐겠지만 기대했던 만큼은 아니었다.

나는 밸런타인데이에 파계했다. 우리에겐 다행히 새로운 해시태그 #갤런타인데이#Galentinesday. '걸Girl'과 '밸런타인데이Valentine's Day'를 합친 말로 여자 친구들끼리 모여서 우정을 다지는 날이라는 의미가 있었고, 불쌍한 싱글 여성들은 자기 아파트에 처박혀 혼자 팟타이를 먹는 대신 핑계를 대고 즐겁게 지낼 수 있었다. 나는 내 친구 제니퍼네 아파트에 저녁을 먹으러 가서 샴페인을 마시고 케이크를 먹었다(이 메뉴가 친숙하게 들린다면, 이 집은 내가 새해 전야에 갔던 그 아지트이기 때문이다). 한동안 금주를 했던 탓에 그다지 술을 많이 마시지 못했다. 한 잔을 마시고 그만 취해버린 것이다.

옴의 지점

여기, 6주 또는 그 이상 엄청나게 노력한 끝에 아무것도 거두지 못한 내가 있다. 코트는? 아직도 지퍼가 올라가지 않아.

나는 침술사 알렉시스와 여러 가지 이야기를 나눴다. 나는 좌절감을 느끼고 있었다. 당연하다. 나는 다이어트의 에이게임A-Game, 카지노에서 가장 높은 베팅 금액이 걸린 게임 또는 테이블을 했던 거니까. 그리고 금방 끝나버렸다. 이야기의 끝. 그 어떤 개선의 여지도 없었다. 그러자 알렉시스는 내가 그 많은 방식으로 그토록 힘들게 노력하면서 명상만큼은 하지 않는 이유가 무엇인지 물었다. 명상을 그 혼합 처방전에 더해보는 건 어때?

정당한 지적이었다. 나는 알렉시스에게 내 명상의 역사를 늘어놓았다. 몇 년 전 제시카는 내게 30초만 명상을 해도 이득이라고 이야기해줬다. 내가 하루 일과 중 가능할 때마다 30초씩 시간을 짜내면 실질적인 시간은 꽤 될 거라고도 했다. 그녀는 할 수 있을 때마다 눈을 감고 숨을 들이마시고 내쉬라고 했다. 그녀의 만트라는 "내 인생에 더 많은 사랑을 가져다주세요"였다. 그래서 시도해봤다. 그녀의 책을 작업하는 동안 걷고 요가를 했지만 다이어트는 그다지 많이 하지 않았다. 대신 30초 동안 재빨리 명상을 하곤 했다. 살이 조금 빠졌다. 정말로 빠졌다. 제시카는 명상이 내가 살이 빠진 이유라고 했다. 나는 운동도 하고 요가도 했으며, 그로 인해 뭔가 중요한 존재의 문을 연 것 같다고 했다.

그러다가 믿을 수 없는 일이 벌어졌다.

나는 서재 바닥에 앉아서 책에 따라 30초 명상을 하고 있었다. 그게 어떻게 도움이 되고 어떻게 해야 그녀가 이야기를 잘 풀어낼 수 있을지 보기 위해서였다.

　명상을 끝낸 후 내가 가장 좋아하는 요가 자세를 취했다. 등을 대고 똑바로 누워서 벽을 따라 두 다리를 곧추세우는 자세였다. 나는 이 자세를 아주 많이 했었고, 여러 가지 이유로 도움이 된다고 생각하고 있었다. 음식이나 TV나 아이폰(손에 닿지 않는 책상 위에 두었다) 없이 하루의 중간에 잠시 멈춰서 휴식을 취하는 데 도움이 됐고 등도 덜 뻣뻣해졌다. 나는 이 역시 일종의 명상이었다고 생각한다(내가 짧은 기간 동안 새로운 것을 아주 많이 시도해보고 금세 잊어버리는 일관성 없는 사람이라고 느껴진다면, 그게 맞다).

　그날 나는 짧은 명상과 잠시 천장을 올려다보는 일을 마치고 현실로 돌아와 스스로를 되돌아보기 시작했다. 내 마음에 처음으로 떠오른 생각은 '데이비드 카David Carr처럼 쓰고 싶다'였다. 데이비드 카는 『뉴욕타임스』의 「미디어 방정식Media Equation」 칼럼니스트다. 정말 뜬금없이 떠오른 생각이었지만, 그게 바로 내 생각이었다. 내가 그의 글을 얼마나 좋아했던가.

　내가 자리에서 일어나 핸드폰을 확인했을 때(왜 이렇게 조용하지?), 그가 그날 오후 막 세상을 떠났음을 알게 됐다.

　이러한 이야기를 키보드를 두드려 종이에 옮기다 보면 마치 미친 사람이 하는 말처럼 들리겠지만, 나는 그게 영적인 순간이었다고 믿는다. 미쳤지, 나도 알아. 소리를 내서 말하는 것조차 창피해. 하지만 이 이야기는 100퍼센트 진실이야.

좋아, 다시 상식을 벗어난, 누구 말대로 최악인 오늘의 자기계발 난장판으로 돌아가보자… 알렉시스는 내 귀와 어깨에 작은 침을 놓으면서 내게도 31일간의 명상 수업에 등록하라고 등을 떠밀었다.

데이비드 카의 순간에도 불구하고 나는 명상 수업에 등록하고 싶지 않았다. 전혀. 가끔 명상할 때면 긴 시간을 낭비하는 것처럼 느껴졌다. 많은 일이 내 손길을 기다리고 있는데, 그것들을 미뤄두고 싶지 않았다. 이 수업은 내게 너무 큰 약속처럼 느껴졌고, 나는 계속 수업을 빠지려고 애를 쓸 것만 같았다. 하루에 내가 쓸 수 있는 시간은 한정되어 있다. 걷거나 요가를 하거나 운동을 하고, 장을 보고 셀프헬프책을 본 다음 친구들과 만나는 시간을 쥐어짜고 그다음에, 아 그래 일도 해야지. 그러고 나면 명상할 시간이 마땅치 않았다.

나는 아이폰을 손에서 떨어뜨리는 것이 어려웠다. 팔에 칩을 삽입해서 생각만으로 문자를 보내거나 시시한 것들을 보려고 스크롤을 내리고 싶을 정도였다. 이렇게 말하면 이상하지만, 나는 초조한 마음이 들면 정신을 딴 데로 돌리려고 핸드폰 화면을 휙휙 넘기곤 한다. 하지만 그로 인해 마음이 더 초조해졌다. 나는 아이폰 없이 요가 수업을 듣는 것에 성공했지만, 명상에서는 나가떨어지고 말았다.

나는 할 말이 없어서 헛기침을 했고, 핑계를 댔다. 우리는 전에도 이런 대화를 한 적이 있었지. 나는 명상 같은 것을 하고 있었다. 분명 거기에 시간을 쓰고 있었다. 하지만 아침에 일어나서 가장 처음 하는 일이라면, 내가 하고 싶은 건 커피를 마시는 게 전부였다. 그게 내 의식이었다. 그리고 명상적이었다. 그렇지 않은가?

알렉시스는 명상 수업에 등록하는 게 얼마나 간단한지, 그리고 자기가 얼마나 그 수업을 이끌어나가는 여성의 팬인지 설명했다. 이 수업은 단체로 진행되니 참여하기 더 쉬울 거라고도 했다. 3월 동안 매일 아침 6시에 생중계되는 수업이었다.

"그냥 등록만 해요." 그녀가 말했다.

어이쿠, 그걸 그렇게 간단히 말하시다니.

"저는 3월 내내 로스앤젤레스에 있을 거예요. 그리고 명상을 하려고 아침 3시에 일어날 수는 없어요." 나는 빠져나갈 구멍이 생겼다고 확신하며 말했다.

"녹화도 될 거예요." 그녀가 말했다. "당신 시간에 맞춰서 하면 돼요. 그냥 한번 해봐요. 저한테 심지어 할인 코드도 있어요."

아아, 나는 정말 할인 코드를 좋아하지. 그녀는 핵심을 파악하고 있었다. 나는 명상이 아니더라도 할인 코드라면 뭐든 했을 것이다.

그래서 나는 수업에 등록했다.

나는 MSNBC를 보고 싶은 욕구 때문에 3월 1일 수업을 망쳐버렸다. 그러나! 3월 2일에는 로스앤젤레스로 가는 7시 비행기를 타야 함에도 공항으로 떠나기 전에 명상의 첫 3분에 참여했다. 비행기를 거의 놓칠 뻔했다. 세계 각국을 여행하는 사람으로서 공항에서 이렇게 서두른 것은 20년 만에 처음이었다. 100만 킬로미터를 넘게 비행을 하면서도 비행기를 놓칠 뻔한 적이 한 번도 없었다. 하지만 그토록 차분했던 적도 처음이었다.

한 달간의 명상 수업과 명상의 개념은 나름대로 재미있는 때도 있었다. 일단 명상 강사의 목소리가 좋았다. 마음을 누그러뜨리는 목소리였다. 가끔 그녀는 '옴' 소리를 냈고, 그걸로 충분했다. 그리고 그녀가 수련의 처음과 끝을 알리기 위해 울리는 '공' 소리는 마법 같았다.

여분의 베개 밑에 수건을 접어 넣고 작은 촛불을 켜놓는 것이 내가 베니스에 빌린 오두막의 작은 명상 코너가 됐다. 아침에 눈을 뜨면 아이폰에 손부터 뻗는 습관을 버리려고 애쓰고 있었지만, 이제는 그날의 명상을 틀려고 아이폰을 찾아야만 했다. 짜증이 나기도 했지만, 불을 켜거나 딴짓을 하지 않으려고 애를 쓰면서 이를 극복했다.

내 커피 습관이 걸림돌이 됐고 이를 떨쳐버리기가 쉽지 않았다. 나는 카페인을 공급하기 전에 명상을 했다. 그러나 수업을 듣는 기간의 절반 동안에는 어둠 속에서 부엌을 헤매면서 커피 메이커 스위치를 켜고 명상 코너로 돌아가야겠다고 갈등하기 일쑤였다. 나는 명상 전에 절대 커피를 마시지 않았다. 나중에 커피를 마셨어야 했음을 깨달았을 뿐이다.

이 프로그램과 함께 대략 15일을 보낸 후 한 가지 엄청나게 희한한 일이 벌어졌다. 어느 날 아침, 나는 정말로 명상에 빠져 있었다. 대개는 그날 명상 강사가 하는 이야기 덕이었다. 갑자기 그녀가 어려움에 처한 지인에게 좋은 생각을 보내보도록 하라고 제안했다.

그다음으로 그러한 생각을 나와 사이가 안 좋은 누군가에게 보내라고 했다. 그 대상은 내가 갓 만난 누군가였다. 그는 이틀 전 어떤 집에서 열린 오스카 파티에서 내 곁에 앉았던 남자였다. 그는 내게 말을 걸었고, 그것만으로도 나는 그에게 관심을 갖기 충분했다. 명상 코너에서 양반다리를 하고 어둠 속에 앉아 있는 동안 그가 갑자기 머릿속에서 튀어나온 것이다. 그때 나는 눈을 가느다랗게, 아주 간신히 떴다. 나는 갑자기 멀미가 난 건지, 아님 그 남자가 사실은 연쇄살인범이었기 때문인지, 아니면 그냥 감정적 응어리를 뱉어내려 한 것인지 몰라도 갑자기 헛구역질을 하기 시작했다. 어찌나 격렬한 헛구역질이었는지 침대까지 겨우 기어가 이불을 뒤집어쓰고 누워야만 했다. 이상할 정도로 격렬한 반응이었다. 나는 그날 명상 강사에게 이메일을 썼고, 그녀는 그 일의 원인이 여러 가지일 수 있지만 내가 어떤 감정적 배설물을 몰아내고 있는 것일 수 있다고 했다. 즉 명상이 제대로 효과를 발휘한다는 의미라고 했다.

나는 이 명상 수업에 꽤나 열심히 참여했다. 배설의 순간은 더 없었다. 나는 5~10분 동안 명상하는 세션에 바로 합류한 내 자신에 놀랐다. 사실 그 시간에 푹 빠져 있었다. 심지어 12분이나 15분 이상 명상할 수도 있을 것 같았다. 하지만 마지막 날에는 20분간 명상해야 한다는 개요를 보자 약간 불안해졌다. 커피 없이 20분간 깨어 있어야 하다니. 내가 떠올릴 수 있는 것은 그 20분을 다른 많은 일을 하는 데 쓸 수 있다는 것이었다. 그러면 스트레스를 받게 될 것이었다. 나는 매일 아침 명상을 시작하지만 끝까지 완수한 적은 드물었다. 할 수 있는 한 최선을 다하려 했지만 곧 내 마음은 커피나 일이나 아니면 산책 같은 것으로 쏠렸다. 그러면 나는 명상 프로그램을 꺼버렸다.

명상은 내 안에서 한풀 꺾이고 있었다. 나는 기록에 남길 수 있을 만큼 느긋해지거나 식습관을 바꾸지 못했다. 명상 덕에 몸무게를 뺄 수 있었던 것도 아니었다. 하지만 명상은 부차적인 방식으로 내게 도움을 줬다. 내가 마주한 마감들이 갑자기 덜 급하게 느껴졌다. 보통은 모든 일이 즉각적인 답을 요구했고 나는 늘 집에 불이라도 난 듯 시급했다. 하지만 31일간의 명상 끝에 나는 이전까지 딱히 관심을 기울이지 않았던 방식으로, 어떻게 내 시간을 조율해야 하는지 알게 됐다. 시간 관리에 필요한 것을 좀 더 분명히 파악했다. 그리고 내가 해야만 하는 여러 일을 저글링하듯 돌릴 때 우선순위를 더 잘 정할 수 있었다.

다이어트는 마법이 아닙니다
다이어트는 과학입니다

명상은 다이어트에도 명확성을 부여해줬다. 일반적으로 다이어트는 매우 개인적인 싸움이고 가끔은 승자는 없고 패자만 남는다. 나는 유행하는 다이어트의 어두운 면에 대해 몇 가지를 배웠다. 그 어떤 다이어트도 모든 사람에게 맞을 수 없다. 이것이 정말 확실한 명제임을 깨달았다. 예전에는 그러한 결론에 도달한 적이 없었다.

나는 그 많은 훌륭한 책들을 쓰는 일을 도왔고, 책마다 내가 간직하고 활용할 지혜가 담겨 있었다. 하지만 긴급 해결책은 없었다.

분명 체중 감량은 내 평생의 투쟁이 될 것이다. 이는 6주 안에 끝날 일이 아니었다. 내 허리둘레가 줄어들지 않는다면 이 점에 대한 내 자신감이 자라날 필요가 있었다. 다이어트는 여러 면에서 너무 오랫동안 나를 억눌러왔고, 아마도 내가 '낙오되는 다이어트가 없게 하라'를 실행하면서 과하게 집착하다 보니 상황은 더욱 악화된 것 같았다. 각각의 다이어트 방식은 모두 스트레스를 줬다. 모든 방식을 하나의 계획으로 합쳐버리는 것은 엄청난 압박감을 주는 일이었고, 그렇게 버거워하면서도 몸무게는 전혀 줄지 않았다.

나는 마침내 다이어트 동지가 있는 게 좋지만은 않다는 결론에 도달했다. 다이어트 동지는 자신이 파계했을 때 나도 파계하라고 꼬드기는 법이다. 내가 6주간 빠르고 강하게 다이어트할 때, 나의 친애하는 다이어트 동지들은 내게 함께 망가지자고 부추겼다.

걱정스러운 부분은 더 있었다. 사람들은 자신이 식이 조절을 하지 않을 때 당신이 조절하는 모습을 보고 싶어 하지 않는다. 이는 여러 방식으로 표현되는 "네가 먹은 게 그게 다야?"로 나타난다. 당신의 의지가 단호하다면 이는 큰 문제로 보이지 않을 수도 있다. 그러나 같이 밥 먹는 사람들에게 끊임없이 다이어트를 설명해야 한다는 것은 점차 피곤하고 굴욕적인 일이 되어갔다.

또한 다른 사람들과 다이어트 이야기를 하는 것도 늘 즐겁지는 않았다. 나는 처음에 다른 이들의 지지가 도움이 될 거라고 생각했고, 따라서 내 새로운 다이어트 계획을 이야기하고 다녔다. 그러나 여기에 관련한 모든 것이 나를 짜증나게 했다. 다이어트 박사가 되어버린 사람은 나 혼자만이 아니었다. 모두가 여기에 집착했다. 매번 내 노력에 대해 토론할 때마다, 사람들은 저마다 자기 의견을 나누고 싶어 했다. 보통 그 의견에는 내 노력이 얼마나 잘못되었는지도 포함되어 있었다. 내 자신과 내 노력에 대해 가장 잘 알고 있는 사람은 나인데도 그랬다. "내게는 셀러리 주스가 도움이 되더라고요"라는 의견을 들을 때마다 나는 비판받고 있다는 느낌과 함께 좀 더 큰 수치심을 느꼈다. "글쎄요, 살을 얼마나 **빼고** 싶어요?"라는 질문 역시 스트레스를 주었다. 이는 간섭이었다. 그리고 내 몸무게가 얼마나 늘었는지, 실패를 폭로한다는 의미였다.

내가 몸무게를 줄이려고 정당하게 쏟은 그 엄청난 노력에 대해,

어떤 사람들은 내가 얼마나 열심히 노력하고 있는지 믿지 않는다는 본능적인 감정을 딸려 보냈다. "음, 살을 빼고 싶으면 1시간마다 일어나서 팔 벌려 뛰기를 20개씩 해야 해요." 아마도 좋은 의도에서 나온 말이었겠지만, 조금은 모욕적이었다. 이들은 일주일에 6일을 운동하고 빈틈없는 식단을 유지하는 것만으로는 충분치 않다고 했다. 나는 이들이 내가 거짓말을 하고 있다고 암시하는 것처럼 느껴졌다(물론 모두 내 머릿속 생각이었다). 어쩌면 새벽 2시에 내가 벽장에 숨어서 도넛이라도 먹고 있다는 듯한 말투였다. 참고로 말하자면 이러한 의견은 단 한 번도 살을 빼보지 않았을 게 분명한 빼빼 마른 사람들에게서 나오곤 했다. 독선적인 마른 사람들이 최악이었다. 이들은 아마도 〈도전! 팻 제로The Biggest Loser〉 현상에 대한 『뉴욕타임스』의 기사 따윈 읽지도 않았을 것이다. 우리 몸은 몸무게를 유지하기 위해 열심히 작용한다. 따라서 살이 찐다는 것은 세포 수준에서 손상을 입었다는 의미로, 일단 살이 찌면 원래대로 돌아오기가 훨씬 더 어려워진다.

나는 이 모든 상황에 기진맥진했다. 나는 유전자와 세포와 지방과 살을 빼기 위한 도전에 대해 아주 많은 자료를 읽어왔다. 왜 사람들이 몸무게 때문에 고군분투하는지에 대한 과학적이고 의학적인 이유들도 있었다. 이는 도움이 됐다. 나는 언제나 내가 상황을 제대로 통제하지 못한다는 것에 창피함을 느꼈지만, 이제 조금은 여유를 갖기로 했다.

나는 내가 식단 조절과 운동을 꾸준히 하지 못한다는 것을 인정했다. 하지만 날씬한 사람들의 식사량과 내 식사량을 비교했을 때, 분명 불공평한 부분이 있었다. 마침내 나는 내 자신에게 조금 친절해지기로 했다. 굶으려는 노력은 조금 줄이고 내가 할 수 있는 최선을 받아들이기로 한 것이다.

어떤 것이든, 특히 다른 사람의 문제에 대해서는 합리적인 설명을 하는 것이 쉽다. 나도 다른 사람들이 우울할 때면 그들을 위해 예술적 경지에 이를 정도로 이론적일 수 있다. 그러나 스스로를 위해서는 아니었다. 나는 스스로에게 친절하지 못했지만, 이제는 볼록한 뱃살과의 싸움이라는 프리즘을 통해 이를 아주 희미하게나마 보기 시작했다.

근력 운동은 이 부분에 도움이 됐다. 자신감을 북돋아주는 부스터가 됐기 때문이다. 그 모든 식이 조절과는 상관없이 내 건강과 몸에 대한 가장 근본적인 효과는 열심히 무거운 것을 들어 올리는 데에서 나왔다. 『강한 길을 선택하라』의 바틀릿과 공동 저자 스티븐 드룰라드Steven Droullard가 옳았다. 캐럴라인과 2년간 근력 운동을 한 덕에 내 몸은 극적으로 탄탄하고 작게 변했다. 하지만 가장 중요한 것은 힘이 생겼다는 것이다. 몸이 작게 변하면서 나는 계속 근력을 평가절하 당했는데, 처음에는 모욕감을 느꼈다. (내 허리가 두껍기 때문에 건강하지 못할 것이라는 판단 하에) 나를 뚱뚱한 사람으로 봤다고 생각했기 때문이었다. 그러나 결국에는 놀라움으로 변했는데, 예를 들어 내가 매트리스를 들어 올릴 때면 사람들이 깜짝 놀라곤 했다.

나는 수많은 다이어트가 거의 같은 방식으로 이뤄졌다고 결론 내렸다. 내가 '다이어트를 하지 않을 때'도 먹는 방식은 비슷했다. 저탄수화물, 양질의 단백질, 양질의 지방 등 모든 식이요법의 뼈대는 동일했다. 설탕 제한과 무방부제에 관한 것도 마찬가지다. 『작은 변화 다이어트The Small Change Diet』의 저자 케리 건스Keri Gans가 가끔 내게 말했듯 이렇게 먹는 것이 타당했다. "접시를 한번 들여다보세요." 그녀는 말했다. "접시의 반은 채소로 채우고, 4분의 1은 식이섬유가 많이 함유된 탄수화물(퀴노아와 고구마), 4분의 1은 단백질로 채우세요." 그녀는 거기에 약간의 지방을 더해주고 하루 세 끼 동안 다양하게 음식을 선택하라고 했다. 짜잔. 내가 이 간단한 방식을 고수하기만 했다면 훨씬 쉬워졌을 것이다.

'낙오되는 다이어트가 없게 하라'를 쓰면서 내 머릿속에 떠오른 마지막 생각의 덩어리는 다음과 같다. 아마도 데이트, 집, 일, 기타 등등 내 모든 허섭스레기 같은 생각의 근본 원인은 내 허리둘레에 대한 좌절감에서 비롯되었을 것이다.

'낙오되는 다이어트가 없게 하라'의 기간 동안 체중계의 바늘이 움직이지 않았을망정 나는 건강하게 먹고, 차분함을 유지했다. 그리고 여기에 명상이 더해지면서 새로운 세계관이 형성되었으리라. 이러한 체제의 끝에서 나는 결국 중요한 통찰을 얻었다.

PART 3. 치유

chapter 10

A유형 성격에게 온천이란

사생결단

인생 느지막이 깨닫게 된 놀라운 사실: 나는 온천을 위해 태어났다.

데스티네이션 스파Destination Spa, 온천을 중심으로 하는 리조트 또는 그곳에서의 온천욕는 끝없이 많은 각종 치유법을 시도해볼 수 있는 웰니스 센트럴 Wellness Central의 핵심이었다. 즉 '하루 종일 여러분이 할 일은 전부 온천'식의 온천이었다. 선망진창의 최고봉이라고나 할까, 하루 종일 선망진창에 빠져 있다고나 할까. 정말 찬양하고 싶을 정도였다. 그리고 놀랍게도 뒤늦게 깨닫길, 나는 온천 천재였다. 자기계발에 관한 내 성향을 고려했을 때, 49세가 될 때까지 온천이 얼마나 좋은 지 몰랐다는 게 믿기 어려울 정도였다. 내 친구 루시는 성공을 거 둔 훌륭한 여성들이 애리조나주 투손에 있는 미라벌 리조트Miraval Resort로 매년 떠나는 여행에 함께하자고 초대해줬다.

처음에는 비싼 가격에 망설여졌지만 곧 돈을 움켜쥐고 벌벌 떨 며 살지 말라는 수비학자의 지혜에 귀를 기울이기로 했다. 나는 돈 을 과하게 쓰려면 움찔하곤 했다. 내 DNA 탓은 아니었다. 우리 집 은 크리스마스에 천과 펠트로 만든 귀엽고 작은 산타클로스 부부 모형을 장식했는데, 한번은 엄마가 그 장식들을 사려고 돈을 절약 해야 했다고 말했다. (1980년대 당시) 그 장식품은 하나당 5,000원 정 도였고, 엄마는 그 모형을 사려고 일찍부터 계획을 세운 것이다. 이런 이야기들은 내 검소한 마음과 정신에 콕 박혀서 돈을 낭비하 는 건 멍청한 짓이라고 느끼게 됐다. 하지만 나는 당시 진짜 휴가 가 필요했고 (아무 프리랜서나 붙잡고 물어보라. 보통은 휴가란 게 없으니까) 거기에 갈 수 있는 돈이 은행에 있었다. 그 여행은 당시 내게 필요 한 것처럼 보였다.

함께 여행을 가는 여성 중 몇몇은 이전에 만나본 적이 있었지만, 온천을 하러 떠나기 약 8주 전 주최자는 메일을 보내 10명 혹은 그 이상의 여성들을 소개해줬다. 그 메일에는 몇 가지 명료한 지시가 담겨 있었다(나는 지시를 사랑한다. 내가 내리는 거든 받는 거든). "특별활 동은 미리 신청해주세요(나는 특별활동도 좋아하고 미리 신청하는 것도 좋아한다). 무료라고 쓰여 있어도 금방 차니까요." 나는 메일을 보며 이 사람들이 나 같은 유형임을 깨달았다. 정말로 미리미리 계획을 세우는 타입들(적어도 책임자 캐리는 분명 그랬다)이었던 것이다. 그리고 온천에 가려는 계획을 세우는 것(사실 무엇이든 계획을 세우는 것)은 내가 잘하는 일이었다. 그리고 좋아하는 일이기도 했고. 나는 훌륭한 스케줄을 세웠다.

무엇을 하든 나는 먼저 계획부터 세웠다.

나흘 동안의 여행에 가능한 많은 특별활동을 빽빽이 채워야 했다. 그래야만 진정으로 휴식을 취할 수 있을 테니까. 이렇게 멀리 놀러 와서는 1분이라도 낭비했다는 스트레스를 받는다면, 어떻게 압박감을 내려놓고 쉴 수 있겠는가?

단 1분도 될 대로 되라고 내버려둘 수 없었다. 게으름을 피우다가 치유나 세미나, 코칭을 하나라도 놓친다는 것은 내 옵션에 없었다.

캐리의 이메일을 받고 몇 분 뒤 나는 미라벌 웹사이트에 접속해서 내 컴퓨터에 특별활동 차트를 만들기 시작했다(나는 차트 만들기도 좋아한다). 그래서 내가 ~~하고 싶은~~ 해야 할 일 리스트 A, B, C를 만들고 이것을 날짜와 시간에 따라 도표로 구성했다. 지우고 더하고 섞어서 내 A 리스트 아이템의 우선순위를 바꾼 다음 끼워 넣기 어려운 활동은 노란색으로, 만약의 경우에만 할 활동은 핑크색으로 강조했다. 겹치는 활동이 있다면 일분일초까지 가능한 시간을 짜

내어 끼워 넣었다. 그 어떤 자기계발 활동도 나를 거쳐야만 했다. 유료로 진행되는 심장 강화용 드럼 연주도, 아침 명상도, 오지 하이킹도, 선禪 극기 훈련도, 에너지 작업Energy Work이며 때밀기나 마사지도, 이틀간의 얼굴 마사지(뭐 때문에 하루짜리 마사지에 시간을 낭비하는가?)도 마찬가지였다.

4시간 반 동안 계획을 세우고, 심지어 활동과 활동 사이의 이동 시간을 물어보러 온천에 전화까지 한 후에야 모든 것이 정리됐다. 물론 나는 일해야 하는 날 업무 시간 대부분을 날렸다는 것을 알고 있었다. 그러니까 내 은퇴일을 (다시) 하루 더, 아니면 일주일 더 미룬 것이다. 그러나, 하아, 나도 내 자신을 어쩔 수 없었다. 온천 여행은 내게 다양한 의미가 있었다. 이 여행에 참석자가 됐다는 즐거움과 스스로를 바로잡고 배우는 것에 대한 집착은 물론이다. 단 며칠 동안만이라도 내가 아이폰을 내려놓을 수 있으리라는 순진한 생각과 (일종의) 희망은 말할 것도 없었다.

#온천의목표

루시와 나는 다른 참석자들보다 하루 일찍 도착해서 먼저 온천 여행에 뛰어들었다. 도착한 그 순간부터 우리는 숨이 멎을 듯했다. 미라벌 리조트는 광활하고 매혹적이었다. 공기는 내가 가봤던 그 어느 곳보다 신선했다. 하늘은 쨍한 파란 색이었고, 놀라울 정도로 건조했다(스테퍼니+습함=비참함). 선인장과 식물들은 마치 미술관의 조각상처럼 보였다.

다른 상황 설명을 하자면 이번 여행은 연방대법관 후보자인 브랫 캐버노^{Brett Kavanaugh} 청문회가 열리는 중에 이뤄진 것이었다. 이는 중요한 사실이니 훗날을 위해 기억해두자. 나는 온천으로 가려고 비행기를 환승하는 길에 이 청문회를 생방송으로 보았다. 그리고 온천에 도착하자마자 뉴스와 웰니스 양쪽에 대한 집착을 어떻게 관리하면 좋을지 갈등했다. 찬란한 애리조나의 햇빛을 온몸으로 받으며 세상에서 가장 럭셔리한 리조트에서 쉬고 싶은 욕망과, 방 안에 틀어박혀 브라이언 윌리엄스^{Brian Williams}와 스테퍼니 룰^{Stephanie Rhule}이 진행하는 뉴스를 보고 싶은 욕망이 있었다. 둘 사이에서 어떻게 균형을 맞출 것인가? 거짓말은 하지 않겠다. 이건 내게 진실된 딜레마였다.

결국 TV는 루시나 내가 방에 없을 때조차 전원이 켜 있는 상태로 남아 있었다. 우리는 긴장 완화 세션과 세션 사이에 방에 불쑥 들르면 현재 벌어지고 있는 상황을 따라잡고 아무렇지도 않게 긴장 상태로 돌아갈 수 있었다.

첫날 루시와 나는 아침 명상을 하기로 했다(그다음에는 75분간의 요가와 심장 강화용 드럼 세션이 예정되어 있었다). 우리는 아침 명상을 함께 할 동지 약 15명과 함께 명상 건물까지 천천히 걸어가서는 보조 베개와 담요, 쿠션과 등받이 등을 세팅하며 명상할 준비를 마쳤다. 가능한 한 객관적으로 말하자면, 명상은 내가 아는 거의 모든 사람에게 매일 해보라고 권할 만한 것이었다.

내 친구들은… 음, 내게는 차분한, 아니 심지어는 차분한 편인 친구도 거의 없다. 이 정도만 말해둘게. 내 친구들은 모두 다양한 이유로 꽤나 다양한 방식으로 예민했다. 전사, 집착하는 성격, 정력적인 토론자, 성미 급한 사람, 보기에는 차분해보지만 속은 복작이는 타입도 있었다. 평범하게 명랑한 사람은 거의 없었다. 아마도 이는 뉴욕시의 지리학적 문제 때문일 수도 있다. 아니면 내가 너무 큰 성공을 거둔 사람들하고 어울린 탓일까. 내 주변에는 마감에 시달리는 언론계 사람이 너무 많다는 사실 때문일 수도 있었다. 이쪽 일은 뉴욕 자체가 그렇듯 사람을 쥐어짜야만 하는 법이다.

내가 하고 싶은 말은, 내 지인들은 좀 더 예민한 쪽에 속해 있다는 것이다. 루시는 고도로 지적이면서 언제나 재미와 웃음을 갈구했지만 그중에서도 가장 예민한 사람이었다. 내 말은, 좋은 의미에서 말이다. 너그러움을 제외하고는 변명 없는 추진력이 그녀의 중요한 특징이었다. 그리고 뛰어난 능력은 그녀의 또 다른 강점이었다. 옳고 그름을 판단하려는 꾸준한 노력 역시 그녀의 존재감을 알려주는 또 다른 특징이었다. 나는 지금 사랑과 그녀의 성공에 대한 존경을 담아 이야기하는 것이다. (비록 훨씬 성공하지 못했지만) 어느 예민하고 성취 욕구가 강한 여성이 다른 여성에게 건네는 이야기다.

나는 그녀가 이러한 면들을 이미 알고 있을 정도로 스스로 잘 파악하고 있지 않을까 생각한다. 이곳에 도착하기 전, 우리는 명상 수업과 냉정해지는 법을 배우는 것이 #온천의목표 1순위라고 이야기 나눴기 때문이다.

여기서 잠깐: 그 어떤 데이터도, 확신도 없지만 나는 미라벌 같은 온천을 찾는 사람의 상당수는 내 지인들의 이러한 특성 중 일부를 공유하고 있을 거라고 추측했다. 예민함과 넘치는 추진력. 바로 A유형 성격이다. 어쨌든 싸구려 노력은 아니었다. 온천에는 돈이 드니까. 뉴에이지라는 개념은 얄팍하고 어쩐지 세속적인 모습을 상기시킨다. 그러나 뉴에이지라고 할 만한 다양한 활동이 존재하는 미라벌 리조트의 고객들 사이에는 뛰어난 능력이라는 큰 공통점이 존재하고 있었다. 이들은 직업적이나 개인적인 이유로 예민함을 해소하고 싶은 추진력 넘치는 이들이었다.

그리고 여기에는 수치심이라곤 없었다. 이곳은 선善을 추구할 놀라운 장소였다.

명상실로 돌아가보자. 윤곽이 또렷하고 장엄한 붉은 점토질 언덕이 커다란 유리창들로 둘러싸인 방에 모두 모였다. 우리의 명상 가이드는 자리에 앉아 각자 자기소개를 한 후, 누구를 위해 명상을 할 것인지 정하고 의도를 세우라고 부탁했다. 나는 내 수련을 엄마에게 바쳤다(나는 내가 보낼 수 있는 모든 좋은 기운을 엄마에게 보내길 좋아했다). 그리고 내 의도는 바쁘고 스트레스 많은 여름이 지나고 찾아올

가을을 위해 리셋하는 것이라고 말했다. 루시는 내 다음 차례였다. 우리는 나란히 앉아 있었으니까. 명상하는 동안 이 세상의 모든 악에 펀치를 날리는 것은 루시의 몫으로 남겨두자. 그녀는 경구를 써가며 자신의 수련을 크리스틴 블레이시 포드Christine Blasey Ford, 심리학 교수인 포드는 캐버노가 자신을 성폭행했다고 주장했다에게 바친다고 말했다. 포드는 폭행 혐의와 관련해 막 상원에서 증인 선서를 한 참이었다. 이 증언에 전 세계가 귀를 기울일 것이었다. 물론, 맨해튼의 안전한 민주당 표밭에서 벗어난 장소에서 공격적인 태도를 취하는 것은 루시에게 위험할 수도 있었다. 이런 게 바로 루시다. 루시는 늘 진실을 말했고, 다른 사람이 어떻게 생각할지 걱정하는 사람이 아니었다.

그러나 루시의 자기소개에서 가장 재미있는 부분은 여기가 아니었다.

루시에 대해 좀 더 많은 정보를 제공하기 위해 여기서 잠깐. 모든 주제에 대해 모든 것을 알고 있는 사람을 생각할 때 나는 가끔 루시를 떠올린다. 나는 그녀에게 항상 묻는다. 이것에 대해, 저것에 대해 어떻게 생각해? 아니면 이건 무슨 뜻이야? 그녀는 언제나 답을 알고 있다. 루시는 놀라울 정도로 똑똑하고 학식이 깊으며 친절하고 이 세상에서 가장 너그러운 사람 중 한 명이다. 따라서 명상 수업에서 의도를 밝히던 그녀를 보며, 나는 그녀의 첫 반응에 약간 어리둥절해졌다.

그녀는 말했다. "의도를 세우라는 게 정확히 무슨 뜻인지는 모르겠지만, 다른 분들이 말하는 걸로 미뤄 추측하자면 내 의도는 '모든 사람을 미워하는 일은 그만'이 되겠네요."

사실 이것은 진짜 의도였고, 꽤나 좋은 의도였다. 따라서 진짜로 그녀가 의도란 게 무슨 뜻인지 이해하지 못했어도 홀로 재빨리 파악해서 제대로 의도를 세운 것이다. 완벽한 의도였다. 정말로. 그러나 루시는 의도를 세우는 것이 무슨 뜻인지 정확히는 몰랐다. 그 점이 진심으로 나를 놀라게 만들었다.

도대체 해결책과 구루와 웰니스 인플루언서와 셀프헬프의 홍수로 넘실거리는 이 세상에서 의도를 세우는 것이 무슨 뜻인지 아직도 모르는 사람이 있다니. 그게 누구지? 바로 루시였다. 왜냐하면, 나를 비롯한 웰니스 탐닉자와 중독자들이 요가 수련과 월례 명상 세미나에 참석하고 일지를 쓰고 무지개 치유사와 비둘기를 만나고 그림 카드 뭉치에서 카드를 뽑아내며 의도의 의도의 의도를 세우느라 바쁘게 지내는 동안, 루시는 일만 했고 임원진이 될 때까지 승진의 사다리를 타고 계속 올라갔던 것이다. 루시는 임원 단계에서 진짜 중요한 일을 하고, 두 자녀의 엄마가 됐고, 아내가 됐다. 그리고 위원회며 의회에 참여해서 사회의 전반적인 개선에 기여했다.

이 모든 것이 내가 그놈의 의도를 세우느라 돈과 시간을 쏟아붓는 동안 벌어진 일이다. 나의.바보같은.나날들.

1급 의도

나는 온갖 종류의 일에 시간을 낭비하는 뛰어난 재주가 있었지만, 루시에게 의도라는 개념이 낯설다는 사실을 떨쳐버릴 수가 없었다. 나는 지금까지 아마도 약 1만 8,000개의 의도를 세워왔겠지만, 그중 내가 이름을 댈 수 있는 것은 몇 개 없다. 대다수는 기억조차 하지 못한다. 내가 결국 그 의도를 달성했는지도 모르겠고, 어떻게 할 작정이었는지도 모르겠다. 대개의 경우 절대 실행에 옮기지 않았을 것이 확신한다. 내가 세운 의도를 달성하고 인생을 바꾸기는커녕, 그중 하나도 제대로 떠올릴 수가 없다(은밀하고 슬그머니 생겨난 의도라서 그 결과가 어느 누구도 모르는 사이에 이뤄졌으면 몰라도). 가끔 내 의도는 침착함 유지하기였다. 하지만, 하아, 나는 침착하지 않은 걸. 가끔은 아이폰 쓰지 않기도 있었다. 내가 아이폰을 들여다보는 데 보낸 시간이 얼마나 되는지 내 아이폰 화면에 불쑥 뜨는, 공격적인 주간 리마인더를 보면 그 의도도 전혀 지키지 못했음을 알 수 있다.

하지만 루시의 이야기를 들으면서 궁금해졌다. 누가 의도를 세우는가?

나는 분명 루시만 제외하고 모두 그럴 것이라고 추측했다. 주변 사람들에게 전화해서 의도를 세운다는 것의 의미를 물어보기 시작했다. 요가 친구들에게는 전화하지 않았다. 이들은 매번 수련을 시작할 때마가 가장 먼저 의도를 세우니까. 캘리포니아 출신들에게도 전화하지 않았다. 캘리포니아에서는 의도를 세운다는 게 거의 운전면허 시험에 나올 지경이었으니까. 대신 전문직에 종사하는 남성과 여성을 포함해 그 외 모든 사람에게 전화를 걸었다.

완전히 깜짝 놀랄만한 사실을 발견했다. 많은, 아주 많은 사람이 전혀 의도를 세워보지 않았다. 심지어 그 말을 들어본 적조차 없는 사람도 많았다. 게다가 의도가 무엇으로 이뤄졌는지 묻는 내 질문에 대한 답들은 꽤나 흥미로웠다.

그건 무슨 밀레니얼 세대 애들이 하는 거야?

그러니까, 이 말이지? 네가 아는 가장 바보 같은 사람이나 그런 거 같은 사람들한테 전화하고 있다는 거야?("사실은 그 반대야"라고 나는 설명했다. 의도 같은 것을 세우기에는 일하고 출세하느라 너무 바쁜 성공한 사람들한테 한 거지.)

그다음으로 나는 내가 의도의 의미를 제대로 이해하고 있는지 확인하기 위해 내 인생의 웰니스 전문가들에게 물어보기로 했다. 침술사 알렉시스는 이렇게 말했다. "의도를 세운다는 것은 여정을 시작하기 전에 원하는 목적지를 아는 거예요. 침술의 관점에서, 에너지는 생각을 따라가요. 의도는 우리가 가고 싶은 곳으로 우리를 데려가주는 가이드예요.”

으흠. 나는 내 목적지를 미리 결정하고 있던가? 내가 의도를 말로 옮겼던 방식을 바꿔야만 할까? 이를테면, '스크린 타임이 적은 삶'이 아니라 '이 바보 같은 전화기와 결별하기'라는 식으로? 내가 내 에너지를 혼란스럽게 만들고 있어서 에너지가 따라오지 않는 걸까? 아니면 내가 의도를 잊어버리고 다른 뭔가, 예를 들어 〈성범죄 수사대: SVU〉 같은 걸로 옮겨 갔던가?

『사랑의 다이어트』를 쓴 제시카는 “의도를 세운다는 것은 뭔가에 대해 의식적인 선택을 하는 거예요”라고 말했다. 그녀는 우리가 여러 이유로 의도를 세운다고 했다. A) 불편을 주는 뭔가를 다스리려는 혹은 고통을 피하려는 시도. B) 뭔가에 동조하도록 우리 자신을 끌어들이려는 시도. C) 현재 얻고 있는 것과는 다른 성과를 얻어내려는 시도.

내게 보내는 메모: 내가 얻은 성과는 좀처럼 다르지 않았다. 하지만 왜일까?

간략하지만 심층적으로 보고하자면, 의도에 대한 몇 가지 이론을 제시할 수 있었다. 나는 의도를 세우는 데 지나치게 경솔했던 것 같다. 내 의도가 희석될 정도로 너무 아무 말이나 던진 것 같다. 또한 지나치게 많은 의도를 세워서, 어떤 의도를 세운 후 재빨리 다른 의도로 넘어가면서 의도가 실현될 시간을 주지 않았다.

하지만 전부 내 잘못은 아니다. 모든 셀프헬프책이며 모든 뉴에이지 활동에서 모두가 의도를 세우라고 요구했다. 여기에 대해 너무나 많은 용어를 사용해서 결국 의미가 사라질 정도로 왜곡되거나 확장되어버린 것 같다.

의도는 좋은 것이다. 하지만 초점을 맞춰서, 마치 표적물에 활을 쏘는 것과 같이 의도를 세워야 한다. 겨누려는 대상이 없다면 의도는 결국 과녁을 벗어날 테니까.

이 모든 것을 곰곰이 고민하면서 어떤 생각이 마음속에 떠올랐다. 목표와 의도의 차이는 무엇인가? 나는 의도 전문가들에게 공식적인 대답을 듣지는 못했지만 혼자 힘으로 대략적인 차이를 발견했다. 대략적으로, 목표가 A유형 성격을 위한 것이라면 의도는 좀 더 유연해서, 나처럼 얄팍하고 계속 의도를 세우고자 하는 이들을 위한 것이었다. 아니면 실현되지 않는 성과라는 현실을 마주하기 싫은 사람들(나는 스스로 무능하다고 느끼고 있었다)을 위한 것이기도 했다. 아, 당연하지만 캘리포니아 출신들도.

나는 모르는 이들에게도 목표와 의도의 차이에 대해서 묻기 시작했다. 나는 어느 날 저녁 뉴욕에 있는 코미디 셀러Comedy Cellar에서 코미디 천재이자 페미니즘 아이콘인 미셸 울프Michelle Wolf를 보기 위해 줄 서 있다가 세라라는 젊은 여성과 이야기를 나눴다. 그녀는 『뉴요커』를 읽고 있었기 때문에 똑똑한 여성임을 알 수 있었다. 겉보기에도 똑똑해보였고. 나는 내가 어떻게 "이 줄에 서 있다 보면 오늘 밤 쇼를 볼 수 있을까요?"라는 질문에서 "당신의 목표에 대해

꼬치꼬치 물어볼 수 있을까요?"로 넘어가게 됐는지 모르겠다. 하지만 어쨌든 그렇게 했다. 참으로 묻기 잘했지.

나는 일종의 금광을 발견한 것이다. 세라는 기술업계, 정확히 이야기하자면 사이버 범죄와 관련된 일을 하고 있었다(확실히 그녀는 겉보기에만 똑똑한 게 아니었다). 세라는 목표가 있었다. 그녀는 의도에 대해 들어본 적이 있었지만 자기는 의도보다 목표에 맞는 사람이라고 했다. 그녀에게는 체계도 있었다.

그녀는 매 분기마다 스스로와 데이트를 한다고 했다. 자신의 모든 비밀번호를 바꾸는 것(요즘 내게 필요한 일이었다)에 더해서 혼자 멋진 저녁 식사를 하러 나갔다. 그리고 분기별 목표를 세우고 지난 분기의 성과를 점검한다고 했다. 이는 진지한 목표 활동이었다. 그녀는 바인더용 노트 한 장에 목표를 적어서 늘 가지고 다니는 몰스킨 수첩에 끼워두었다. 세라는 목표를 떠올릴 때마다 이를 참고하고 가끔 갈피를 잃는다고 느껴질 때는 벽에다 붙여놓기도 한다고 했다.

내게 보내는 메모: 목표의 강도를 높여라 #세라처럼되기

세라는 내 질문에 흥미로운 의견을 내놓았다. 그녀는 전문적인 목표 설정가였다. 그녀는 의도는 덜 비판적이고 좀 더 전체론적이라고 했고, 목표는 좀 더 행동 중심이고 구체적이며 신중히 고민해보도록 계획되어진 것이라고 했다. 또한 의도는 목표보다 지키기 쉬울 것 같이 느껴진다고 했다.

세라의 말은 내게 공감을 불러일으켰다. 아마도 내가 그렇게 의도를 세워온 것은 내 융통성 있는 삶의 결과일지도 모른다. 그리고 목표 때문에 심각해지는 대신 더 쉬운 길을 택했는지도 모른다. 이 부분을 깊이 반성하다보니 (루시와 내가 명상 시간에 앉아 있었던 한 달 뒤) 명확하게 알게 됐다. 곤도 마리에의 손길에서 살아남은 (폭신하거나 보들보들한 표지 말고 실용적이고 목표 추구용처럼 보이는) 아주 오래된 공책이나 일지를 발굴해냈을 때, 내가 아주 엄격한 목표를 설정했었다는 걸 깨닫게 된 것이다. 그것들은 의도가 아니었다. 세라의 것과 마찬가지로 직접적이고 아주 구체적인 목표들이었다. 여행 가야 할 장소, 시도해야 할 일, 그리고 직접적이고 추적 가능한 성과까지 적힌 빽빽한 리스트였다. 이를테면 뉴욕 마라톤 완주 같은.

뉴욕 마라톤은 몇 년 동안이나 내 목표 목록에 올라 있었다. 물론 내가 달리기를 하지 않는다는 점을 염두에 두도록 하자. 나는 단 한 번도 달려본 적이 없었다. 한밤중에 센트럴파크에서 샴페인에 흠뻑 취해서 6.5킬로미터를 내달린 두 번의 경험은 빼도록 하자. 그건 경주가 아니었으니까. 하지만 어떤 이유로 나는 마라톤 목표를 세워뒀다. 몇 년 동안 지원했고 마침내 참가 허가를 받았을 때 또다시 몇 년이나 연기했다. 몇 킬로미터나 걷고 또 걸으면서도 훈련을 시작하지는 않았기 때문이었다.

그 후 어느 해인가 나는 아무 이유 없이 그냥 마라톤을 해보기로 했다. 그날 내 자신감이 하늘 높이 치솟았던 게 분명하다. 나는 코치를 고용해서 기록을 재고 연구하기 시작했다. 경주에 대해 알아야 할 모든 디테일 하나하나를 찾아냈다. 그러나 내가 달리기로 했던 그 해, 대회는 허리케인 샌디로 인해 취소되고 말았다. 하지만 대신 다음 해에 달렸다. 대자연을 핑계로 목표를 그냥 포기할 수도 있지만 그러지 않았다. 대신 또 다른 코치를 고용해 다시 시작했다. 불안했냐고? 그렇지. 하지만 나는 끝을 봐야하는 사람이었고, 그게 결승선으로 기어들어가야 한다는 의미면 그렇게 할 예정이었다. 이것이 내 안에 설정된 목표였다.

나는 마지막으로 들어온 주자는 아니지만 느리게 들어온 주자였다. 내가 달리는 길목에 기다리고 있던 친구들과 사진도 찍고 수다도 떠느라 중간중간 멈춰서긴 했다. 꼭 우승할 생각도 아닌데 왜 즐거움을 놓치겠는가? 천천히 움직이는 내 곁을 어떤 남자가 지나간 기억이 난다. 한쪽 다리 밖에 없던 그는 휠체어를 열심히 밀고 있었다. 그가 내 곁을 지나쳐 나아갔다. 그렇게나 내가 느렸다는 소리다.

경주의 중반쯤 되었을 때, 특히나 무릎인대 때문에 고통을 겪은 뒤 나는 머릿속에 목표를 하나 세웠다. 2010년 알 로커^{Al Roker, 기상 캐} 스터로 뉴욕 마라톤을 7시간 9분 44초의 기록으로 완주했다가 세운 기록을 깨자는 것이었다. 이 목표는 달성했다. 나는 해가 떠 있는 동안 결승선에 들어왔으니까. 그리고 통계에 따르면 수천 명의 사람이 내 뒤로 들어왔다. 기본적으로 나는 경기 중반에 드러누운 사람들을 이긴 것이다.

내 침술사가 말했듯, 나는 달리기를 하지 않은 다른 모든 사람보다 앞서서 결승선에 들어온 것이다. 분명 전체론적인 이야기였다. 그날은 최고의 날이었고, 또 여러 도전들을 헤쳐 나올 수 있도록 의지할 수 있는 성과였다.

내가 기억하기로 마라톤은 내가 마지막으로 세운 커다란 목표였다. 내가 회사에서 잘리기 아주 오래전에 만든 목표이기도 했다. 내가 뭔가를 성취할 수 있을지 의심하기 아주 오래전에. 나중에, 모든 목표들의 어머니인 마라톤을 완주하고 난 후 나는 의도로 갈아탔다. 중요한 비밀 하나. 나는 목표라고 쓰고 의도라고 읽는 그것을 보라색 벨벳 위에 반짝이는 금색 별이 올록볼록 박힌 부드러운 표지로 감싼 수첩 위에 스티커와 색색의 볼펜과 형광펜을 사용해서 썼다.

그리고 표현된 방식으로 인해 내가 쓴 것들은 의도가 됐다.

상상하건대 루시가 직업적 목표를 세운다면, 그녀는 열두 살 소녀가 쓸 법한 수첩이 아니라 좀 더 전문적인 가죽 장정 플래너를 쓸 것 같았다. 나중에 나는 그녀가 직업적 목표는 직장 컴퓨터에 기록해두지만, 개인적인 목표는 그녀 머릿속에 있다는 것을 알게 됐다.

나는 목표를 달성하지 못하면 가슴이 아프기 때문에 의도를 세우는 것이 더 낫다고 생각했다. 좀 더 유연하고 유동적으로 느껴졌기 때문이다. 의도는 실패해도 더 부드럽게 착륙할 수 있었다. 게다가 우주에 대한 내 새로운 애착은 나를 변하게 했다. 내게 실패라고 말해줄 덜 엄격한 목소리가 필요해보였다.

목표라면, 나는 계속 따라갈 수가 없었을 것이었다.

목표는 데이트와 마찬가지로 갑자기 내 기를 빼앗아가는 것처럼 느껴졌다. 분명 내가 너무 많은 목표를 성취해내서 그런 것은 아니었다. 달성하지 못한 목표 목록을 바라보는 것에 질렸을까? 그래서 부담감을 덜기 위해 의도를 선택하기로 결정했던 것일까? 목표가 젊고 낙천적인 사람을 위한 것이라면 의도는 선 중독자로 변한 한물 간 현대의 노처녀를 위한 것일까? 모두 맞는 소리일 수도 있다.

게다가 목표는 (아마도 의도도 역시) 인생에 엄청난 압박감을 더해줬다. 미라별 온천 모임의 책임 주최자인 캐리는 목표에 대한 이러한 논의나 내 궁금증과는 상관없이 훌륭한 의견을 내놓았다. 그녀는 우리가 더는 해야만 하는 일을 모두 적어놓은 목록을 만들 필요가 없는 나이에 도달했다고 했다. 그보다는 하고 싶지 않은 일이 모두 담긴 목록을 작성하거나 머릿속에 저장하면 된다고 했다.

마음에 드는 생각이었다. 나는 비행기 바깥으로 뛰어내리고 싶지 않다. 거기엔 흥미가 전혀 없다. 그렇다면 그건 '내가 절대 할 필요 없는 일' 목록에 올라가면 된다. 목표와 의도라면 그 반대로 하라고 압박을 가했을 것이다. 오직 실행에 옮겼을 때만 통과니까. 그러나 캐리가 옳다. 그 모든 책과 조언자들이 주는 칙칙한 조언들을 떠올려보자… 당신을 겁에 질리게 하는 일을 하라고 말하는 그 조언들을. 나는 겁먹을 필요가 없다. 인생은 이미 그 자체로도 겁나니까.

우리를 맹공격하는 소음들-목표를 세워, 세워, 세우라고-에도 불구하고 어딘가에 절충안이 있을 것이다. 이 말을 하면서도 지금도 목표 설정을 하려는 과거의 흔적이 내 안 어딘가에 눈곱만큼 남아 있다는 것을 안다. 아니면 나는 아마도 무작정 모퉁이를 돌았나보다.

나는 사무실을 만들고 풍수지리 코치의 조언에 따라 쓸모없는 것들을 쳐내면서, 구글에서 오스카와 에미상 트로피의 높이를 찾아보고 그 둘을 넣기에 내 선반 높이가 충분한지 확인했다. 내가 극본이나 TV 쇼로 상을 탈 경우에 대비해서였다. 물론, 실질적으로 극본을 쓰는 일 역시 좋은 시간 활용의 예였을 것이다.

행동은 의도보다 목소리가 크다

나는 애리조나의 온천에서 놀라운 성공을 거둔 여성 몇몇과 함께 나흘간의 근사한 시간을 보냈다(상대적으로 내가 무능한 사람처럼 느껴질 정도였다).

내가 그 첫날 스스로 세웠던 의도가 무엇이었는지 기억나는가? 리셋한다는 그거?

미라벌에 펼쳐진 언덕배기를 천천히 산책하는 일은 평화로웠다.

빛의 속도로 뉴욕 거리를 걷던 습관은 어디 가고 내 걸음은 어슬렁 거리는 수준으로 늦춰졌다. 나는 이곳저곳을 산책 다녔고, 반쯤은 때 밀기나 마사지, 하이킹, 명상, 또는 맛있는 점심 식사에서 돌아와 코마 상태에 빠져 있었다. 온천에서 일하는 직원 중 일부는 골프 카트를 타고 돌아다녔다. 이들은 나 같이 어슬렁거리는 사람과 가까워지면 어느 정도 거리를 두고 멈춰 서서 지나갈 수 있도록 해줬다. 어슬렁거리던 나는 너무 직원 가까이를 스치고 지나가거나 움직임 때문에 방해받을까 하는 걱정 없이, 걸음을 멈추거나 방향을 바꾸지 않고 지나갈 수 있었다.

나는 며칠 동안 이를 의식해왔지만 제대로 깨닫지는 못한 상태였다. 미라벌이 유발한 가수假睡 상태에 완전히 빠져 있었기 때문이었다. 나는 정말로 리셋됐다. 청문회는 끝이 났다. 그리고 방에 전화기를 두고 떠나는 실험을 성공적으로 마쳤다.

루시와 나는 20만 원을 지불하고 비공개 명상 세미나를 들었다. 그곳에서 나만의 만트라를 받았다. 가장 마음을 느긋하게 해주는 부분은 내가 하루에 2번, 20분씩 명상하는 동안 강사가 내게 커피를 먼저 마시고 아침 명상을 해도 된다고 말해준 일이다.

분명 의도나 명상에는 유효기간이 있었다.

온천을 떠나 비행기 여행과 일과 삶의 현실을 마주하면서, 내 불안 수준은 다시 급속히 높아졌다. 빨간 불이 들어왔다. 온천의 평온은 찰나의 것이었다. 나는 그 사실을 재빨리 알게 됐다.

보류됐던 현실로 인해 온천성 평온함은 비 오는 날 길바닥에 분필로 그린 그림처럼 씻겨나갔다. 다음은 내가 이를 알아낸 방식이다.

온천에서 마지막 날에, 루시와 나는 함께 산책을 하다가 골프 카트 한 대가 잠시 멈춰서 우리가 지나가기를 기다리는 모습을 보았다. 이곳에 있던 동안 늘 그랬듯이 말이다. 나는 갑자기 스트레스를 느꼈다. 그리고 머리가 홱 돌아버렸다.

"저 카트들이 저런 식으로 멈추는 건 진짜 재수 없어서 스트레스를 줘. 갑자기 내가 빨리 걷던지 해야 할 거 같다고. 내가 저 사람들 시간을 낭비하는 것처럼 말야. 정말 거슬려."

루시는 처음에 동의하더니 갑자기 멈춰서 허리를 굽히며 깔깔댔다.

"우리 진짜 뉴요커들이다." 그녀가 말했다. "이 사람들은 친절한 행동을 하고 있는데, 우린 너무 익숙하지 않은 거지. 그래서 스트레스를 받는 거야."

"나도 알아. 그런데 왜 저 사람들은 내 곁에 바짝 붙어 지나가서 내가 손에 들고 있던 핸드폰을 떨어뜨리지 않는 거야? 보통 뉴요커들처럼?"

이것이 바로 온천 여행의 핵심이었다. A유형 성격으로서, 특히나 뉴욕에 사는 A유형으로서 말이다. 빠른 속도로 걸어 다니고 사방에 부딪히고 삼엄한 경계 태세로 사는 것에 익숙한 A유형.

아마도 '언플러그드unplugged. 전기코드를 뽑은 상태'가 내게 가장 잘 맞는 생활양식이 아님을 깨달았기에 평온함을 유지할 수 있었던 것 같다. 결국 나는 나였다.

현명한 친구 셰리는 사실 불안감이 조언자임을, 그리고 삼엄한 경계 태세는 우리가 어떤 일을 하거나 목표를 향해 노력할 수 있도록 활기를 북돋아준다는 관점에서 반드시 나쁘지 않다고 알려줬다.

우리는 영원히 느긋하게 지낼 수는 없는 법이다. 그랬다가는 인간에게 허용된 가장 호사스러운 지출을 박탈당하게 될 테니까. 바로, 온천 말이다.

chapter 11

어떤 직항편

글쓰기는 내게 물건이다. 내가 이 물건을 만들려면 일정 수준의 창의적 에너지가 필요하다는 의미다. 내가 누군가의 책을 쓸 때면 내용(그들의 전문 영역, 다이어트 방식, 성공의 공식, 아니면 인생 이야기 등)은 제공받지만, 그 책의 스타일(책이 전개되고 설명하는 방식, 설명 칸, 박스, 문장 다듬기 등)은 대개 내게 달려 있다.

뉴스를 생산하고 포장하는 것은 제1커리어를 위해 내가 해야 할 일이었다. 책을 생산하고 포장하는 것은 비슷한 근육을 필요로 한다. 엄청난 양의 정보를 가져와 이를 어떻게 절과 장으로 나눠야 가장 좋을지, 그리고 청중에게 공감을 자아낼 방식으로 어떻게 전파할지를 알아내야만 한다. TV 뉴스도 이렇게 만들어진다. 단지 한꺼번에 8만 5,000개의 단어를 쏟아내는 대신 한 입 거리의 양으로 만들어낼 뿐.

다른 누군가를 위한 책을 마무리하려면, 마감을 맞추기 위한 마지막 벼락치기 한 주(또는 여러 주나 달)가 딸려온다. 길고 가끔은 운동조차 할 수 없는 나날이 해가 뜨기 전에 시작해 해가 지고도 한참 후까지 이어진다. 광범위하게 고쳐 쓰고 깜빡이는 모니터를 들여다보고, 작가와 연락을 주고받는 일은 가끔 나를 진 빠지게 만든다. 작업하는 동안만이 아니라 이메일 보내기 버튼을 누르고 내 귓불 가까이로 솟아 있던 두 어깨가 툭 하고 떨어지는 순간까지 그러하다. 그 후 마감일이 주는 아드레날린이 모두 사라지고 나면, 간단히 말해서 나는 완전히 뻗어버린다.

창의성이 기진맥진해진다는 느낌은 진짜다. 대필 작가나 작가로 일하고 있는 내 친구들 역시 이러한 느낌을 표현해왔다. 그러한 탈진은 존재 전체에 스며든다. 어떤 분야의 어떤 마감을 마주한 그 어떤 누구라도 비슷할 것이다. 감정적 탈진과 함께 신체적 탈진은 우리 존재에 출혈을 일으킨다. 감정적 탈진은 신체적 탈진을 불러올 수도 있다.

가끔 주말 내내 〈성범죄 수사대: SVU〉를 보면서 커다란 봉지에 담긴 사워크림과 양파맛 포테이토칩을 먹는 것으로 이를 씻어내면, 몸은 나트륨 때문에 통통 부어도 마음만큼은 상쾌해진다.

그러나 가끔 그 막막한 감정이 인생 전체로 새어나갈 때도 있다. 그리고 한동안 내 자신을 거기서 끌어낼 수 없음을 깨닫기도 한다. 그런 일이 벌어지면 나는 아주 꽉 막혀버린다. 그리고 내 장기적, 단기적 활동들은 아주 단순한 업무조차 내가 이미 입금을 받았는지와는 상관없이 완전히 좌절당하고 만다.

특히 마감 일자가 **빡빡한** 책 작업이 따닥따닥 붙어서 나를 녹초로 만들었던 시기가 지난 후, 나는 내 머릿속 안개를 걷어줄 도움이 필요하다는 것을 깨달았다. 이번에는 걷기만으로 머릿속이 맑아지지 않았다. TV 역시 소용이 없었다. 점프 스타트, 즉 창의력 심폐 소생이 필요했다.

마음을 위한 뚫어뻥

어느 정도 조사해보니 10권의 셀프헬프책을 줄줄이, 쉬지도 않고 써낸 것에 대한 유일한 해결책은 분명해보였다. 나는 두뇌 폐색을 치료하는 것에 초점을 맞춘 셀프헬프책이 필요했다.

주변에 물어보고 약간의 조사도 마친 결과 나는 『아티스트 웨이』가 최적의 선택임을 알게 되었다. 이 책은 엄밀히 따지면 셀프헬프 카테고리에 속하지 않지만 첫 출간 후 몇십 년이 지났어도 여전히 통속심리학Pop Psychology, 창의력과 영재 분야에서 1위를 고수하고 있었다. 그리고 내가 일로 복귀하는 데 필요한 처방전처럼 느껴졌다.

이 책은 내 머릿속 창의력 배관을 청소해주는 배수구 클리너가 되어 막힌 곳을 뻥 뚫어주겠다고 약속했다. 이 책은 내 창의적 추구가 결실을 맺게 해주겠다고 거의 보장하다시피 했다. 이를테면 나를 창의적으로 육성해주고, 그러면 나는 어마어마한 돈을 벌게 된다는 것이었다.

집중력과 재능이 회복된다니. 꿈처럼 들렸다. 직업적인 상황은 괜찮았다. 하지만 내 모든 노력에도 내 삶은 그저 헛되이 흘러가는 것 같았다. 나는 이기는 게 필요하다고 느꼈다. 마치 승리가 나를 기다리고 있고, 이 소소한 격려가 도움이 될 것처럼 느껴졌다.

글을 쓰는 일로 돌아간다는 목표를 갖고, 나는 지시받은 대로 손으로 모닝페이지Morning Page를 쓰고, 걷고, 일주일에 한 번 (도자기에 그림을 그리거나 미술관에 가는 등) 나 자신과 아티스트 데이트Artist Date, 자기 내면의 아티스트를 만나기 위해 홀로 갖는 시간를 하고, 큰맘 먹고 특별한 물건을 사는 일에 공격적이리만큼 적극적이 됐다. 모두 해볼 만했다. 그리고 머리를 맑게 만들기 위해 '아티스트 웨이(예술가의 방식)'로 하는 일들을 고려해보자면, 나는 이미 책에서 지시받은 것들을 대부분 아주 훌륭하게 수행해왔다.

뉴욕에 사는 싱글에게는 논스톱으로 아티스트 데이트를 마음껏 즐기는 것이 얼마든 가능하다. 문밖에 나설 때마다 미술관과 예술

작품들이 사방에 풍요롭게 펼쳐져 있기 때문이다. 찾으려고 애쓸 필요조차 없다. 그냥 거기 있으니까.

산책을 하러 나갈 때면, 글쎄, 난 걸었지. 걸었고. 또 어쨌든 걸었다. 운동을 하려고 걷고 마음을 누그러뜨리기 위해서도 걸었다. 나는 지하철을 갈아타지 않는다는 원칙이 있었다. 지하철 환승을 하느니 바깥으로 나와 걷는 것이 더 좋았다. 어떤 날에는 일부러 그런 게 아닌데 뉴욕 거리를 8~9킬로미터나 걸어서 출근하기도 했다. 걷기는 내 교통수단이었다.

그런데도 나는 한 부분에서 턱 막혀버리고 말았다. 책은 내가 언제나 하고 싶어 했지만 외부의 저항(내게 그렇게 해서는 안 된다고 말하는 사람들)으로 인해 하지 못했던 거친 행동을 해야만 한다고 했다.

나는 떠오르는 게 아무것도 없었다. 하고 싶은 일은 이미 하고 있었으니까. 부모님은 이례적일 정도로 내게 아무것도 요구하지 않으셨다. 물론 요가 수련을 받으려고 몇 년간 멕시코 툴룸을 여러 차례 여행하자, 엄마는 그 사람들이 "캐나다인들을 죽이고 있으니까" 그만 갔으면 좋겠다고 부탁한 적은 있었다(캐나다와 미국 관광객들이 여행 중에 마약 조직에 의해 살해당했다는 몇몇 기사가 보도됐다. 엄마는 내가 그다음 차례가 되지 않길 바라신 것이다). 한 친구는 엄마의 금지 기간이 지속되는 동안 내게 툴룸에서 열리는 수련회에 가자고 부탁했다. 하지만 나는 친구에게 갈 수 없다고 말했다. 안전을 최우선으로 삼는 엄마가 문자 그대로 내게 부탁한 유일한 일이었기 때문이었다.

친구는 "그냥 엄마한테 거짓말 해"라고 했지만 나는 그러지 않았다. 그럴 수 없었다. 멕시코는 내게 식단 조절 기간의 글루텐과 같았다. 어쨌든 피해야 하는, 인생에서 터무니없게도 배제해야 하는 대상인 것이다. 엄마에게 거짓말을 하고 갔다가 내가 그곳에서 살해당하기라도 하면, 엄마는 분명 미친 듯이 화를 낼 것이다. 그리고 그건 내가 어찌할 수가 없잖아.

나는 아무리 따져봐도 반항적인 것과는 거리가 멀었다. 그래서 머리카락 일부를 빨간색으로 염색하는 게 가장 거친 일이라고 판단했다. 물론 망설여지기는 했다. 어쨌든 나는 40대 중반이었고 빨간 염색 머리란 반항적인 10대의 전유물처럼 느껴졌으니까.

하지만 그 외에 다른 일은 그다지 하고 싶지 않았다. 사실상 나는 누군가에게는 이해가 될 법한 많은 일에 거의 욕망이 없었다. 문신? 됐고, 흥미 없다. 귓불 말고 요상한 부위에 하는 피어싱도 분명 내가 할 일은 아니다. 여러 이유 중 하나는 내가 고통을 싫어한다는 것이다. 마약 역시 내 할 일은 아니다. 최근 들어 마리화나 화합물이 잘나가는 사람들 사이에서 인기라 하더라도 상관없다.

다른 사람의 눈에 띄지 않게 머리 뒤편을 빨간색으로 부분 염색하는 것은, 음, 굉장히 거친 일처럼 느껴졌다. 당시 베니스 비치에 머물던 나는 문득 어느 미용실에 들어가 염색 전문가를 불러달라고 했고, 뱃사람들처럼 차지게 욕을 하는 밝고 명랑한 여자 직원(나처럼 말이다. 내가 그녀를 사랑하는 많은 이유 중 하나였다)인 일리애나가 내 문제를 해결해줬다.

그 빨간 염색이 나를 창의적인 성공으로 이끌었는지는 알 방법이 없지만, 그 머리는 좋았다. 사실, 진짜 좋았다. 거칠어지는 것은 재미있는 일이었다. 확실히 나는 이 재미를 놓치고 있었다. 빨간 염색은 내가 살면서 한 가장 거친 일이었다. 일단 그렇게 해보니 모든 반항을 이해하게 됐다. 멍청하게 느껴지는 동시에 재미있었다.

빨간 머리는 곧 사라졌지만 일리애나는 그렇지 않았다. 뉴욕으로 돌아가 머리를 자르고 정기적인 탈색과 염색을 하러 갔을 때, 꼬박 10년 동안 내 머리를 해주던 미용사는 그 빨간 부분을 좋아하지 않았다. 그는 내게 묻지도 않고 그 부위를 나머지 머리 색깔에 맞춰 다시 염색해버렸다. 그는 빨간 염색의 핵심을 이해하지 못했고 자기 멋대로 빨간 부위를 없애버렸다. 나는 그동안 그가 내 머리를 한 가닥 한 가닥 만지던 방식이 좋았지만 몇 년의 세월을 뒤로 한 채 그 미용실에 다시는 돌아가지 않기로 결정했다. 나를 낙담하게 한 그의 행동은, 아마도 책에서 "다른 사람들의 비판을 초월해서 언제나 하고 싶었던 일을 하라"고 제안한 이유였을 것이다. 내가 그 미용사에게 부분 염색을 해달라고 부탁했다면 그는 분명 나를 설득해 하지 못하도록 했을 거라고 확신했다.

이 과제에 대해서는 『아티스트 웨이』에 공을 돌리려 한다. 즉 소음은 무시하고 저스트 두 잇Just do it 그냥 해버리자.

젊음을 삽니다

이 모든 것이 노화랑 무슨 상관이지?

음, 출발점은, 흰머리로 하자.

흰머리는 내가 주목한 첫 노화의 징조였다. 처음에는 그저 두어 가닥이었지만, 갑자기 무더기가 됐고, 결국은 대략 8주마다 뿌리 염색을 해야 했다. 단골 미용사가 빨간 염색 학살을 저지른 후, 나는 저항하기 위해서가 아니라 그저 필요한 염색을 하기 위해 일리애나를 찾아갔다. 뉴욕에서 가위를 마술봉처럼 휘두르는 A+급 미용사(리키)를 찾았지만, 염색에 있어서는 일리애나처럼 예술적인 사람을 찾을 수 없었다.

그렇게 해서 젊음을 붙들기 위한 새롭고 비싼 습관이 생겨났다. 1년에 적어도 3번은 머리 염색을 하러 로스앤젤레스까지 비행기를 타고 가는 것이다.

빠르게 늘어나는 흰머리를 손보러 6~8주마다 비행기를 탈 수 없다는 것은 분명했다. 나는 돈을 아끼려고 인터넷으로 염색 키트를 주문해 뿌리 염색은 직접 하기로 했다. 일리애나가 염색약의 배합 비율을 알려줬고, 염색약은 온라인에서 검색했다. 그리고 짜잔, 염색약이 두 달마다 도착했다. 매번 나는 장갑을 끼고 A병을 B병에 부은 뒤 두피에 가장 가까운 머리카락 약 3센티미터를 칠했다. 이 시스템은 마술처럼 움직였다.

어느 날, 그럴 수 없게 될 때까지.

그날 나는 염색약 상자를 열고는 가장 추레한 티셔츠로 갈아입었다. 장갑을 낀 다음 다갈색 머리로 만들어줄 두 가지 성분이 담긴 병의 뚜껑을 열었다. 아무런 근거도 없었지만, 나는 각각의 병이 따로따로 있을 때는 아무 일도 일어나지 않지만, 섞는 순간 마법 같은 일이 벌어질 것이라고 상상했었다. 그때가 바로 다갈색이, 흠흠, 다갈색이 되는 순간일 테니까. 그렇지 않으면 그저 하얀색 액체가 담긴 병 하나와 카놀라유 같은 색의 액체가 담긴 병 하나일 뿐이지 않나.

문제의 그날, 나는 기름처럼 보이는 액체를 다른 병에 부으려다가 그만 손에서 놓치고 말았다. 병은 하얀색 타일이 깔린 화장실 바닥에 떨어졌다. 깜짝 놀란 나는 잠깐 빤히 쳐다보다가 약간 뒤늦게 움직였다. 병을 집어 들고 화장지를 뜯어 쏟아진 액체를 닦은 후 모두 갖다 버렸다. 필요한 양의 절반만으로는 염색을 제대로 하지 못할 것이라 생각했기 때문이다(물론 잠깐 고민했긴 했다). 그리고 다시 화장실로 돌아와 상황을 살폈다. 나는 세면대와 화장대 옆면, 바닥을 살펴보았고, 모두 내 #염색실패사건이 벌어지기 전처럼 하얀 색을 유지하고 있었다.

나는 그날 외출을 했고 하루를 잘 보냈다. 그저 다갈색 뿌리 염색만 못 했을 뿐이었다. 몇 시간 후 화장실에서 뭔가를 가져오려고 급히 계단을 올라간 나는 화장실을 흘깃 둘러보다가 그 자리에 멈취 설 수밖에 없었다. 세면대가 다갈색이었다. 화장대 옆면도 다갈색이 흩뿌려져 있었다. 바닥의 타일 역시 다갈색이었고, 예전까지 하얀 색이던 줄눈 역시 완전 제대로 다갈색이 됐다. 변좌며 변기 옆면 역시 심각하게 다갈색이 튀고 물들어 있었다.

전부 몸서리쳐지는 일이었지만 특이나 변기 위가 문제였다. 솔직히 말하면, 누군가가 아주 세게 폭발하는 대변을 제대로 조준하지 못하면서 변기에 앉으려다가 망한 것 같았다. 그날 그 화장실의 모든 것은, 내 머리카락 뿌리 부분만 빼고 다 다갈색이었다.

그걸로 끝나는 게 아니었다. 몇십 만 원을 아끼려고 집에서 뿌리 염색을 하던 나는 그만 새롭고 영구적인 다갈색을 지우기 위해 화장실을 고치느라 몇백 만 원을 써야 했다.

내게 보내는 메모: 분명 각각의 병도 그 자체로 실질적인 유효성분을 포함하고 있다.

무표정하게 보이는 것의 기쁨

흰머리는 금세 노화와 관련한 걱정 중에서 가장 작은 부분이 되어버렸다. 결국 모든 것이 축 처지기 시작했으니까. 내 배는 마치 쏟아지다가 중간에 얼어버린 케이크 반죽처럼 보이기 시작했다. 가슴 역시 갑자기 탱탱함을 잃어버렸다. 최악은 얼굴이 흘러내리고 있다는 게 눈에 띄기 시작한 것이다. 주름과 턱 밑 살은 40대 초반까지만 해도 전혀 신경 쓰지 않은 존재였지만 이제는 내게 내려진 천형이 되어버렸다.

나는 내 노화 방지 체제에 에어컨 이후 최고의 발명품을 추가하기로 결심하고, 서부 지역으로 떠나는 노화 방지 여행 계획을 세웠다. 그 발명품은 바로 보톡스였다. 로스앤젤레스는 내게 훌륭한 스승도 내려주었지만, 이 천사들의 도시는 1년에 한두 번 앞이마를 톡톡 쏘는 것만으로 얼굴에서 감정을 완전히 지워버리는 것에 탁월했다.

로마에선 로마법을 따르라는 것은 전혀 아티스트 웨이적이지 않았지만, 이는 확실히 장애물을 없애고 내 창의적인 천재성을 불러일으키려는 노력의 결과가 되어버렸다.

내 머릿속에서 고삐를 풀고 튀어나가듯 풀려나온 것은 내가 초기 페미니스트였던 시절 읽었던 나오미 울프Naomi Wolf의 『무엇이 아름다움을 강요하는가』 같은 책에서 배웠던 것들이다. 나는 『시크릿』 같이 더 만족스러운 책들이 생겨나기 전 이러한 종류의 책에 완전히 빠져 있었다. 특히나 저 특정한 문학작품은 내 젊은 시절 대부분 동안 내 머릿속에 콕 박혀 있었다. 하지만 내가 '11자 미간 주름'이란 말을 알게 된 순간 다 흘러나가 버렸다. 하이힐은 남성이 여성을 억압하기 위해 사용하는 도구라는 울프의 비판에서 얻은 교훈은 데이트 코치 덕에 사라져갔다. 한 번의 주사로 사라져버린 내 미간 주름과 마찬가지로.

보톡스는 선택이 아니라 필수라는 것이 금세 확실해졌다. 누구도 보톡스를 맞지 않는 일은 벌어지지 않을 것 같았다. 우리는 주름에 있어 모두 평등하니까. 현 상태에서 젊음을 돈으로 사는 일에서 손을 떼는 것은 나를 퇴보시키는 일로 느껴졌다. 그러면 보톡스를 맞는 모든 사람보다 나이 들어 보일 것이다.

이 세상의 모든 여성이 단합해서 주름을 받아들이고 주사를 거부하고 모두가 우리의 진짜 나이를 드러내기로 동의하지 않는 한, 반페미니즘적이면서 '해도_망하고_안해도_망하는' 수렁에 빠져버리게 되는 것이었다. 내가 깨달은 바에 의하면 문제는, 우리는 여자 연예인들이 얼굴에 뭔가를 과하게 넣었을 때 이를 맹비난하면서도 아무것도 하지 않았을 때 더욱 더 맹비난한다는 것이었다.

우리 모두는 썩었다.

고로 나는 보톡스를 맞았다. 솔직히 나는 내 나이처럼 보이거나 행동할 필요가 그다지 없었지만, 로스앤젤레스로 떠난 미美의 여정은 내가 그 비행기를 놓치지 않는 한 절대 포기하지 않을 평생의 약속이 되어버렸다.

내 나이처럼 보이지 않는 것(보톡스 덕만은 아니라고 믿는다)에 대해 생각하면서, 나는 온 힘을 다해 사람들에게 내가 쉰 살이 되어간다고 말하기 시작했다. 쉰 살이 되어간다는 것은 전혀 부끄럽지 않았다. 반응은 언제나 똑같았다. "어머, 정말요? 그렇게 안 보이는데!"

좋은 이야기였고, 나는 확실히 그 이야기를 듣는 것을 즐겼고 내가 어려 보인다는 이야기를 듣는 것에 우쭐해 있었다.

이런 궁금증이 들기도 했다. 쉰 살은 어떻게 생겨야 하지? 내가 쉰 살처럼 보이지 않는다는 것은 사람들이 나를 다른 쉰 살의 사람들과 비교한다는 뜻이었다. 한 여성을 평가하면서 "걱정 마세요. 당신은 그 끔찍한 나이처럼 보이지 않아요"라고 말하는 셈이었다. 우리 모두는 쉰 살이 되는 것을 싫어하고 노화를 미워하며, 젊다는 것만이 여전히 유일한 승리임을 의미했다.

나는 머리를 염색하고 얼굴을 팽팽하게 하는 일을 그만두지 않을 것이지만, 그렇다고 내 나이를 수치스러워하지 않을 것이다. 나는 내 나이가 자랑스럽다. 그렇다고 우리가 나이를 먹어가는 방법이 전부인지는 잘 모르겠다. 그보다는 우리가 쉰 살, 또는 모든 나이에 대한 개념을 다시 세울 필요가 있다는 것이 맞겠다. 얼굴에 위선적인 시술을 가했다 하더라도.

이러한 생각의 흐름을 내 빨간색 부분 염색과 연결 지을 수 있을까? 아마도. 내 생각이 거기까지 다다를 수 있었던 것은 『아티스트 웨이』덕일까? 그래, 그럴 수 있을 것 같다. 분명 그 책을 읽기 시작했을 때만 하더라도 내 목표는 그것이 아니었다. 저자가 내 보톡스 습관을 격려하려고 그 책을 쓴 것은 아니라고 확신한다. 나는 오래전에 모닝 페이지 쓰기를 그만두었다. 나는 여전히 젊어 보이는 것에 집착하는 위선자일지도 모른다. 하지만 이 책은 내가 쉰 살이 되었어도 어떤 일을 하지 못하게 되는 것은 아니라는 확신을 갖게 해줬다. 예전에는 그걸 하기엔 내가 너무 늙었다고 느꼈던 그런 일들 말이다.

내 머릿속에서 정리되지 않는 질문이 하나 있었다. 나는 왜 노화는 괜찮다고 느끼면서, 내 겉모습은 괜찮다고 느끼지 못하는가? 여기에 대해 내가 내놓을 수 있는 답은 바로 다음과 같다. 우리 모두에게는 저마다의 괴로움이 있다.

내 친구 산드라는 내 50번째 생일 몇 달 전에 이렇게 물었다. "쉰 살이 됐을 때 네 목표는 뭐야?"

그녀의 질문은 정말로 시기적절했지만, 나는 목표의 개념에 대해 고민하고 목표를 세우지 않게 된 스스로를 책망하고 있었다. 그래서 이렇게 말했다. "아무 목표도 없어. 나는 내가 쉰 살이 되어도 괜찮았으면 좋겠고 다른 사람들처럼 나이 드는 것을 두려워하지 않았으면 좋겠어. 나는 파티를 할 거야. 여행도 떠날 거고. 스스로에게 축하 선물을 사주고 싶어. 누군가가 내게 케이크를 만들어주면 좋겠어."

다음과 같은 생각이 들기도 했다. '나는 50세가 넘어서도 훌륭한 일을 하나도 하지 못했어. 그렇다면 목표를 왜 세워야 하지? 누구나 그 나이에 엄청난 성공을 거두는 건 아냐. 그렇지 않아? 이제 나는 시작하고 있는 건가? 나는 가끔 누가 몇 살에 무엇을 했는지 구글에 검색해봐. 고흐는 대기만성형이더라. 줄리아 차일드^{Julia Child}는

50세가 되어서야 첫 요리책을 내놓아. 로라 잉걸스 와일더^{Laura Ingalls} ^{Wider}는 65세에 첫 책을 출간했어.'

내가 젠 웰터^{Jen Welter} 박사와 함께 동기부여를 위한 책인 『크게 놀자^{Play Big}』를 작업할 때(그녀는 NFL의 첫 여성 코치였다)였다. 우리는 역사에 남을 일을 할 수 있는 모든 사람의 잠재력에 대한 글을 정리하려고 애쓰고 있었다. 그녀의 주장에 대한 내 반론은, 예를 들어 나는 절대 역사에 남을 일을 하지 못하리라는 것이었다. 나는 너무 늙었다. 그리고 이는 비둘기와 다른 사람들을 겪고 난 후의 일이었다. 나는 내가 유명해질 거라는, 아마도 역사에 길이 남게 되리라는 이야기를 들었다는 사실을 잊었나 보다. 웰터 박사와 함께 그녀의 주장을 어떻게 입증할 것인지 토의하는 동안, 나는 절대 역사를 만들어가지 못할 것이라고 계속 주장했다.

웰터 박사는 거듭 이렇게 말했다. "하지만 당신은 할 수 있을 거예요."

그러고는 엘리자베스가 등장했다. 나는 웰터 박사가 무엇인가를 이룰 거라고 생각하게 됐다. 즉, 우리는 역사를 만들어나갈 능력이 있다고 말이다.

엘리자베스는 좋은 친구이자, 월등히 뛰어난 지식을 가진 웰니스 전도사였으며 사랑스럽고 배려심 깊은 팔방미인이었다. 그녀는 그 사람이 태어난 순간 별들의 위치를 바탕으로 운명을 읽어낼 줄 알았다. 그리고 엄청난 열정과 집중력으로 그 일에 임했다. 그녀는 내 별자리 운세도 봐줬는데, 아주 놀라운 경험이었다.

엘리자베스는 내가 막 시작하고 있으며 내 인생에는 언젠가 밝혀질 목적이 있다고 했다. 반드시 이 지구에 자취를 남기게 될 것이라고 했다.

간단히 말해서, 엘리자베스는 우주의 화성학라든지 그런 것을 설명하기 전에 내가 자료를 읽으려고 자리에 앉자 "당신은 뭔가 끝내주는 걸 하기 위해 이 지구에 왔어요"라고 말했다는 거다.

엘리자베스는 그 일이 아직 벌어지지 않았다고 했다.

그녀가 내게 말한 것 중 머릿속에 가장 콱 박힌 이야기는 어떤 남자와 내가 공유하고 있는 특성에 대한 것이었다. 아마 여러분도 그 남자의 이름을 들어봤을 것이다. 버락 오바마 대통령이라고. 내가 버락 오바마 정도 될 사람이 아니라고 생각한다. 절.대.로.

하지만 명왕성과 목성, 41번째 화음 덕에 그와 내가 어떤 특징을 공유하게 됐다는 이야기는 힘이 됐다. 우리는 추진력이 있고, 위대한 삶의 일부가 될 것이며, 정상에서 편안함을 느낀다. 명확히 밝히자면 정치는 절대 나와는 상관없는 분야다(그냥 집착할 뿐). 엘리자베스는 정치가 내 미래는 아니라면서도 내가 일종의 중요한 가교가 될 것이라고 말했다.

그녀가 한 이야기를 살펴보자. 그 말을 믿든, 그 말이나 그 말의 바탕이 된 개념들을 믿지 않든, 그런 이야기를 듣는 게 얼마나 동기부여가 되는지를 이해해야만 한다. 최소한 나는 내가 뭔가 가치 있는 일을 해내기엔 쓸모없고 너무 늙었다는 생각을 떨쳐버릴 수 있었다. 내 전성기는 이미 왔다 갔으며, 이제는 안분지족하면서 그럭저럭 살아가야 한다는 그런 생각 말이다. 내 인생이 나쁘지는 않았지만 나는 언제나 훌륭한 사람들이 지닌 놀라운 추진력과 이 세상을 더 좋은 곳으로 만들고 싶어 하는 그들의 욕망에 감탄해왔다. 나 역시 그러한 일을 하고 싶은 욕망이 있었다. 그저 어떻게 해야 하는지 몰랐던 (그리고 여전히 모르는) 것뿐이었다. 그러나 다시 한 번, 운명의 수레바퀴는 굴러가고 있었다.

나는 엘리자베스에게 내가 기회를 놓친 것인지 물었다. 내가 MSNBC에 집착하느라 바빠서 '훌륭한 일을 하러 가는 길'을 놓치고 지나쳐버린 거라면 어쩌지?

그녀는 지금까지 내가 거쳐온 모든 경험 없이는 내 미래의 성취도 없을 거라고 했다. 그리고 그 가교가 훗날 분명해질 거라고도 했다(그녀는 별과 그런 것들을 언급할 때면 꽤나 화려한 언변을 펼쳤다. 그래서 나는 그 지식의 깊이에 홀딱 반하고 말았다).

그 외에 다른 이야기도 했다. 어디든 간에 그곳에 가려면 힘겨운 노력이 필요하다고 했다. 쉽지 않은 길이고 위험을 무릅써야 한다고도 했다.

월터 박사는 책에 가능한 한 많은 이야기를 담으려고 했다. 그녀는 영감을 북돋아주고 포부가 담긴 많은 말을 알고 있었지만, 그중 하나는 "성공에 필요한 건 재능만이 아니다. 성공에는 불굴의

용기도 필요하다"였다. 둘 다 옳았다. 그 어느 것도 내게 그냥 굴러들어오지는 않는 법이다. 그 어느 것도, 그 누구에게도 그냥 굴러들어오지 않는다. 그게 아마도 셀프헬프와 심령술의, 사람들이 이것들을 소비하는 방식의 문제일 수도 있다. 셀프헬프와 심령술의 해결책은 대부분 급진적이고 신속한 큰 변화를 약속한다. 의도는 정신없이 빠르게 세워지고, 그 후 달성되지 못한 채 허공 속으로 사라져버린다. 사람들은 쉽게 살고 싶어 하지만, 인생은 그렇게 돌아가지 않는다.

아마도 나는 성과가 내 성급한 몸과 마음과 영혼에 걸맞는 속도로 나타나지 않을 때, 한 해결책에서 다음으로 넘어가느라 너무 많은 시간을 소비했는지도 모른다. 어쩌면 초점을 맞추고 집중하고 나만의 시간을 가질 필요가 있을지도 모른다.

내가 이 세상에 태어난 진짜 그 시각에 별과 달과 행성의 배열이 내 성공을 의미하는 모습을 하고 있었다면, 그렇다면 적어도 내게는 가능성이 있으니 계속 노력해야 한다는 의미가 아닐까? 또한 그렇다고 쳐도, 버락 오바마와 내가 행성의 정렬을 공유하고 있다면 우리는 하루에_여덟_시간_TV_보기를 의미하는 행성의 배치도 공유하고 있지 않을까? 그 역시 〈나르코스〉나 〈빌리언스〉 같은 드라마를 하루 종일 보느라 생산성이라든지 좋은 일을 할 가능성 따위를 날려버리지 않을까? 아마 그러지는 않겠지.

엘리자베스는 내 별자리의 위치가 분명히 말하길, 내가 미래가 시작하는 것을 피하려고 TV를 너무 많이 보는 경향이 있다고 했다. 나는 그녀가 적어도 한 가지는 맞췄다는 것을 확인할 수 있다. 그래서 그 점을 의식하기 위해 노력할 것이다.

그럼에도 나는 나머지 인생에 대한 희망을 계속 품고 있으며, 이는 실제로 내가 계속 노력할 수 있도록 영감을 준다. 오늘날까지도 내가 미래에 역사의 한페이지를 장식할 수 있으리라 믿는다고 말하기는 어렵다. 하지만 가끔 웰터 박사와 엘리자베스가 한 이야기들을 떠올린다. 그 이야기들을 배제하지 않을 것이다.

그것이 희망이다. 그리고 영감이다. 그렇게 우리는 계속 나아갈 수 있는 것이다.

chapter 12

모든 것의 시작

정리 해고를 당하고 약 10년 뒤, 나는 존재하지도 않는 연기 냄새를 맡기 시작했다. 성냥이나 불이 타면서 나는 평범한 연기 냄새가 아닌, 향을 태우는 것 같은 냄새였다. 이것이 내가 그 냄새를 묘사할 수 있는 최선이다. 그로 인해 극도로 정신이 산만해졌다는 점이 너무나 짜증났다. 처음 그 냄새를 맡은 것은 대략 새벽 3시경이었다. 그 냄새가 나를 잠에서 깨웠다. 벌떡 일어나서 혹시나 촛불을 켜놓은 채 잠들었던 게 아닌지 살펴보러 온 집 안을 돌아다닐 정도로 압도적이었다. 물론 그런 일은 없었다.

냄새는 집요하게 계속됐다. 나를_밤새도록_잠_못_들게_할_정도로_강한 연기였고, 그날 밤 이후 몇 달이고 이어졌다. 나는 집에서 나는 냄새라고 추측했다. 그러나 체육관에서, 영화관에서, 어디서든 그 냄새는 사라지지 않았다.

그 특정한 감각에 대해 구글에서 찾다보면 틀림없이 뇌종양에 걸린 것 같다고 결론 내릴 법했다. 이성적으로는 더 나은 설명이 있을 것 같지만, 감정적으로는 내가 이 세상에 살아 있을 시간이 얼마 남지 않았다고 확신할 수 있었다.

나는 비합리적으로 최악의 상황을 상상하는 데 최고인데, 어찌 논리적이 될 수 있겠는가?

공포를 흘려보내며

나는 열세 살인가 열네 살 때 난생처음 빈집에 혼자 있어도 된다는 허락을 받았다. 즉 부모님도, 베이비 시터도 없었다는 의미다. 부모님은 어딘가로 외출하셨고 언니들도 집에 없었다. 나 혼자였고, 그래서 신이 났다.

집에 도착했을 때 나는 집 뒤편으로 돌아갔다. 우리 집은 뒷문이 항상 열려 있어서 열쇠를 가지고 다닐 필요가 없는 쪽이었다. 당시에는 상당히 합리적이고 안전한 방식처럼 보였지만 지금 와서 생각해보면 말도 안 되는 생각이었다. 빈집 털이범들에게는 현관보다 뒷문이 눈에 띄지 않고 들어가기에 쉬웠을 테니까. 우리 집 뒷마당은 시야에서 벗어난 곳이었다. 우리 집은 온타리오호와 이리호를 연결하는 물길인 웰랜드 운하 뒤편에 있었다. 따라서 침입자를 목격할 만한, 엿보기 좋아하는 이웃집도 없었다.

우리 집은 알루미늄 외장재를 두른 갈색의 현대식 스플릿 레벨 주택Split Level, 한 건물 안에서 같은 층의 바닥 높이를 구역별로 다양하게 만든 건물이었다. 바닥 높이가 높은 쪽의 벽에는 페인트 자국이 남아 있었는데, 아빠가 한 번은 홈통(캐나다에서는 이를 낙숫물통이라 불렀다)을 칠하다가 하얀색 페인트 붓을 집 앞쪽으로 떨어뜨렸기 때문이다. 아빠는 그 위를 갈색으로 덮었지만 감쪽같이 가리지는 못했다. 잘된 일이었다. 어느 도둑도 이 덕지덕지 칠해진 집을 털고 싶지 않았나보다. 따라서 열린 문은 문제가 되지 않았다.

그날 나는 신이 나서 손쉽게 만들 수 있는 저녁이 준비되어 있는 집으로 향했다. 나는 물에 씻은 로메인 상추 한 통과 크루통 한 상자, 부드러운 시저 샐러드 드레싱 한 통이 준비되어 있을 거라는 이야기를 들었다. 내가 난생처음 혼자서 요리하는 날이었고, 완전 흥분 상태였다. 어렸을 때는 TV를 보면서 저녁을 먹는 게 금지였다. 나는 부러움에 차서 미국 광고를 보곤 했다. 아이들이 TV 앞에 놓인 탁자에 앉아서 은박지를 벗기면 도시락 안에서 김이 무럭무럭 나는 식물성 고기와 포슬포슬한 감자가 짠하고 나타났다. 우리는 베이비 시터가 오는 날에 대비해 저 냉동식품을 사달라고 엄마 아빠를 조르곤 했다. 부모님은 은박 도시락에 담긴 그런 매력적인 가공 식품은 캐나다에서 팔지 않는다고 했다. 나는 이 문장을 쓰는 지금 이 순간까지도 그 말이 진짜라고 믿었다. 하지만 이제 와 생각해보니 아마도 부모님은 샐러드를 먹이려고 나를 속였던 것 같다. 병에 들어 있는 재료이기는 하지만 훨씬 더 건강한 선택이었으니까.

그럼에도 나만의 가짜 시저 샐러드(쉐이크 앤 베이크를 덮어 오래 구운 돼지고기와 캔 옥수수, 아이스버그 양상추에 크리코리안 집안에 늘 상비되어 있는 백식초와 식용유를 곁들인, 거의 응용 요리에 가까웠다)를 만들고 평화로움과 조용함 속에 있다는 것은 아주 멋진 일이었다.

나는 뒷문으로 걸어가 우리가 '아래층 화장실'이라고 부르는 곳으로 들어섰다. 거실에서 한 계단 내려간 곳에 있는 공간이었다. 그 화장실은 미완성이었는데, 겨우 기어서 들어갈 정도의 공간이 한 번도 사용한 적 없는 (배수구는 있지만 타일은 바르지 않은) 샤워 부스와 깨끗한 나무벽, 세면대, 변기, 그리고 접이식 문으로 이뤄져 있었다.

약간 컨디션이 안 좋은 것 같긴 하지만 완전히 아픈 상태는 아닌 채로 나는 화장실로 들어가서 소변을 보기 위해 변기에 앉았다. 그리고 내 밥을 만들 수 있을 정도로 몸이 진짜 괜찮은지 곰곰이 생각했다. 물을 내리려고 일어나서 변기 속을 내려다보는 순간 나는 공포에 사로잡혔다.

내가 파란색 소변을 눈 것이다. 완.전.히. 스머프 같은 파란색을.

나는 단순히 몸이 좋지 않은 정도가 아니었다. 나는 죽어가고 있었다. 다른 합리적인 설명은 불가능했다. 나는 아는 게 별로 없었지만 건강한 사람은 파란색 소변을 보지 않는다는 것쯤은 알고 있었다.

나는 믿을 수 없는 심정으로 변기 속을 들여다보며 무엇을 해야 할지 모른 채 몇 분 동안 공포에 질려 있었다. 아무도 집에 없었다. 나는 스스로를 돌보는 데 실패하고 싶지도 않고, 홀로 남고 싶지도 않았다. 그리고 혼자 죽고 싶지도 않았다.

질병의 증거를 없애버리는 것이 망설여졌지만 변기 물을 내려야 한다는 것을 알만큼 예의 바랐던 나는 변기 손잡이를 눌렀다. 여전히 어쩔 줄 모르고 믿을 수 없는 그런 상태였다. 그리고 놀랍게도 변기는 다시 파란색 물로 채워졌다. 엄청난 안도감이 몰려들었다.

무슨 일이 생겼는지 금방 명확하게 이해가 되지 않았기에 만약을 위해 다시 한 번 물을 내렸다. 그리고 거기 다시, 파란색 물이 채워졌다. 나는 죽지 않겠구나.

미리 만들어진 크루통과 샐러드 드레싱에 더해, 엄마는 또 다른 현대식 편리함을 발견한 것이 틀림없었다. 변기 물을 내릴 때마다 물을 파란색으로 만들어주는 변기 세정제였다. 휴우.

그렇다고 내가 그 사건에서 교훈을 얻은 것은 아니다.

내 촉을 다시 믿어볼까

연기와 관련해, 나는 다양한 의사를 만났고 그 과정에서 연기 문제에는 아무런 소용이 없는 온갖 쓸모없는 것을 배우게 됐다. 내 후각이 약해지고 있다는 것을 알았는데, 이는 40대 여성에게는 흔치 않은 일이라고 했다. 청각 역시 본래 유지되어야 하는 수준만큼 좋지 않다는 이야기를 들었다. 나는 코 스프레이, 알레르기 알약, 코 세척법(어우 역겨워)과 기타 등등을 처방받았지만 아무런 소용이 없었다.

결국 연기 냄새를 맡는 것과 관련된 모든 가능성을 샅샅이 뒤진 후에, 내가 만난 수많은 의사 가운데 한 명이 뇌 정밀 조사를 받아보라 했다. 뻔했다. 뇌종양이었다.

좋은 소식은, 내게 뇌가 있지만 뇌종양은 없다는 것이다. 나쁜 소식은, 아직도 그 답과 해결책을 찾지 못했다는 것이다.

그 어떤 의사도 내 상황에 신경 쓰지 않는 듯했고 뇌종양도 없었기 때문에, 나는 해마다 한 달 동안 떠나는 베니스 여행을 그대로 진행했다. 뉴욕으로 돌아오자마자 연기 냄새 증상의 진짜 이유를 알아내기 위해 신경과 전문의를 만나야겠다고 생각하면서였다. 그리고 로스앤젤레스에 가서 할리우드 힐스에서 열리는 화려한 파티에 참석했다. 한쪽으로는 바다가 펼쳐지고, 한쪽으로는 반짝이는 불빛과 함께 시내가 내려다보이는 전망 화려한 저택에서였다.

그날 저녁 일찍, 나는 연기 냄새를 맡았다. 이번엔 진짜 연기 같았다. 나는 친구 마사에게 뭔가 타고 있는 것 같지만 100퍼센트 확실치는 않다고 말했다. 그녀는 실제로 부엌에서 뭔가가 타고 있다는 것을 확인시켜줬다. 파티에서 우리는 어떤 여성과 수다를 떨고 있었는데, 그날 처음 만난 사람이었다. 나는 가끔 잘 모르는 사람에게 내 인생의 상세한 부분까지 알려줘야 한다는 충동을 느낀다. 따라서 이 여성에게 내 후각에 뭔가 문제가 생겼으며 나중에 집으로 돌아가면 신경과 전문의가 원인을 정확히 짚어줬으면 좋겠다고 말했다.

그녀는 전형적인 로스앤젤레스 스타일로 대답했다. "의사를 만날 필요 없어요. 점쟁이를 보러 가세요. 과거의 누군가, 아마도 담배를 폈거나 연기와 관련된 일을 했던 누군가가 당신을 찾아오고 있는 거예요." 일리 있는 말이었다. 어쨌든 우리는 로스앤젤레스에 있었고 이곳은 의사의 조언을 무시하고 대안적인 방식으로 몸속을 깨끗이 청소하는 것이 합법적으로 괜찮은 곳이었으니까. 뉴욕에서는 점쟁이와 신경과 전문의를 저울질했겠지만, 로스앤젤레스에서는 고민할 필요가 없었다. 로스앤젤레스는 뉴에이지 문화가 강력했고, 이러한 제안은 진지하게 받아들여졌다.

내가 그동안 파티에서 비전문가들에게 들었던 쓸데없는 조언들과 마찬가지로, 나는 '과거의 연기'에 대한 이 가벼운 이야기를 성경처럼 받아들였다. 그리고 점쟁이 1명(아니면 6명)이 분명 나를 위해 대기 중인 만큼 바로 약속을 잡았다. Tout Suite(지금 당장). 그다음 주에 나는 애벗 키니 로드에 있는 미스틱 북스토어로 돌아갔고, 또 다른 작고 어두운 방에서 또 다른 신비한 점쟁이를 만났다. 그리고 나를 찾아온 사람은 없지만 내가 연기 냄새를 맡는다는 것은 내 주위에서 심령적인 사건이 벌어지고 있다는 징조라는 이야기를 들었다. 반복해서 여러 번.

내 엄청난 촉이 연기 냄새를 타고 내게로 오고 있는 게 분명했다.

나중에 뉴욕의 집에 돌아온 후 신경과 전문의는 여러 검사를 실시했고 결국 내가 실재하지 않는 냄새를 맡는다는 것은 신경의 문제라고 알려줬다. 끝. 의사의 결론은 내가 그 냄새를 맡을 때마다 작고 조용한 발작을 겪는다는 것이었다. 유일한 해결책은 항발작 약을 먹는 것이라고 했다.

그다지 적절하게 느껴지지 않았다.

나는 10년 동안 기본적으로 누구의 조언이든 의심하지 않고 따르곤 했다. 데이트 코치며 무지개 치유사, 비둘기, 그리고 그 외에도 많은 전문가에게 내 인생을 좌우할 권력을 맡겨왔다. 똑똑한 여성이라 하기에는 좀 멍청했던 것 같다.

그러한 전문가에게 권력을 넘겨준다는 것은 돈이 많이 드는 일이었다. 정리 해고를 당하고 몇 달 동안 나는 비전 보드를 만드는 것 외에도 두가지 책임감 있는 행동을 했다. 우선은 내 월급이 덧없는 존재임을 깨닫고, 월급이 실질적으로 끝나버리기 전에 폭락

한 금리의 이점을 누리기 위해 허둥지둥 내 아파트를 재융자 받았다. 오랫동안 해야 할 일 목록에 넣어두었던 일이지만 이때는 정말로 해야만 했던 것이다. 두 번째로, 내 모든 퇴직연금을 통합하는 과정을 이끌어주는 한편 내가 마주한 다양한 재정적 문제에 대비해 자산을 체계화하는 데 도움을 줄 금융 설계사를 찾았다. 나는 구직을 하느라 과부하가 걸린 상태였고 어떤 압박감은 외부에 위탁하고 싶었다.

새로운 금융 설계사와 나는 할렘에 있는 스타벅스에서 처음 만났다. 그녀는 젊은 여성이었고 나는 그 점이 좋았다. 그녀는 열정적이고 유능해 보였으며, 그 점 역시 마음에 들었다. 나는 늘 그렇듯 아주 많은 질문을 던졌고 그녀는 그 질문에 모두 답을 해주었다. 내가 물었던 구체적인 질문 하나는, 금융 설계사를 고용했을 때 수수료 구조가 어떻게 작용하는지와 관련해서였다. 나는 내 돈을 어느 뮤추얼 펀드(그녀의 지시에 따른 것이지만 당시에는 타당해보였다)에 넣고 있었다. 나 혼자서도 할 수 있을 정도로 충분히 알고 있었지만, 전문가에게 좀 더 유용한 조언을 들을 수 있을 것이라고 생각했다. 금융 설계사를 고용하면 얼마나 돈이 들지 알고 싶었다. 그녀가 한 대답에 따르면 내가 번 돈의 일정 퍼센트를 그녀에게 지불하면 된다는 것 같았다. 내가 돈을 벌면, 그녀도 돈을 번다는 것이다. 나중에 알게 됐지만, 내가 잘못한 부분이 있었다. 나는 그녀의 대답을 바탕으로 그렇게 이해했지만, 사실은 경우가 달랐던 것이다.

처음 한두 해 동안 나는 내 은퇴 계좌에 단 한 푼도 더할 수가 없었다. 마침내 내게 여분의 자금이 생기자 나는 펀드에 집어넣었다. 내가 CNBC에서 일하기 시작한 첫날 앵커였던 빌 그리피스^{Bill Griffeth}에게 들은 얘기를 그대로 따른 것이었다. 그는 "여기서 일을 한다면, 반드시 자네의 급료에서 은퇴 계좌로 최대한의 돈이 직접 들어가도록 해야 해"라고 말했다. 당시 나는 들은 대로 했고(1993년에도 조언을 좋아했다), 마침내 해고 이후에 근근이 돈을 벌 수 있게 되자 다시 그렇게 하기 시작했다.

물론 힘겨웠다. 나는 여전히 샴푸를 딱 한 번만 펌프질해서 썼고 외식을 하러 나가지도 않았지만 충족해야 할 셀프헬프 습관이 생긴 것이다. 대부분의 긴축정책은 여전히 유지하면서도 여유 자금이 생기면 무조건 은퇴 계좌에 넣었다. 그다지 많지 않지만 중요한 돈이었다.

그런데도 이상하게도 매번 입출금 내역서를 확인할 때마다 잔고가 늘지 않는 것처럼 보였다. 이를 적신호로 받아들여야 했지만 나는 그렇게 하지 않았다. 데이트 세미나에 참석하느라 너무 바빴기 때문이었다. 그리고 내 촉을 믿는 대신 우주와 전문가의 생각을 완전히 신뢰하고 있었다. 나는 더 잘 알았어야 했다. 어쨌든 나는 경제 뉴스를 담당하기도 했고, 돈은 내게 낯선 주제가 아니었기 때문이다.

몇 년 후, 나는 내 설계사와 함께 자산을 검토했고, 그녀는 자기

네 회사가 제공하고 있는 몇 가지 특별 상품으로 내 계좌를 업그레이드하라고 권했다. 여러 가지 상장지수펀드ETF, Exchange Traded Fund로, 본질적으로는 펀드의 펀드였다. 그러면서 좋은 소식은 그녀에게 지불하는 수수료가 훨씬 낮아진다는 것이라고 했다.

"새로운 수수료는 어떤데요?" 나는 전화 너머로 물었다.

그녀가 말해줬다. 내가 버는 돈의 100퍼센트였다.

"엥, 그럼 지금 수수료는요?" 내가 물었다.

그녀가 이야기해줬다. 그 돈은 내가 버는 돈보다 훨씬 훨씬 높은 퍼센트였다.

나는 잠시 멈칫했다. 그리고 뭔가 잘못됐음을 깨달았다. 몇 가지 계산을 재빨리 마치고 말했다. "잠깐만요. 그럼 당신은 내가 매년 아끼고 모을 수 있었던 것보다 훨씬 많은 돈을 수수료로 받고 있었다는 거예요?"

"네." 그녀가 대답했다. "하지만 저는 당신이 이 문제를 그런 식으로 봐야 한다고 생각하지 않아요."

내게는 이 문제를 보는 다른 방식 따윈 없었다. 내 생각에, 내게 가장 이득이 되는 것을 찾아내는 것이 그녀의 일이기 때문이었다. 그녀는 무슨 일이 벌어지고 있는지 잘 살펴봤어야 했다고 생각했다. 어쨌든 그녀가 해야 할 일은 내 돈을 보살피는 거였다. 그녀는 나를 실패로 이끌었다. 더 최악인 것은 그 상황으로 이끈 것은 나라는 사실이다. 그녀가 할 일은 내 돈을 관리하는 것이지만, 내가 할 일은 내 측을 믿는 것이었다. 그리고 나는 실패했다. 숫자들을 보았고 그 숫자들이 나를 잠시 멈추게 했지만, 나는 그걸 무시했다.

돈은 스스로의 측을 믿지 않은 문제 가운데 딱 하나의 사례일 뿐이다. 더 많은 사례가 있었다. 나는 다른 거지 같은 것들, 이를테면 머리를 빨간색으로 부분 염색하는 일에 너무 많이 신경을 쓰느라 내 인생에서 건강 다음으로 중요한 부분을 간과했다. 더욱 잘못한 건, 내가 매번 잔고를 확인하고 그다지 빠르게 늘어나지 않고 있음을 눈여겨볼 때마다 느껴지는 그 찜찜한 기분을 무시했다는 것이다.

그게 문제였다. 나는 내가 모든 사람의 말에 귀를 기울이고 문제가 아닌 것들에 대한 해결책을 찾느라 지나치게 많은 시간을 썼음을 깨달았다. 그리고 나를 가장 잘 아는 사람, 바로 내 자신의 이야기에 귀 기울이는 것을 그만뒀던 것이다.

최근 나는 친구 앨리슨과 저녁 식사를 했다. 우리는 내가 데이트 코치를 받은 이야기를 나누고, 또 앨리슨이 최근 만나고 있는 특별한 데이트 상대에 대해 내가 어떻게 잔소리를 했었는지에 대해서도 이야기하며 깔깔댔다. 데이팅 어플인 오케이큐피드 OkCupid 를 통해서 눈보라가 휘몰아치는 와중에 데이트 상대를 찾은 그녀는, 날씨와는 상관없이 나갈 생각이었지만 편안하고 실용적인 신발을 신으려고 했다. 나는 그녀에게 다시 생각해보고 하이힐을 신으라고 애원했다. 데이트 코치의 말에 따르면 하이힐은 필수였기 때문이었다. 우리는 그녀가 그만하라고 할 때까지 치열하게 의견을 주고받았다.

내 반응은 "좋아, 하지만 정말 엄청난 실수를 저지르는 거야"였다. 나는 데이트를 할 때면 드라이를 받고 하이힐을 신고 종종걸음을 치곤 했다. 그래야만 한다고 이야기를 들었으니까.

그날 앨리슨의 데이트는 현 남편과 한 첫 데이트였다. 그는 그녀가 투박한 신발을 신고 나와도 신경 쓰지 않았다. 신발 선택이 삶과 죽음을 갈라놓지는 않는다. 물론 앨리슨이 눈밭에서 미끄러져 머리가 깨져버린다면 달라졌겠지만. 그리고 그 부상의 원인은? 하이힐이겠지.

그러나 항발작제라면, 그건 완전히 다른 이야기였다. 다행스럽게도, 천천히, 나는 내 자신에 대한 믿음을 되찾기 시작했고 의사의 말을 듣기 전에 주의 깊게 고민하고 조사했다.

나는 그의 진단을 거부하고 나만의 조사를 해나갔다. 예전에도 내가 그렇게 할 수 있었는지는 잘 모르겠다.

원거리 레이키

나는 예전에 스트레스와 불안에 훨씬 더 잘 대처했다. 누군가 소리를 질러대고 매일이 아니라 말 그대로 매초마다 마감을 해야 하는 뉴스 룸에서의 나날을 떠올려보아도, '아, 진짜 불안에 떨던 시간이었는데'라는 생각이 들지 않았다. 나는 그게 재미있다고 생각했었다.

CNBC에서 내가 존경하던 상사 중 하나인 톰 앤서니Tom Anthony는 보통 기분이 좋았다. 하지만 한 번 열을 받으면, 말 그대로 열을 받았다. 한번은 내가 그와 어떤 문제에 대해 논쟁을 벌였다. 그는 참을 만큼 참다가 마침내 한마디를 내뱉었는데, 그 말을 그대로 옮기자면 "입 닥치라고"였다.

나는 그렇게 하지 않았다. 그러자 그는 샌드위치에 뿌리려고 뜯어두었던 겨자 소스를 내게 뿌려댔다. 내 셔츠 전체에 겨자가 쏟아졌고 나는 큰 소리로 웃고 말았다. 그 일로 스트레스를 받지는 않았다.

또 다른 매니저는 다양한 사건들을 보도하기 위해 나를 파견 보내곤 했다. 가끔 나는 행사 주최자가 출입이 안 된다고 했다며, 행사장에 들어갈 수 있는 언론사가 하나도 없다고 보고했다. 그러면 그 매니저는 이렇게 대꾸했다. "그 사람들한테 다시 전화해. 그리고 네 일자리가 간당간당해서, 행사장 안에 못 들어가면 잘릴 거라고 말해." 그가 진심이었는지는 잘 모르겠지만, 그래도 나는 스트레스 받지 않았다. 10년이 더 지난 후에 그 매니저와 우연히 마주쳤고, 그 일에 대해 웃음을 터뜨렸다. 그는 "우리는 옛날에 했던 것과 달리 지금은 어린 숙녀분들에게 확실히 다르게 대접해드리고 있어"라고 말하기도 했다.

내가 뉴스를 만들면서 함께 일한 가장 똑똑한 사람 가운데 하나는 케빈 뉴먼Kevin Newman이었다. 나는 그의 프로그램을 맡는 동안 조시 W. 부시 대통령의 캐나다 첫 방문을 특별 취재하도록 파견됐고, 핼리팩스에 있는 지역 기자와 방송 팀에 합류했다. 케빈은 본사에서 앵커를 맡았다.

그곳에서 시위가 있을 것이라고 했다. 시위대의 행진을 찍기 위해 방송 중계용 트럭을 세울 만한 장소가 여러 곳 있었지만 결전의 날 전날 밤에 한 동네 술집에서 누군가(진짜 누군지 기억이 안 난다. 모르는 사람이었는지 공무원이었는지)가 카메라로 움직임을 잡기에 가장 좋은 장소가 어딘지 알려줬다. 술을 마시면서 나는 그의 조언에 귀를 기울였고 우리 지역 방송 팀과 의논한 뒤 다른 방송국이 하나도 없는 특별한 장소로 우리 트럭을 옮기기로 결정했다.

다음 날 아침, 촬영 준비를 마쳤지만 시위대는 보이지 않았고 우리는 계속 기다려야 했다. 나는 이 결정에 대해서는 내 촉을 믿었고, 뉴스 업무를 하면서 받는 평범한 스트레스는 있었지만 내가 나중에 겪게 되는 것처럼 완전히 진을 빼놓는 불안감은 아니었다.

본사에서는 케빈이 정규 방송 중간에 속보로 우리가 찍는 현장을 생방송으로 연결해, 시위대가 우리 뒤쪽으로 행진하는 모습을 보여줄 예정이었다. 우리는 방송 무대를 세웠고 카메라가 켜졌으며 모든 준비를 마쳤다. 생방송이 예정된 시각 2분 전이었지만 아직도 시위대는 보이지 않았다.

내 전화기가 울렸다. 앵커석에 앉아 있던 케빈이었다. 방송 시작 1분 전에 받고 싶지 않은 그런 전화였다. 그는 시위대가 어디에 있는지 알고 싶어 했다.

나는 케빈 같은 앵커를 절대로 실망시키고 싶지 않았다. 그렇다고 내가 어떤 앵커든 실망시켜 봤다는 이야기는 아니다. 아, 정말이야. 그 누구도. 하지만 그는 몹시 예민했다. 나는 누가 무슨 질문을 할 것인지 예상해보도록 노력하라고 배웠다. 나는 그와 대화하기 전에 어떤 주제에 대해서든 질문 5개를 미리 써보고 내가 제대로 답할 수 있는지 확인하곤 했다. 그는 언제나 6개의 질문을 갖고 있었다. 아니면 그 이상이던지. 그는 내게 더 날카롭게 핵심을 찌르거나 더 빈틈없는 질문을 던졌고, 나는 대답을 하지 못하거나 그 질문을 스스로 생각해내지 못했다는 점에 대해 두고두고 열 받아 했다. 당연하게도, 엄청난 도박을 하며 설정한 화면에 시위대가 나타나지 않자 케빈은 행복한 앵커가 될 수 없었다.

다음은 순진하고 불안감 따윈 없던 옛날의 내가 어떻게 행동했는지에 대한 이야기다. 나는 (겉보기에) 차분했고 그에게 시위대가 도착할 것이라고 장담했다. 전화를 끊고 나서 나는 "젠장, 젠장, 젠장, 젠장, 젠장. 우리는 다 망했어"라고 말했지만 실제로 정신이 나가버리진 않았다.

그런데, 시위대가 나타났다. 정규 방송이 중단됐고 케빈이 생방송을 시작했다. 시위대는 몇 초 안에 화면을 가득 채웠다. 내 촉이 맞아 떨어진 것이다. 모든 것이 잘 돌아갔다. 극복하기 위한 치료나 무지개 치유나 비둘기 같은 건 필요 없었다. 그때는 그랬다. 모든 일은 나중에야 벌어졌다.

내가 마흔아홉이란 나이의 마지막 끝자락을 붙들고 있던 어느 해, 특별히 스트레스가 많던 시기에 레이키 전문가를 찾아갔다. 무지개 치유가 아닌, 이상한 호흡법을 쓰지 않고 전통적인 에너지 움직임을 추구하는 레이키였다. 내 치유사의 이름은 에린이었다. 이번에는 누워서 눈만 감고 있었고 노래도, 스킨십도 없이 침묵과 고요함만 있었다. 그녀는 내가 미처 알아차리기도 전에 내 에너지를 움직여갔다.

흥미롭게도 그녀는 전등갓 치유사가 알아낸 사실을 알아냈다. 즉 나는 읽어내기 어려운 사람이라는 것이었다. 그녀는 세션이 끝난 후 내 안에 스며드느라 힘겨운 시간을 보냈고 내게 무슨 일이 일어나는지 알아내기 위해 열심히 노력해야만 했다고 말했다.

내게는 아주 다양한 일이 벌어지고 있었다. 우선 엄마가 수술을 받아야 했고 그래서 스트레스를 받았다. 인공 어깨관절을 바꾸는 수술이기 때문에 생명에 위협이 될 정도는 아니었지만 노인에게 마취란 편안하게 받아들일 일이 아니었다. 왜 그런지 모르겠지만 쎄한 느낌이 들었다. 나는 머릿속으로 최악의 상황을 그리고 있었다. 수술을 받으려면 아직도 멀었지만 상상 속에선 이미 그 수술이 잘못되어버린 것이다.

몇 주 동안 요가 수련을 시작할 때면 나는 내 수련을 엄마에게 바쳤고 무언으로 말했다. "제발 날 떠나지 말아요." 엄마는 이 세상에서 내게 가장 소중한 단 하나의 영혼이었다. 남은 삶 동안 함께할 단 한 명의 사람을 선택해야만 한다면 나는 우리 엄마를 택할 것이었다. 엄마와 함께 있지 않을 때면 나는 엄마가 그리웠다. 그렇기 때문에 엄마가 내 곁에 없을 미래의 날들을 미리 슬퍼한다. 내가 도쿄나 어디 멀리 갈 때 엄마가 한밤중에 일어나 내 비행기 항로를 확인하고 착륙했는지 보려고 문자를 보내지 않게 되는 그런 날들을. 나는 엄마가 언제까지나 내가 쓴 모든 어리석고 하찮은 글을 "아주 끝내준다"라고 말해줄 수 없음을 알기 때문에 벌써 마음이 찢어질 것 같다. 이 특정한 시기에 내가 걱정하는 것이 비합리적일지는 몰라도 직면한 스트레스인 것은 틀림없었다.

훨씬 더 비극적인 문제이긴 하지만 두 번째로, 나는 새로운 한정판 폭스바겐 티구안을 샀다. 할렘 아파트를 살 때처럼 후다닥, 아무 생각 없이. 새로운 폭스바겐을 경험한지 3일과 300킬로미터가 지난 후 차가 갑자기 고장 났다. 운전 중에 갑자기 핸들이 움직이지 않았고 끔찍한 기분으로 차를 겨우겨우 안전한 곳까지 몰고 갔다. 차는 견인차에 실려 가버렸고 레몬법^{자동차와 전자 제품에 결함이 있을 때} _{제조사가 교환·환불·보상 등을 하도록 한 미국의 소비자보호법}이 적용되지 않았으므로 일주일 후 아무런 사과도 없이 3,000만 원짜리 빌리지_않고_돈_주고_산 하자품은 핸들을 달고 다시 내 차고로 돌아왔다.

그뿐 아니라 내 은행 계좌가 해킹을 당했는데, 해커들은 아무 돈도 빼내지 못했지만 나는 몇 주 동안이나 완전히 시간 낭비를 해야만 했다.

마지막으로, 이건 내가 자초한 결과인데, 부엌을 수리 중이었다. 이건 내 자신에게 미안해야 할 그런 스트레스는 아니었다. 그러니 그 일을 자초한 나를 오해하지 말아주길. 다만 내가 이 모든 부침을 감당할 준비가 되어 있지 않았을 뿐이었다. 게다가 집에서 일하는 동안 공사를 하고 있었으니까. 나는 내가 활기 넘치는 사람이라고 생각했고, 또 공사는 지긋지긋하고 까다로운 경험이라고 경고한 다른 사람들을 무시하면서 부엌 수리에 들어간 것이었다. 나는 그 공사를 하며 많은 것에 대해 평생 억눌려온 무관심이 갑자기 튀어나온다는 것을 알게 됐다.

수술을 제외하면 모두 소소하고 중요하지 않은 일이었지만 이것들이 한꺼번에 합쳐지자 나는 감정지도^{Emotional Map} 위에서 길을 잃고 있었다. 이 일들을 한꺼번에 해결하는 건 둘째 치고 그 가운데 하나만 상대하기에도 힘이 부쳤다. 그 결과 나는 불안감에 질식해

가고 있었다. 스트레스로 인해 거의 긴장병에 걸릴 지경이었고, 경직되고 고장 난 느낌이었다.

에린은 이를 짚어냈다. 그녀는 내가 붕괴되지 않도록 구해줬다. 나는 그렇게 주장하려고 한다. 에린을 만났을 때 나는 진흙 속을 헤치며 걸어가는 게 아니라, 진흙이 완전히 말라서 완전히 굳어버린 기분이 들었다. 스트레스로 지쳐버렸고 침을 맞지 않으면 일에 집중할 수 없었다. 또한 나를 괴롭히는 사고들로 인해 모든 것이 꽉 막힌 상태이기도 했다. 나는 숙면을 취할 수 없었고 푹 꺼진 수렁에서 헤어날 수가 없었다.

레이키는 희한하다. 처음에는 아무 일도 일어나지 않는 것처럼 느껴진다. 그러다가 그날 밤 침대에 누우면 정말 코마 상태에 빠져버린다. 설명이 불가능한 마법이다. 한 번의 개인 치료를 받은 뒤 나는 에린과 원거리 레이키를 하기로 계약했다. 정말로 엄청난 것이었다.

장엄하게 흘러간 30일 동안 에린은 먼 곳에서 매일 내게 레이키를 행했다. 그녀는 자기가 보게 된 통찰과 여러 가지 일을 나누기 위해 이틀마다 전화를 걸었고, 우리는 내가 경험하고 있는 것들에 대해 전반적으로 이야기를 나눴다.

진짜로 내가 다른 주^州에서 행하는 에너지 이동 덕에 편안함을 느낀다는 것을 믿지 않는다 해도, 제발 이것만은 믿어주길 바란다. 차분해질 방법을 생각하는 시간에는 긍정적이고 낙관적인 부분이 있다는 것이다. 나쁜 것은 스트레스고, 나는 강하고 창의적이고 똑똑한 사람이며, 눈앞의 난관들을 극복할 수 있다고 상기시켜주는 공감력과 통찰력 있는 사람을 곁에 둔다는 것은 위안이 되고 영감을 준다. 그러한 지원을 받는다는 것은 멋진 일이다.

그건 진짜다.

에린과 보낸 시간의 가치는 수면 시간과 내 논리 정연한 글을 통해 명확하게 측정될 수 있었다. 그녀의 업적에 대한 평가는 반론의 여지없이 객관적으로 내릴 수 있다.

그리고 말도 안 되는 일도 함께 벌어졌다.

나는 에린을 만났을 때 항발작제를 거부하고 있었다. 또한 난생처음 겪는 최악의 코막힘으로 숨을 제대로 쉴 수가 없었다.

나는 주치의를 찾아가서는 내가 축농증이나 라임병^{진드기에게 물린 후} ^{보렐리아균에 감염되어 걸리는 병}에 걸렸다면 어떤 치료를 받을 수 있냐고 물었다. 어쩌면 연기 냄새는 이러한 병이 고통스러운 코막힘과 결합되어 나는 것일 수도 있다고 생각했다. 내가 들은 이야기와는 달리, 내 촉에 의하면 냄새는 뇌와 별로 상관이 없다고 느껴졌다.

의사는 3주 동안 항생제를 복용하라는 답을 내놓았고, 그렇게 했지만 여전히 연기 냄새가 났다. 더 큰 문제는 코막힘이 더 심해졌다는 것이었다. 나는 매일 바닷가에 갔는데 코막힘이 점차 악화되어서 더는 갈 수 없었다. 한 달 동안 꼬박, 아니면 그 이상 계속됐고 나는 남은 생애 동안 이런 식으로 숨을 쉬며 살리라고 생각했다.

에린과 함께 보내던 어느 날, 그녀가 전화를 걸어왔다.

"코에 무슨 일이 생겼죠?" 그녀가 물었다. 짜잔. 나는 그녀에게 내 코 문제나 연기 냄새 문제에 대해 아무 말도 하지 않았었다. "맞아요. 그거 때문에 미치겠어요." 나는 말했다. 그녀는 레이키를 하면서 그 문제를 깔끔하게 해결해주겠다고 했다.

나는 그날 그 대화에 대해 거의 생각하지 않았다. 상황은 변함이 없었기 때문이었다. 전혀 해결되지 않았다.

며칠 뒤, 나는 소파에 앉아 몹시 괴로워하고 있었다. 그래, 콧물은 계속 목뒤로 넘어가고 퍼렇고 굵직한 콧물이 영원히 콧구멍에서 쏟아져 나오겠지. 정말 절망적이었다.

에린이 다시 전화를 걸었다.

"코 때문에 온갖 문제를 다 겪고 있잖아요, 그렇죠?"

"맞아요!" 나는 대답했다. 이 세상에서 가장 절제된 대답이었다.

그녀는 자신이 그 점을 알고 있다고 말했다. 그 문제를 볼 수 있고, 또 그냥 코의 문제가 아니라 코막힘의 결과로 또 다른 문제가 발생하고 있다고도 했다. 에린은 다시 한 번 자신이 코를 깨끗하게 해주겠다면서 내가 곧 편안해질 것이라고 했다.

나는 몇 시간이 지날 때까지 그녀가 한 말의 뒷부분에 대해 깊이 생각하지 않았다.

전화를 끊었다. 나는 한 달 동안 원거리 레이키를 받은 덕에 평온해지면서도 영원히 정상적으로 숨을 쉬지 못할 것이라고 체념하고 있었다. 그런데 한 시간쯤 지난 후 갑자기, 그리고 놀랍게도 아주아주 오랜만에 처음으로 코를 완전히 풀 수 있었다. 보통은 계속 콧물이 나오고 깔끔하게 끝나지 않았으니까. 잠깐, 마음을 단단히 먹거나 아예 읽지 말아주길. 다음 내가 할 이야기는 진짜로 역겹거든. 나는 마지막으로 진짜 크고 세게 코를 풀었고 내 머릿속 깊숙한 어딘가에서 그 안에 있던 모든 것이 크리넥스 티슈 위로 쏟아져 나왔다. 뇌의 한 부위가 아닌가 싶을 정도로 커다랗고 검은 어떤 물질까지도(징그럽지. 미안).

나는 내가 콧구멍을 통해 뇌의 한 조각을 꺼내버렸다고 믿었다.

하지만 예수여, 마리아여, 요셉이여. 나는 갑자기 숨을 쉴 수 있게 됐다. 영원처럼 느껴졌던 그 긴 시간을 거쳐 처음으로.

그 이후 다시는 연기 냄새를 맡지 않았다. 절대로.

에린과 30일을 보낸 후 마무리 통화를 할 때였다. 그녀는 마지막 선견先見에서 내가 물속에 있는 모습을 보았다고 얘기해줬다. 물속에서 행복하게, 스트레스 없이 자유롭게 움직이고 있었단다. 나는 그녀에게 우리가 나눴던 첫 대화를 다시 들려줬다. 그때 그녀는 내가 절벽에서 물속으로 뛰어들어가 숨을 멈추고, 가능한 오랫동안 살아남으려 하는 모습을 보았다고 했다. 마치 그게 내가 할 수 있는 마지막 선택인 양. 그녀는 우리가 어떻게 시작했는지 잊고 있었다. 그리고 나는 그렇게 그녀와의 시간을 마무리 짓는 것이 얼마나 감동적인지 감탄할 수밖에 없었다.

chapter 13

우리의 치유사가
선을 넘을 때

몇 년간 나는 무지개 치유사의 스카이프 세션 같은 것들을 깊이 신뢰하고 있었다. 아마도 그게 문제였나 보다. 대충_에누리 해서_들어라 따위의 생각은 없었다. 나는 맹목적으로 믿었다. 의문을 품고 질문을 던지는 것을 업으로 삼았던 사람으로서는 이상한 일이긴 했지만.

나는 삶에 허덕이며 고생하는 친구들도 그곳에 다녀오면 기분이 나아질 것이라 확신하면서 그녀에게 보냈다. 친구들은 그렇게 했다. 친구 잔파올로는 그녀를 만나고 와서 자신의 경험을 이렇게 설명했다. "온몸으로 울었어." 그 상황을 설명하기에 놀라울 만큼 정확한 표현이었다. 그녀를 만난 친구들의 공통된 맥락은 말로는 이루 설명할 수 없는 눈물이 터져 나왔고 세션을 마친 밤에 잠을 아주 푹 잘 수 있었다는 것이었다. 내가 보기에 이는 충분히 가치 있는 일이었고, 따라서 계속 그녀를 찾아갈 수밖에 없었다.

나는 마지막 몇 번의 방문에서, 우리가 함께 일하는 방식에 변화가 있다는 것에 주목했다. 에너지의 움직임은 언제나 그녀를 만나러 가는 이유였다. 그녀는 나와 만날 때 내 에너지를 정리해주었고, 그곳을 떠날 때면 언제나 조금은 또렷하고 차분해진 느낌이었다.

그러나 그녀가 영역을 확장해나가기 시작했다. 자기 사업을 에너지 연구 너머로까지 넓히고 싶어 하는 것 같았다. 갑자기 우리 세션이 라이프 코칭처럼 느껴졌다. 반가운 방향은 아니었다.

굳이 이야기하자면 아마존 역시 처음에는 책만 팔았지. 그러더니 이 회사는 근본적으로 세상을 지배하기 시작했다. 회사에는 확장과 혁신이 필요하다. 나도 그건 안다. 그러니까 치유사들도 그래야겠지, 분명.

나는 내 사업을 꾸려나가는 데 그 반대의 방법을 쓴다. 처음 글을 쓰기 시작했을 때는 어느 스파게티 면이 제대로 익었는지 보려고 벽에 던지는 것처럼 다양한 형식과 온갖 프로젝트들을 시도해봤다. 아주 다양한 종류의 고객도 맡아봤다. 결국은 정신이 산란해지고 무리하게 됐다. 내가 특정한 유형의 글쓰기, 구체적인 고객에게 세밀하게 초점을 맞추고 내 방식을 고수하기로 하면서 나는 제속도를 찾기 시작했다. 그리고 번창했다.

새로운 모자를 써보기로 한 사람이 비단 무지개 치유사뿐만이 아니라는 점이 눈에 들어왔다. 내가 만나던 치유사 중 다수가 새로운 영역으로 진출하고 있었다. 한 명은 내게 출판업계에 대해 설명했다. 심지어 글쓰기에 대한 조언이었다. 저기요, 사람들이 저한테 돈 내고 맡기는 게 그거예요.

비둘기 역시 영역 확장 중이었다. 내가 무지개 치유사를 마지막으로 방문했을 즈음 비둘기가 우연의 일치인지 나를 말리부의 멋진 소호 하우스에서 열리는 비전 보드 만들기 세션에 초청했다. 나는 오랫동안, 거의 10년 넘게 비전 보드를 만들지 않았다. 더 강력한 해결책들이 주어졌기 때문이었다.

이 특별한 비전 보드의 날 행사에서 비둘기는 바다 위에 옥외 공간을 만들어놓았다. 그날은 햇빛이 눈부신 좋은 날이었다. 나는 비전 보드가 그녀의 직관적 업무와 어떻게 연결되는지 볼 수 있었다. 그녀는 주로 미래에 대해 읽었고, 힘을 북돋아주는 내용을 전달했다. 비전 보드는 그러한 미래가 실현되도록 만드는 역할을 했다. 따라서 이 둘 모두를 다룬다 해도 완전히 빗나가는 일은 아니었다. 그녀가 갑자기 신경 치료라든지 전혀 엉뚱한 일을 직업으로 삼기 시작한 것은 아니란 뜻이다. 새로운 노선을 찾았다 하더라도, 여전히 같은 곳으로 향하는 길 위에 있는 셈이었다.

　더욱 흥미로운 부분은, 내가 첫 비전 보드를 만들고 10년이 지난 후에 비전 보드 과정에 보인 반응이었다. 비전 보드 만들기는 크기 (이번 것은 가로와 세로 길이가 약 90센티미터와 60센티미터였다) 말고는 그 원리가 동일했다. "한번 바라보렴. 그렇게 될 수 있단다." 그날 나는 최선을 다해 자르고 붙이고 상상했다. 그리고 인생에서 누리고 싶은 수백 가지의 그림으로 내 공간을 채웠다. 하지만 이번 비전 보드에 대한 내 반응은 옛날 첫 번째와 두 번째 시도와는 놀라우리만큼 달랐다. 내가 위에 붙인 그림들은 모두 비슷했다. 화려한 장식, 날씬해지기, 어떤 형태의 성공, 집, 그리고 남자. 하지만 이번에는 그 모든 게 탐욕스럽게 느껴졌다.

　바닷가 공기를 마시며 그곳에 앉아서, 모래 위로 부서지는 파도를 바라보고, 확 트인 덱 위로 내 얼굴을 뜨겁게 달구는 태양을 느끼자니 그것만으로도 충분했다. 나는 여러 의미에서 이미 내 비전 보드처럼 살고 있었다.

　같은 주의 어느 맑은 오후, 나는 무지개 치유사의 새로운 장소에 도착했다. 그곳에서 그녀와의 마지막 세션을 가졌다. 그녀는 타로 카드를 섞으면서 내게 어떤 노력을 하고 싶은지 물었다. 언제나처럼 나는 (꼭 대본이라도 있는 것 같았다) "불안감을 줄이고 싶어요. 몸무게를 줄이고 싶어요. 그리고 물론 연애도 하고 싶어요"라고 말했다. 나의 개인적이면서도 가끔_캐물음을_당하는 3가지 주요 지표였다. 나에게조차 점차 지루해진 이야기였다.

무지개 치유사는 몸무게와 내 연애는 복잡하게 연관되어 있지만 그래서는 안 된다고 설명했다. 이상한 일이었다. 그런 이야기는 내가 돈까지 내고 들을 만한 것이 아닌 듯 느껴졌다. 또 다른 면에서, 그녀가 그다음에 엄청나게 자세히 들려준 이야기는 자신이 몸무게와 남자 때문에 고생하던 개인적인 사례였는데, 나는 우리가 서로에게 지나치게 편안해진 모양이라고 생각했다. 그녀는 나와 자신의 고민을 나누는 것이 편해졌나보다. 내가 상담 시간이 째깍거리며 흘러가고 있다는 것을 지켜보는 동안에 자신의 고민을 나누는 것 말이다.

아마도 그녀는 그저 나와 함께 시간을 보낼 뿐, 더는 자신의 전통적인 방법으로 나를 고칠 수 없게 됐는지도 모른다. 그곳에 앉아 있는 동안 내가 바라는 것은 그저 그녀의 독특한 호흡법에 참여하는 것뿐이었다. 그 호흡법을 쓰면 나는 정신이 멍해질 정도로 과호흡을 하고 에너지는 사방으로 흩어졌다. 그녀는 그게 내게는 좋게 작용한다고 했다. 그렇게 해서 밤에 잠을 푹 자고 싶었다.

그녀는 그 대신 여전히 데이트와 몸무게에 초점을 맞추며 (심지어 내가 그곳에 없는 양) 이렇게 말했다. "주변을 둘러보세요. 못생긴 애들이 남자 친구가 있다니까요. 뚱뚱한 애들도요."

해석: 내게는 데이트에 대한 정신적 블록Mental Block, 감정적 요인에 의해 생각과 기억을 차단하는 것이 있어. 내 기억에 옛날의 나는 데이트할 만큼 예

쁜 여자애처럼 안 보였거든(그렇다고 내가 한때 스스로를 '못생겼다'라고 불렀다는 뜻은 아니야).

내가 연애를 못하는 상황과 몸무게 사이의 연관성에 대해 그녀가 나를 격려하며 한 이야기는 뭔가 좀 이상했다. 회사에서 말하는 소위 '핵심 역량'이 그녀의 경우 에너지를 움직이는 것임을 고려했을 때, 업무의 경계선을 넘어선 것처럼 느껴졌다. 나는 짜증이 났다. 돌이켜 생각해보면 아마도 변한 건 그녀가 아니라 나였는지도 모른다. 나는 데이트 조언은 데이트 코치에게 남겨두는 편이 낫다고 느꼈다. 꿰뚫어보는 일을 담당하는 부서에 속하는 그녀가 자신의 데이트 생활과 식생활에서 오는 혼돈을 나누고 있었고, 그 얘기가 『리빙 마이 베스트 라이프Living My Best Life』최고의 인생을 살며라는 잡지의 표지를 장식할 수준의 것도 아니었다고 해두자.

나는 그녀가 자신의 쓰레기 같은 문제점을 내게 덮어씌우고 있는 것은 아닌지 궁금해졌다. 확실히 그래보였다. 이번에는 그녀의 말들을 쏙쏙 받아먹기보다는 걸러내기로 결심했다. 나로서는 처음 있는 일이다.

극도로 치유사답지 않은 이야기 자체가 납득이 되지 않았다. 내 바지의 지퍼가 제대로 올라가지 않더라도 남자를 만날 자격이 있다니. 그러다가 그녀는 이 모든 것을 명료하게 밝혀줄 것이라고 우기면서 셀프헬프책 한 권을 처방해주었다. 회의적이기도 하고 약도 올랐지만 여전히 그녀를 추종하는 독실한 신도로서, 나는 그 자리에서 바로 그 책을 주문했다.

그녀는 내가 스스로를 위해 특별한 일을 하지 않았으며 그 때문에 억눌려왔다면서 말을 이어갔다. "가끔 스스로에게 친절해져야만 해요. 당신 자신을 위해 특별한 선물을 하세요."

"글쎄요, 저는 얼마 전에 애벗 키니에 있는 '오픈 더 기모노' 가게에서 30만 원을 주고 기모노를 맞췄어요. 그것도 쳐주시나요?"

그녀는 그것도 괜찮긴 하지만 내가 스스로를 행복하게 하는 일, 정말로 스스로를 돌보는 일을 할 필요가 있다고 했다(기모노가 나를 정말로 행복하게 해준다고 확신했는데?). 밑도 끝도 없이 그녀는 내가 인생을 충분히 즐기지 못하고 있다고 주장했다. "가끔은 스스로에게 잘해주세요. 즐거움을 좀 누리세요."

나는 전에도 이런 이론을 접한 적이 있었다. 즉 너_분명_인생의_기쁨_따위_자제하고_있겠지만_엘리자베스_아덴_레드도어_스파에서_미세박피술을_받으면_쉽게_좋아져 이론이었다. "그런데 말이죠," 내가 말했다. "제 인생 전체가 기쁨이었어요. 제 삶은 그저 설렘뿐이라고요. 기본적으로 설렘으로 가득 찬 삶이에요. 저는 정확히 말하자면 괴롭지가 않다고요."

나는 이런 말을 내뱉는 자신이 사실은 놀라웠다.

그녀는 나를 믿지 않았다.

하지만 나는 그랬다.

그럼에도 진찰대 위로 기어 올라가서 내 에너지를 재정리하는 시간을 가졌지만. 혹시나 해서 말이야.

공포가 당신을 떠나가고 있어요

진찰대 위에서 일어나서는 내가 얼어 죽을 정도로 춥다는 것을 깨달았다. 나는 검은 옷을 입고 있었다. 색상이 화려한 옷이 없었기 때문이었다. 그녀에게 춥다고 말했고, 그녀는 내가 실제로 추운 게 아니라 공포가 내 몸을 떠나가고 있는 것이라고 말했다.

"뭐에 대한 공포요?" 나는 물었다.

"모든 것이요." 그녀가 답했다.

"사랑받는 공포. 성공을 추구하는 공포. 그냥 모든 것이요."

거의 10년 가까이 계속된 나의 선망진창의 이 시점에서, 나는 내 성공을 인지하고 내가 하는 일에 조금은 자신감을 갖기 시작했다. 나는 내가 절대로 그 단어, '성공'이라는 단어를 완전히 품을 수는 없으리라는 것은 알았다. 그러나 적어도 뭔가에 조금씩 다가가고 있다고 느꼈다. 게다가 이 치유사에게 1시간에 20만 원씩 지불할 수 있는 능력이 있지 않은가. 나는 매 순간 살아남아야 한다는 것의 공포를 느껴왔고, 그 관점에서 한 고비를 넘겼다(그리고 파트타임으로 공포를 느꼈다). 실제로 내 사업을 운영한 몇 년의 시간 동안 나는 엄청나게 많은 성취를 거뒀다.

그러나 이봐, 나는 그녀가 내 몸에서 공포를 내칠 수 있도록 맡겨둘 거야. 그리고 또 내 기운에 대한 그녀의 해석이 정확해서 다음 날 공포 따윈 없는 상태로 잠에서 깨어날 수 있길 바랐다고.

그 대신, 나는 그날 밤 자정 즈음 잠에서 깨어났다. 죽음이 내 유일한 공포가 될 정도로 격렬한 통증과 오한 때문이었다. 24시간 내내 불편하고 고통스러웠고, 다음 날 밤에는 너무 아프고 두려워서 응급실에 가야 하는 거 아닌가 걱정될 정도였다. 나는 아침 8시까지 버티다가 응급실 대신 긴급진료센터로 향했다. 그곳에서 의사는 시프로를 처방해줬다. 이건 공포의 해독제일까? 아니면, 그 의사 생각에 내가 항생제가 필요해보였을 뿐인 걸까?

며칠 후 어느 찬란하게 햇살이 내리쬐는 날에 건강이 회복되어 다시 산책을 나선 나는 가장 최근에 가졌던 세션에 대해 생각했다. 그리고 그녀가 내게 스스로에게 잘해주라고 했을 때 내가 한 대답에 대해서도. "제 인생 전체가 기쁨이었어요." 나는 언제나 일진이 안 좋은 날조차도 다른 사람에게는 좋은 날이 될 수 있음을 의식하려고 노력해왔다.

내 투쟁은 현실이지만, 그 구성상 당연히 이겨낼 수 있는 것이었다. 이를 더 깊이 이해하게 될수록 내가 실제로도 마음속 깊숙이 내 인생은 기쁨이라고 믿었음을 깨달았다. 단순한 사실은, 재미가 좀 부족하다고 해서 고통받지 않았다는 것이다. 나는 다른 사람들과 마찬가지로 과속방지턱을 마주쳤지만 이를 잘 통과해나갔다. 열심히 일했지만 내 근무시간과 근무 외 시간을 즐겼다. 그리고 청구서도 언제나 잘 처리했다. 그리고 가끔은 드라이바에서 머리 손질도 했다. 오케이, 대부분 오케이였다. 한 달에 너무 여러 번도 오케이, 오케이였다. 나는 인싸였다. 나는 멋진 식당에서 밥을 먹고 싶을 때 그렇게 할 수 있었다. 시간은 없지만 훌륭한 친구들은 많았다.

가장 중요한 것은, 내가 정말 가족이라는 뽑기에 있어서는 운이 좋았다는 점이다.

그리고 뇌종양도 없었고!

나는 7월과 8월에는 거의 매일 바닷가에 앉아 로제 와인을 마셨다. 파도가 모래 위로 밀려와 부서질 때 벨벳처럼 부드러운 햄프턴스의 하늘을 바라보고 짭조름한 공기를 들이마셨다. 나는 모든 인생의 부조리에 대해 비웃었고, 다른 사람들이 나를 짓밟지 못하도록 노력했다. 모두와 마찬가지로 나는 내 안에 정신 나간 부분이 존재한다고 의심했지만, 솔직히 위기에 처해 있다든지 길잡이나 제안이 필요한 많은 친구가 조언과 도움, 지식을 구하려고 전화를 거는 사람이 바로 나다. 40대가 다 지나도록 싱글이라고? 맞아. 날씬해지고 싶다고? 당연하지. 하지만 전반적으로 터무니없는 인생은 아니었다.

커다란 계시가 내 머릿속에 내려왔다.

그날 내 산책은 특별히 길었고 결국 베니스 피어의 부두까지 발걸음을 옮겼다. 하늘은 완벽하게 파랗고 맑았다. 나는 예전에 처방

받은 셀프헬프책을 오디오북으로 듣고 있었는데(나는 그 세션을 위해 돈을 지불했다. 그러니 그 처방에 따르지 않을 이유도 없지?), 태평양의 파도와 빙글빙글 도는 갈매기를 바라보는 대신 식습관에 대해 배우면서, 왜 몸무게와 몸에 관한 모든 문제가 엄마의 끔직한 학대로 귀결되는지에 대해 들었다.

나는 오디오북을 듣다가 멈췄다. 말 그대로 완전히 멈춰버렸다.

그리고 그 저자에게 (아마도 내 말이 안 들리겠지만) 이렇게 말했다.

"엿이나 먹어요. 우리 엄마는 멋지거든요."

그 순간 내가 지난 10년간 내 자신을 고치기 위해 쏟아부었던 모든 치열한 노력들이… 어리석어 보였다.

그때, 딸깍하고 스위치가 바뀌면서 이러한 생각이 들었다. 아마도 나는 이미 충분히 괜찮은 사람일 거야. 아마도 지금까지 내내 그랬을 거야.

나는 오디오북을 꺼버리고 이어폰을 귀에서 빼낸 뒤, 대신 풍광과 내 생각을 한껏 들이마셨다. 잠시 멈춰 서서 서퍼들이 파도를 타는 모습을 지켜봤고, 저 멀리 산책로를 따라 드문드문 들어선 밝은 색의 집들을 받아들였다. 나는 아름다움이 내 안에 스미도록 내버려뒀다. 내 깊숙한 중심부까지 배어들도록.

공기는 상쾌했고 내 기분은 불현듯 하늘만큼 밝아졌다. 묘하게도 바로 그 순간 평화와 함께 절대적인 명료함을 느꼈다.

모든 코치와 구루와 책 중에 단 하나라도 내가 꼭 따라야만 하는 것이 있던가? 그런 것들이 나를 이 부두 위에서 맞이한 터닝 포인트로 이끌었는가? 물론, 그렇다. 하지만 나는 깨달았다. 셀프헬프를 마치 복음처럼 대한 것은 잘못된 인도였다.

그동안의 그 모든 결심과 노력에도 불구하고, 내가 갈망하던 것은 더 나은 사람이 되는 것이 아니었다. 내가 바라던 것은 전혀 다른 것이었다. 바로 평화다. 그게 바로 내가 진정으로 원하던 것이었다. 내 자신과의 평화. 내 일과의 평화. 내 인생과의 평화. 나와 나를 고치고자 하는 열망 간의 정전停戰.

나는 단 한 번도 진정으로 망가져본 적 없는 뭔가를 고치기 위해 그토록 많은 일을 해왔던 것이다. 나는 내 인생의 망가진 부분과 그에 대한 설명을 찾는 것에 사로잡혀 좋은 부분을 놓쳐버렸다. 마침내 나는 깨달았다. 빨간 구두를 신은 도로시처럼 나는 그 답을 이미 알고 있었는지도 모른다.

그 부두 위에 서서 내 생각을 받아들이고 바다 공기를 들이마시며, 나의 여정, 나의 실패, 난생처음 나의 성공에 대해 되돌아봤다. 갑자기 이것이 모든 것의 시작이라 느꼈다.

외상 후 금융 위기 장애

부두 위에서 통찰을 얻은 직후 뉴욕으로 돌아온 나는 친구 카리나의 화장실을 사용했다. 그녀는 세면대 위에 몰튼 브라운 핸드 워시를 올려두었다. 그 핸드 워시를 본 순간 나는 기쁨에 차서 숨을 헐떡일 지경이었다. 펌프질을 두 번 하고(그래, 알았다고. 어쩌면 세 번 했을 수도 있어) 손을 씻으면서 한때 내가 가장 사랑했던 그 호사스러움을 느긋하게 즐겼다.

나중에 나는 그녀에게 말했다. "우와, 너 아직도 몰튼 브라운 쓰는구나?" 그녀는 당황하는 눈치였다. 나는 그녀에게 나도 그 브랜드를 좋아한다고 말했지만 나도 한때 몰튼 브라운 타이 버트 핸드 워시를 사곤 했었다고 설명하지는 않았다. 2008년 10월 31일이 되기 전까지 말이다.

나는 내가 사놓은 마지막 제품의 마지막 한 방울까지 짜내어 향을 음미한 후 다시는 사지 않았다. 그리고 『뉴욕』과 『베니티 페어』, 『뉴욕타임스』를 다시 구독하는 것이 편안하게 느껴질 때까지 거의 10년이 걸렸다. 꼬박 10년. 그러나 다시는 몰튼 브라운을 사지 않았다. 친구네 집에서 쓰는 몰튼 브라운은 소소한 기쁨이었지만 이를 내 집에 다시 놓아두는 것은 징크스 같았다. 내가 굳이 조목조목 설명하고 싶지 않은 그 시간을 회상할 테니까.

금융 위기 시절의 습관이 아주 많이 남아 있었다. 펌프질 한 번은 여전히 집안의 규칙이고 샴푸를 살 때 딸려오는 공짜 면도기도 절대 거절하지 않는다. 나는 마침내 이러한 행동의 이유를 깨닫게 됐다. 이는 외상 후 금융 위기 장애였던 것이다. 몇 년간 내가 이야기를 나눠왔던, 다른 영역에서 일자리를 잃은 사람들은 내게 여전히 과거의 커리어 때문에 슬프다고 했다. 이들 역시 살아남았는데도 그랬다. 나 역시 내가 사랑했던 그 커리어를 계속 이어갈 수 있었다면 어땠을지 생각하면 슬퍼진다.

나는 영원히 이렇게 살기로 맹세했다. 내 분수에 맞게 사는 것뿐 아니라 그에 못 미치게 살기로. 그러니까 (비누를 제외하고는) 내가 사치스러웠다는 말은 아니다. 나는 여전히 가능한 한 인색하게 살고 있다. 친구 더그는 내가 마치 전후戰後의 독일 가정주부 같다고 했다. 언제나 현금을 쓰고 신용카드를 혐오하며 세일하는 물건만 사니까. 나는 몇 벌 안 되는 옷을 구멍이 날 때까지 입는다. 그리고 구멍이 난 다음에도 꿰맬 수 있으면 그렇게 한다. 나는 여전히 여러 긴축정책을 유지하고 있다. 언제까지나 그럴 예정이라 생각한다. 그리고 여기에는 부끄러움도 없다. 수비학자는 내가 돈을 물 쓰듯 써야 한다지만 나는 어디에 돈을 한껏 쓸 것인지를 조심스레 결정한다.

세상은 변했다.

하지만 나도 변했다.

2016년이 되어서야 2008년 10월 31일에 벌던 정도에 가까워질 수 있었다. 세금 신고를 한 뒤, 나는 이때를 기념하기 위해 아름다운 가방 하나를 샀다. 2017년이 되자 조금 더 벌 수 있었다. 9년이 지나고 나서야 내 어깨가 비로소 펴졌다.

나는 뉴욕주 이스트 햄프턴스의 스프링스에 소박하지만 평화로운 집을 한 채 가지고 있다. 이제는 뉴욕시 75번가 아래편에 작은 아파트('작은'이란 말이 핵심이다)도 있다. 문자 그대로 정리 해고를 당한 지 (그 달, 아니 사실은 거의 그 주까지 포함해서) 10년이 지난 후 임대한 이 아파트는 내가 가장 처음 만든 비전 보드에서 내가 상상했던 그 지역에 위치했지만 화려한 장식은 조금 덜어낸 곳이었다.

미래를 향한 내 모토는 '저렴하고 쾌적하게'가 됐다. 이는 내 집이나 아파트에 들어와서는 "멋지다, 이 정도면 되지"라고 말하는 사람들이 은연중에 내비치는 정서이기도 했다. 해석하자면, 더 큰 집이나 더 화려한 아파트에 사는 사람들이 하는 약간 비꼬는 듯한 칭찬이었다. "필요 이상으로 잘 해놨네"라고 말하는 것과는 달랐다.

이 아파트가 대궐 같다고 생각하는 유일한 사람은 내 조카다. 처음 우리 집에 왔을 때 8살이었던 앤드루는 내가 아침 식사로 도리토스 과자를 주자 열광하며 우리 집으로 이사 오고 싶다고 진지하게 고민했다. 내가 우리에게는 더 큰 아파트가 필요하다고 하자 "아뇨, 이 아파트가 좋아요"라고 했다.

친구 앨리슨은 내가 아파트를 얻자마자 놀러왔는데, 내가 "이 정도면 되지"라는 말에 대응할 채비를 하는 동안 아무런 말도 하지 않았다. "나 감동했어. 넌 이제 집이 두 채라고. 넌 해낸 거야. 그리고 난 네가 잘 돼서 정말 행복해." 나는 그 칭찬을 받아들이려 했지만 그 일은 내게 언제나 쉽지 않다. 나는 매달 두 집에 드는 돈이 예전의 그 할렘 아파트 하나에 드는 돈과 같다고 설명했다. 그러나 그녀는 내가 뭔가를 이룩했고 어떻게 해야 제대로 살 수 있는지 알아낸 거라고 계속 우겼다.

나는 지금까지 시도해본 라이프 스타일을 한꺼번에 승리의 유리병Win Jar, 일상에서의 소소한 성취들을 종이에 써서 유리병에 넣어두었다가 연말에 하나씩 펴보면서 1년을 되돌아보며 축하하는 의식에 넣을 테지만 우주의 공로를 인정해주지는 않으련다. 어쨌든 전부 우주 덕분은 아니다. 일주일에 7일, 1년에 12개월을 꼬박 일하면서 나 혼자만의 피·땀·눈물과 능력으로 사업을 일으켰다. 나는 마침내 오롯이 나만의 것을 소유했다. 내가 읽거나 쓴 모든 셀프헬프책에서 나온 공통된 주제와 격려, 나를 생각하도록 이끈 모든 코치나 무당도 물론 도움이 됐다. 레이키, 요가, 근력 운동, 침술 모두 각자의 역할을 충실히 수행했다.

나는 그 당시를 되돌아보며, 압도적인 스트레스뿐 아니라 그 모든 시기에 내게 큰 감동을 안겨주었던 타인(사실은 친구와 가족)의 호의라는 요소를 본다. 수많은 다정한 사람이 밥을 사주고 내가 좋은 와인을 계속 마실 수 있도록 해줬으며, 나를 위해 사무실에서 복사를 해온다거나 나를 대신해 전화를 걸어줬다. 이러한 경험을 한 뒤 나는 누구나 실직할 수 있다는 것을 깊이 느끼고, 부탁을 받았을 때 은혜를 갚는 것을 중시하게 됐다.

솔직히 표면적으로, 다른 사람을 도우면 힐링이 된다. 그리고 모든 웰니스와 자기 성찰은 교훈적인 이야기가 될 수 있다. 나는 다시 태어났고, 매번 책을 읽거나 새로운 식이요법을 배우거나 특이한 식사를 하게 될 때마다 설교를 늘어놓게 됐으며, 그러면 약 5분간은 기분이 좋아졌다. 이 모든 것들… 해결책과 해결책과 해결책들…에 그토록 많은 시간을 투자한다는 것은 우리를 자기중심적인 인간들의 모임으로 만든다.

통찰을 얻은 후 인생이 꽃길이 됐냐고? 아니. 인생은 언제나 진흙탕을 헤치며 걷는 것처럼 느껴진다. 왜냐하면 인생은 보통 괴로운 거거든. 멋지고 엉망이고 즐겁고, 또 끝없는 부침이 이어지지. 나는 병이나 경제적 어려움이나 끔찍한 문제들로 고군분투하는 다른 사람들의 가치를 훼손하고 싶지 않다. 그들은 내가 겪었던 것보다 훨씬 심각한 일을 겪고 있을 테니까. 그러나 편안하게 살아가는 이들에게조차 인생은 현실이다. 어느 무당이나 구루도 인생을 훨씬 더 쉽게 만들어줄 수는 없다.

행복-스러운

나는 오래전에 "잘 지내시죠?"라고 물으면 "완전 잘 지내죠"라고 열정적으로 대답하는 한 여성과 일했던 적이 있다. 그녀는 늘 그렇게 대답했다. 매번. 그리고 내가 무슨 생각을 했을까? 밥맛이야. 모든 사람이 완전 잘 지낼 수 있는 방법은 없다. 매.일.날.마.다. 이곳은 뉴욕이다. 모든 사람이 몇 가지 타당한 불평거리를 갖고 있다. 타당하지 않은 불만 역시 완전히 격려받고 환영받는다.

그녀는 그저 자신의 엉망진창인 상태를 나와 나누고 싶지 않았던 걸까? 아니면 언제나 신나는 인생을 살면서 그 어떤 것에도 주눅 들지 않는 사람이 있는 걸까?

요점: 우리는 항상 행복할 수는 없다. 하지만 나는 우리가 만족하려고 노력할 수 있다고 생각한다. 이건 지나친 게 아니다. 언제나 행복하다는 것은 단지 달성할 수 없는 목표일 뿐, 그래도 괜찮다. 게다가 진짜로 행복해야만 하고 행복을 강요하는 모든 전문가와 그런 이들의 압박감을 충족시킨다는 것은 고되고 스트레스를 주는 일이다.

나는 최고가 아닐 수 있고 절대 그렇게 되지 못할 수도 있다. 아니면 실제로는 최고지만 그저 그걸 보지 못하고 있는 것일지도 모른다. 그래도 괜찮다. 최고라는 것은 상대적인 개념이다. 요가 수업에서 늘 듣는 이야기처럼, 내가 내 요가 매트를 쳐다보는 것에만 신경을 쓴다면, 그리고 이웃이 무엇을 하는지, 친구가 얼마나 버는지, 아니면 누구랑 데이트하는지에 대해 걱정하지 않는다면 인생은 그토록 버겁게 느껴지지는 않을 것이다.

이를 이루기 위한 한 가지 방법은 나만의 속도를 찾는 것이다. 나는 내 속도를 찾으려 노력하고 있다.

또한 다음과 같은 몇 가지 생각을 항상 마음속 제1순위로 떠올리려고 노력한다.

어느 정도는 받아들이려는 노력을 해보자. 크크크. 내가 이런 말을 하다니. 나는 나에 대한 조언을 듣는 데에 서투르지만, 모든 것이 괜찮을 거라고 생각하려 노력한다. 나는 괜찮을 거야. 트라우마에도 불구하고, 우리 모두는 그럴 거야.

한번은 제시카에게, 얼마나 많은 사람이 내가 실직한 것이 내게 벌어진 최고의 일이 될 거라고 말하는지 털어놓았다. 그리고 그게 사실인지 내가 어떻게 아냐고 불만을 토로하자, 예리하고 천재적인 대답이 돌아왔다. "왜, 계속 점수를 매겨보지 그러니?" 나는 혼자서 일하는 자유를 사랑하지만, 내 이전 커리어가 진심으로 그립다. 가끔은 여전히 그 모든 것에 대해 낙담하고 있음을 고백하련다. 나는 괜찮은 척 하지 않는 것도 괜찮다고 느낀다. 그래, 저기요, 인스타그램과 페이스북, 저는 지금 당신들한테 얘기하는 거라고요. 마찬가지로 "이미 엎질러진 물을 두고 울어도 소용없다"는 말에도 동의하지 않는다. 나는 이렇게 말하련다. 우세요. 그리고는 가서 포테이토칩이나 좀 드세요. 그러고 나서 계획을 세우세요.

그렇다 하더라도 나는 절대로 후회하는 사람은 아니었다. 나는 지나치다 싶을 정도로 앞만 내다본다. 아마도 내 안의 PD 본능 때문일 것이다. 나는 진심으로 뒤돌아보지 않는다. 대체로 몇 가지 후회가 있긴 하다. 이를 가는 버릇 (심지어 요가를 할 때도 그런다) 때문에 치과 의사가 마우스 가드를 하라고 했을 때 그 말에 따르지 않은 것을 후회한다. 그 바보 같은 폭스바겐에 대해서도 완전히 후회한다. 하지만 솔직히, 그건 그거지.

나는 한번은 더바술라 박사에게, 모든 문제에 대해 그다지 스트레스를 받지 않게 되고 싶을 뿐이라고 말했다. 돈, 성공, 몸의 이미지, 노쇠해가는 부모님에 대한 걱정, 더 싫은 건 언젠가 노쇠한 부모님이 계시지 않을 거라는 걱정, 그리고 홀로 죽을 수도 있다는 걱정까지.

"이 모든 문제에 스트레스를 받지 않는 일은 절대 없을 거예요." 그녀는 말했다. 이는 아주 오래전 이야기고, 이 글을 쓸 때까지 나는 그녀의 현명함을 잊고 있었다. 스트레스를 인정하세요. 스트레스가 무엇이든 불안감은 늘 끼어들 테니까요. 이는 중요한 깨달음이다. 불안감은 나이에 딸려온다. 인생에서 감수해야 할 것들이 늘어나기 때문이다. 맹렬하고 극단적인 노력들로 그 불안감을 없애려고 노력하는 대신, 그저 마음을 약간 내려놓아도 충분히 괜찮다는 것을 깨달았다. 그리고 불안감을 목도했을 때 그 불안감을 알아채는 것도 도움이 됐다.

또한 지적인 치유사들을 끌어들이자! 내 치유사들은 자신들의 분야와 상관 있든 아니든 간에 정말 많은 의미에서 굉장히 똑똑한 사람들이다. 그러다 보니 내 똑똑한 친구들과 마찬가지로, 그들의 지혜를 배우고 동기를 부여받는다.

나의 선망진창을 되돌아보면, 나는 차분함을 유지하고 미래에 대한 불안감을 완화하려고 노력하는 와중에 무엇을 남기고 무엇을 떠나보낼 것인지 마음속 체크리스트를 만들었다. 요가는 나를 보살펴줬고, 침술은 침착하게 해준다. 명상은 효과가 있고 (나는 그 점에 있어서 더 잘할 수 있었다) 레이키는 내가 잠잘 수 있게 해준다. 잠이란 좋은 것이지.

나머지는 어떠냐고? 모든 것에 마음을 쏟을 수는 없다. 이 세상은 너무 소란스럽다. 여러분은 여러분이 읽는 책마다, 여러분이 고용한 코치마다 이야기의 맥락을 파악해야 하지만, 그렇다고 해서 자신의 촉을 확인하고 스스로의 판단과 행동에 참여하는 능력을 잃어서는 안 된다. 듣고 거르자. 플라세보 효과가 사실임을 인정한다. 뭔가가 나에게 도움이 된다고 믿는다면, 때때론 그렇게 되는 법이다. 뇌가 납득하게 되어 있기 때문이다. 그렇기 때문에 '오늘의 치유사'가 들려주는 격려와 조치는 소중한 지혜가 된다.

내가 이 책을 통해 신성불가침의 믿음들(친구 수잰이 처음 이 책을 읽고 한 논평이다)을 하나씩 제거해나가고 있더라도 그건 내 의도가 아니다. 나는 여전히 그 모든 것을 사랑한다. 셀프헬프와 뉴에이지 산업이 폭발적으로 성장하는 데는 이유가 있다. 그 실천들 가운데 일부는 정말로 효과가 있으니까. 재미있을 수도 있고. 게다가 믿음이란 강력한 존재다. 우리 모두는 믿고 싶어 한다. 그것만으로도 괜찮다. 믿음은 적당히만 품는다면 포테이토칩과 마찬가지로 좋은 것이니까.

불만은 아주 날 것의 존재로, 인생의 다양한 영역에 스민다. 내가 이 모든 것에서 배운 한 가지 큰 교훈은, 인생의 한 가지 요소에 불만을 가질 때 불만은 재빨리 퍼진다는 것이다. 이는 고쳐야 할 구멍이 아주 많이 눈에 띄게 된다는 뜻이기도 하다. 불만을 줄여나갈 때는 정리 안 된 집, 잘 풀리지 않는 연애, 완성해야 할 일, 경제 문제 등 모든 것이 진정한 문제가 되지 않는다. 9킬로그램을 빼려고 노력하는 것 - 그게 진심으로 짜증나는, 내 골칫덩어리다. 이제 더는 체중계를 보지 않는다고 말하고 싶지만, 사실 그렇지는 않다. 하지만 집착이 점점 줄어들고 있다.

적어도 나는 내가 해나가고 있고, 앞으로도 그럴 것임을 안다. 내 트레이너 캐럴라인은 거의 매주 내가 스스로에게 너무 혹독하다고 말한다. 내가 그녀에게 이쪽의 불룩한 뱃살과 저쪽의 접힌 뱃살이 사라지지 않아서 좌절감을 느낀다고 말하면, 그녀는 "그걸 받아들일 수 있겠어요?"라고 묻는다. 그렇다고 대답하고 싶지만, 아마도 영원히 그러지는 못할 것이다. 하지만 더는 그 모습을 바꾸려고 비장한 방법을 쓰지는 않으려고 한다.

그리고 한 가지가 더 있다.

레이키 치유사 에린은 걷기가 실제로 수련의 하나이며, 걸을 때마다 머릿속의 쓰레기가 비워진다고 했다. 그녀는 걷기는 뇌의 왼편을 활성화하는데 좌뇌는 논리와 문제 해결을 담당한다고 설명했다. 걷기는 왼쪽-오른쪽-왼쪽-오른쪽으로 움직이는 것으로(달리기, 계단 오르기도 마찬가지이며, 에린은 "심지어 가위질하는 것도요"라고 말했다) 사고를 촉발한다. 그렇기 때문에 머릿속이 꽉 막혀 있을 때 걸으면 산책이 끝날 즈음에는 뻥 뚫리게 되는 것이다.

제시카는 나에게 있어 걷기란 명상이라고 했다. 하루도 빠짐없이 걷고 걷고 또 걷는 동안 몸무게가 빠지는 이유다. 나는 불안해하지 않고, 몸은 차분하며, 마음은 고요하기 때문이다.

나에게 있어 걷기란 생각하기, 마음 가라앉히기, 명상하기, 중심 찾기, 나에게 더 좋은 감정 갖기 등을 갖춘 '나의 심리 도구함'에서 가장 뛰어난 도구다. 나는 계속 한 발을 다른 한 발 앞에 놓으며 여러 일을 처리해나간다. 이는 가장 단순하고 비싸지 않은 셀프헬프이기도 하다. 코치도, 책도, 구호도 필요 없다. 내가 글을 쓰고 해결책을 찾아내려고 할 때, 키보드 앞에서는 답을 찾아내지 못했다. 걷기가 모든 사람에게 충분한 방법이라고 말하는 것은 아니다. 하지만 내게는 효과가 있었다.

걷기란 나의 영적인 추구이고, 언제나 그래왔다. 나는 그저 이를 한동안 잊고선 다른 것들을 붙잡으려 했을 뿐이었다. 이제 매번 그 부두 위를, 아니면 바닷가를 따라 걸을 때마다, 아니면 빠른 속도로 뉴욕의 거리를 지나칠 때마다, 나는 아빠가 한 말을 떠올린다. 아빠의 말은 내 인생에서 가장 중요한 교훈일지도 모른다. 내가 가지고 태어난 것들만으로도 정말로 충분하다고. 나는 마침내 내게 두 팔과 두 다리가 있다는 것만으로 행복해진 것이다.

선망진창 반ⓥ셀프헬프 독트린
조언과 셀프헬프, 뉴에이지적 해결책을 과다 복용했을 시에 내가 쓰는 해독제

채소밭을 가꾸거나 농장에서 채소를 수확한다.

요가를 한다. 몸을 위한 요가만큼이나 머리를 위한 요가도 해야 함을 잊지 말 것.

날씬함이 아닌 강함을 추구할 것.

머릿속에서 아우성치는 가설이 아닌, 눈앞에서 벌어지는 실제적이고 구체적인 대상에 대해서만 스트레스를 받을 것.

말의 품위를 지키자. 머릿속에 떠오르는 모든 생각을 입 밖으로 크게 말할 필요는 없다.

비교하지 말자.

말하기보다는 들을 것.

시간에 관대하라.

친구들이 제공해주는 것을 기꺼이 받을 때도 필요하다.

문자하지 말고 전화할 것. 특히 엄마한테.

나쁜 날이 동시에 좋은 날도 될 수 있다는 걸 명심하자.

가끔 드라이를 받자. 드라이바가 해결할 수 없는 문제는 거의 없으니까(바지가 꽉 끼더라도 적어도 머리는 멋져 보일 테니까).

부상에 대한 치료뿐 아니라 예방의학으로써 침을 맞자.

내게 중요한 대의명분을 위해 봉사하거나 시간을 바칠 것 (스스로에게 주목하는 것을 그만두고 다른 사람에게 집중하자).

『나는 오늘부터 나를 믿기로 했다The Confidence Code』를 읽어라. 인생을 바꿔놓을 테니까.

공동체를 찾거나 세울 것.

스스로를 극복하자.

감사의 글

내 인생은 늘 크라우드 소싱으로 만들어진다. 나는 행동에 옮기기 전에 모든 결정과 상황에 대해 여러 사람에게 생각을 묻는다. 나는 정보를 모으고 미리 스트레스를 겪으면서 (나는 이를 '전 스트레스 과정'이라고 부른다) 다양한 결과를 이해하는 것을 좋아한다. 이 책을 쓰는 것 역시 예외는 아니었다. 모든 정력을 끌어모아 책상 위에 올려놓고, 이를 책의 세계book-o-sphere에 내놓기 위해서는 내 사람들 모두의, 혹은 일부의 지원이 필요했다.

내 이야기를 듣고, 듣고, 또 듣고, 그리고 장황한 이 책 전반에 대해 이야기해준, 내게 힘을 준 모든 친구에게 진심 어린 감사를 보낸다. 내게 응원을 보내준 모든 이에게도 감사의 인사를 전한다. 스스로가 쓰레기 같다고 느껴질 때면 내 친구들에게 전화를 걸어보길. 나에 대한 친구들의 신뢰는 마음을 따스하게 데워준다.

나와 함께 글을 쓰고 편집하고 협업했던 사람들에게, 제게 주었던 모든 가르침에 감사드립니다. 여러분의 지혜 덕에 어떤 점은 배우고 어떤 점은 바꿀 수 있었어요. 대부분의 경우에 일로 시작했던 관계는 소중한 우정으로 발전했다.

작가는 동료들로 가득한 사무실 대신 가상의 사무실을 만들어야
만 한다. 그리고 교정과 계약 문제, 창의적인 난제, 그냥 함께하고
싶어서 서로에게 전화를 한다. 그 어느 때보다도 이 책을 쓸 때 이
런 것들은 중대하고도 필수적이었다. 내 가상 사무실 동료 가운데
책임자이자 내 가상 사무실의 장長은 동료 작가이며 소중한 친구인
셰리 리프킨Sherri Rifkin이다. 그녀의 빠른 통독과 반복적인 교정, 꾸
준한 격려, 응원 한마디, 조언은 스트레스와 불안감을 해결해주는
완벽한 해독제였다. 그녀 덕에 집중하고 마무리했다.

모든 구원의 어머니인 수잰 콜론Suzan Colon에게, 당신의 지혜와 교
정, 인내와 재촉, 그리고 핵심을 찌르는 방법에 대한 너무나_천재
적인 제안들에 감사드려요. 특히나 당신 자신의 마감이 걸려 있는
마당에도 기꺼이 시간을 내어준 데에 더욱 감사드리고요. 정말로
제게 결정적이었고 감사했어요.

우리 와가마마 정상회담Wagamama Summit의 두 분에게. 그 둘은 나를
구해줬다. 사랑스러운 라라 애셔Lara Asher의 안내, 그리고 한꺼번에
여러 개의 비전 보드를 두었다는 고백은 내가 옳은 길을 갈 수 있
게 이끌어줬다.

산드라 모레노Sandra Moreno는 내가 영역을 확장할 수 있게 도와준
동료이자 친구이며 구상과 계획, 제안, 읽기와 홍보를 도와주었다.
시간을 내어주고 인내해줘서 고마워요.

여성은_여성이_돕는다 부서의 루시 파토Lucy Fato와 카리나 번Karina

Byrne에게 진심으로 감사드린다. 그들의 격려와 너그러움은 내 마음에 감동을 안겨줬다. 당신들에게는 그저 평범하고 작을지 몰라도 내게는 너무나 크게 느껴졌던 그 친절한 몸짓 하나하나에 감사드립니다. 두 분 모두를 열렬히 찬양합니다.

내 공식 웰니스 팀. 알렉시스 아비슨과 에린 트샨트렛Erin Tschantret에게, 두 분의 지혜와 힐링 능력과 차분한 몸가짐, 그리고 그냥 두 분과 보냈던 시간을 사랑합니다. 그리고 엘리자베스 다이츠Elizabeth Dietz, 가장 중요한 시점에 크게 생각해야 함을 일깨워주신 데에 감사드립니다. 캐럴라인 캐신Caroline Cashin에게, 제 엉덩이를 제대로 차줘서 고마워요. 그리고 리사 자로가Lisa Zaloga, 제가 흔들리지 않게 지켜줘서 고마워요. 저의 비공식적인 웰니스 팀과 농부 아가씨인 로리 스페츨러Lori Spechler와 마사 매컬리Martha McCully에게, 제 정신머리 검사와 산책, 요가, 그리고 땅에서 감자를 파내거나 마구 자라난 잡초 같은 양배추를 찾아내는 극도의 기쁨을 알려줘서 고마워요.

다이애나 넌Diana Nuhn: 당신은 마법이에요. 마법을 만들어내요. 방정식의 가장 중요한 조각을 찾을 수 있게 이끌어줘서 고마워요.

에릭 잭슨Eric Jackson은 만두를 나눠먹으며 창의적인 조언과 응원의 편지를 써준 것에 대해. 제니퍼 라이트Jennifer Wright와 서맨사 라이트Samantha Wright는 그 고통스러운 마지막 순간에 (비록 바닷가 옆이긴 했어도) 광기 어린 편집을 해준 것에 대해, 그리고 내 작업에 종합적으로 열정을 불태우며 엄청난 기여를 해준 것에 대해.

물방울 하나하나가 모여 강물을 이루듯, 수많은 작문 선생님이 없었다면, 특히나 제니퍼 벨Jennifer Belle에게서 배우지 않았다면 난 한 단어도 제대로 쓰지 못했을 것이다. 캐슬린 켈린저Kathlyn Kellinger, 마이클 시어스Michael Sears, 데지레 라인Desiree Rhine으로 이뤄진 최우수 작문 워크숍이 있었기에 미처 깨닫기도 전에 이 책의 기초를 만들어낼 수 있었다.

마우라 테이텔바움Maura Teitelbaum은 10년간 이어진 내 선망진창을 통틀어 계속 내 에이전트가 되어주었다. 정말 고마워요. 당신은 상어처럼 뛰어나고 순수한 힘을 가졌죠.

내 변호사 엘리자베스 코라디노Elizabeth Corradino는 인내심과 차분한 태도로 내가 어려움에 빠지지 않도록 지켜준다. 언제나 나를 위해 시간을 내어주고 내가 하는 사소하고 가끔 바보 같은 질문들에 답해줘서 고마워요.

브렌다 나이트Brenda Knight, 로빈 밀러Robin Miller, 너태샤 베라Natasha Vera, 해나 요르스태드 폴센Hannah Jorstad Paulsen, 메릿 스매일Merrit Smail, 그리고 망고 출판사의 전 팀원에게 감사를 전합니다.

모르간 레오니Morgane Leoni: 성공해주어서 고마워요.

에린 터너Erin Turner에게, 그 지겨운 지시와 명령의 사다리를 기꺼이 올라가줘서 고마워요.

재클린 크리코리안Jacqueline Krikorian에게, 끊임없는 지지와 격려를 보내주고 가끔 소프트웨어를 사준다는 것에 대해. 그리고 늘 언니가 가까이에 있다는 것을 알고 있어서 내가 얻게 되는 그 마음의 평화에 대해.

제니퍼 크리코리안Jennifer Krikorian에게, 1980년대 뮤직비디오를 함께 보고 우리의 춤 실력을 갈고 닦던 그 시간을 함께 보내준 것에 대해. 그 죽여주는 유머 감각도("네가 두 번째로 가장 좋아하는 건 뭐야?"). 그리고 너와 마크 윈터턴Mark Winterton이 세계에서 가장 감동적인 아이들을 태어나게 해준 것에 대해.

케이트, 내가 가장 사랑하는 소녀야. 너는 네 똑똑함과 용기와 독립성으로 늘 내게 영감을 안겨준단다. 내가 네 나이 때 그 세 가지 중에 반이라도 가졌으면 좋았을 텐데. 너는 정말 놀라운 존재야. 그리고 주변에 완벽한 기쁨을 안겨주는 존재란다.

앤드루, 나의 작은 친구이자 동료 양자리야. 나는 우리가 함께 보낸 1분 1초를 사랑한다. 우리의 모험들을 생각하며 늘 미소를 짓지. 다만 다시는 나를 비행기 시뮬레이터에 태우지는 말아줘.

우리 아빠, 돈 크리코리안Don Krikorian은 뭐든지 다 아는 르네상스형 인간이고 아빠의 인생 교훈은 책 한 권을 채우고도 남을 것이다. 아빠의 유머 감각에 감사해요. 저에게 요리하는 즐거움을 나눠주셔서 감사해요. 그리고 평생 동안의 지지도요. 고마워요⋯ 모든 것에 대해서요.

사람들은 나를 마마걸이라고 부르지만 상관없다. 가장 강하고 위트 넘치고 영감을 주며 확고한 지지를 보내주는 줄리아 크리코리안^{Julia Krikorian}에게. 이 세상 모든 사람에게 엄마가 베푸는 사랑을 느낄 수 있게 해주는 행운이 함께하면 좋겠어요. 엄마의 사랑은 저를 계속 웃게 만들고, 제 하루에 기운을 불어넣어주지요.

옮긴이 김문주

연세대학교 신문방송학과 석사를 수료하였으며 현재 전문 번역가로 활동하고 있다. 옮긴 책으로는 『거울 앞에서 너무 많은 시간을 보냈다』, 『올 더 빌딩스 인 파리』, 『불안에 지지 않는 연습』, 『캣치』, 『방탄소년단 BTS: Test Your Super-Fan Status』, 『설득은 마술사처럼』, 『담대한 목소리』, 『세이프 오브 워터』, 『마음챙김과 비폭력대화』, 『나는 남자를 잠시 쉬기로 했다』, 『펭귄을 부탁해』 등이 있다.

인생이 빛나는 마법

초판 1쇄 인쇄 2021년 10월 20일
초판 1쇄 발행 2021년 10월 30일

지은이 스테퍼니 크리코리안
옮긴이 김문주
펴낸이 박경준

경영총괄 김보영
편 집 박은영
표지 디자인 구진희
마케팅 김선영

펴낸곳 미래타임즈
주소 경기도 고양시 일산동구 장진천길 22-71
전화 031-975-4353 팩스 031-975-4354
메일 thanks@miraetimes.com
출판등록 2001년 7월 2일 (제2001-000321호)

ISBN 978-89-6578-180-6 (03840)